MARGIT KRUSE
Zechenbrand

TRÜGERISCHE SIEDLUNGSIDYLLE Auf dem alten Zechengelände »Bergmannsglück«, mitten im Ruhrgebiet, findet man an einem frühen Sonntagmorgen hinter den historischen Gebäuden einen toten jungen Mann im Schalke-04-Outfit. Margareta Sommerfeld, Damenoberbekleidungsverkäuferin, in ihrer Freizeit Hobbydetektivin und glühende Verehrerin der Tatort-Kommissarin Charlotte Lindholm, hatte den Jungen noch wenige Stunden zuvor auf dem Gelände gesehen. Nur fünf Tage später wird in der verwaisten Lohnbuchhaltung des Zechengebäudes ein erschlagener Mann aufgefunden, neben ihm ein fast leerer Geldkoffer. Nun ist Margareta nicht mehr zu bremsen. Ihre Ermittlungen konzentrieren sich zunächst auf eine Bürgerinitiative, die für den Erhalt der alten Gebäude auf dem Areal kämpft und gleichzeitig die Ansiedlung einer großen Firma verhindern will. Arbeitsplätze kontra Denkmalschutz – ein regelrechter Krieg mit Intrigen, Bestechungen und Verleumdungen wird entfacht. Für Margareta wird es zunehmend schwerer, zwischen Gut und Böse zu unterscheiden ...

© Christian Fliegner, Foto Kruk

Margit Kruse wurde 1957 in Gelsenkirchen geboren. Bekannt wurde sie vor allem durch ihre Revier-Krimis »Eisaugen«, »Zechenbrand«, »Hochzeitsglocken« und »Rosensalz«. Sie ist ein echtes Kind des Ruhrgebiets. Seit 2004 ist die Gelsenkirchenerin als freiberufliche Autorin tätig. Neben etlichen Beiträgen in Anthologien hat sie bislang zahlreiche Bücher veröffentlicht. Labrador Enja ist stets dabei wenn sie sich auf Recherche-Tour begibt. Besonders der Hauptfriedhof ihres Heimatortes hat es der Autorin angetan. Margit Kruse ist Mitglied im Verband deutscher Schriftsteller.

MARGIT KRUSE
Zechenbrand

Kriminalroman

GMEINER

Die automatisierte Analyse des Werkes, um daraus
Informationen insbesondere über Muster, Trends und
Korrelationen gemäß § 44b UrhG (»Text und Data Mining«)
zu gewinnen, ist untersagt.

Bei Fragen zur Produktsicherheit gemäß der Verordnung
über die allgemeine Produktsicherheit (GPSR) wenden Sie
sich bitte an den Verlag.

Immer informiert

Spannung pur – mit unserem Newsletter informieren wir Sie
regelmäßig über Wissenswertes aus unserer Bücherwelt.

Gefällt mir!

Facebook: @Gmeiner.Verlag
Instagram: @gmeinerverlag
Twitter: @GmeinerVerlag

Besuchen Sie uns im Internet:
www.gmeiner-verlag.de

© 2013 – Gmeiner-Verlag GmbH
Im Ehnried 5, 88605 Meßkirch
Telefon 07575/2095-0
info@gmeiner-verlag.de
Alle Rechte vorbehalten

Lektorat: René Stein
Herstellung: Julia Franze
Umschlaggestaltung: U.O.R.G. Lutz Eberle, Stuttgart unter
Verwendung eines Fotos von:
© GBV-Gelsenkirchen e.V.
Druck: Libri Plureos GmbH, Friedensallee 273,
22763 Hamburg
Printed in Germany
ISBN 978-3-8392-1382-7

*Personen und Handlung sind frei erfunden.
Ähnlichkeiten mit lebenden oder toten Personen
sind rein zufällig und nicht beabsichtigt.*

PROLOG

Ruhe und Frieden.
Wie eine kleine Stadt.
Historische Backsteingebäude, leere Hallen und Maschinenhäuser, ein ehrfürchtiges Verwaltungsgebäude.
Verlassene Straßen, Wege, Plätze,
überwucherte Hinterhöfe.
Platz zum Feiern, unendliche Weite.
Spaß haben, einfach Spaß haben.

Warum machst du das?
Mein Kopf platzt vor Schmerzen.
Entsetzte Augen schauen mich an.
Jemand läuft weg.
Bleib' stehen, hilf mir, hilf mir!

Kommt er zurück?
Wird er mir helfen?
Ein Schatten über mir.
Ein erhobener Arm.
Entsetzen.
Wieso gerade du?
Schlag' zu.
Bleierne Dunkelheit.

1.

Graue Doppel- oder Reihenzechenhäuschen mit steilen Giebeldächern zwischen altem Baumbestand. Erbaut Anfang des 19. Jahrhunderts für die Arbeiter der Zeche Bergmannsglück. Unterschiedlich große Gärten hinter jenen Häusern, meistens ein Stall in einem Anbau und oft ein Gartenhaus. Hier und da gurrende Tauben auf den Dachfirsten. Deutsche und türkische Nachbarn in friedlichem Nebeneinander.

In dem kleinen Garten eines 66 Quadratmeter großen Zechenreihenhauses in der Hasseler Körnerstraße ging an diesem Samstagnachmittag, trotz Hitze, die Post ab. Die Fahne von Schalke 04 an dem mindestens fünf Meter hohen Mast wehte fröhlich im seichten Wind. Gerade hatte die 2. Halbzeit begonnen, was dem krächzenden Radio zu entnehmen war, das auf der ins Häuschen führenden Steintreppe stand. Margareta hätte am liebsten den Stecker gezogen und den Kasten über die Hecke geworfen, direkt auf das alte Zechengelände. Es hörte sowieso niemand hin, alle redeten gleichzeitig, laut und erbarmungslos durcheinander.

Ihr Bruder Gisbert hatte zum Grillen geladen. Ein Highlight für ihre Mutter Waltraud. Sie hatte sich riesig gefreut, als er gestern anrief, um sie und seine Schwester zu informieren. Margareta hatte den Braten sofort gerochen. Gisbert wollte sie verkuppeln. Es war jedoch kein Bratenduft, der soeben herüberzog. Es war der Geruch von mittelprächtigem Männerschweiß, gepaart mit dem Odeur von vergossenem Bier. Nur Norbert Koslowski konnte so riechen. Er stand in voller Pracht vor ihr – mit einer Hand hielt er sich am Fahnenmast fest – und schwang Reden, dass ihr schlecht vom Zuhören wurde. Seit Gisberts Holde ihren Bruder einschließlich der beiden Gören verlassen hatte, hing er mit seinem Nachbarn, diesem Frührentner, ab. Sie hatten etwas gemeinsam. Auch Koslowski war von seiner Gattin verlassen worden. Er lebte jetzt allein mit seinem Sohn Kevin. Irgendwann hatte Gisbert wohl den kranken Gedanken gesponnen, ihr diesen ollen Pott andrehen zu wollen. Sie ist allein, er ist allein, da bringen wir die beiden zusammen, wird er gedacht haben. Pustekuchen, ohne mich, sagte sich Margareta und zog ein grimmiges Gesicht.

Ihre Mutter sprengte fast den weißen Zehn-Euro-Kunststoffsessel, mit ihrem in eine gelbe Capri-Hose gepressten Hintern, der in den letzten Wochen dank Ferrero Küsschen und Muschelpralinen ordentlich an Umfang gewonnen hatte. Bei jedem ihrer Lacher wackelte der Stuhl bedenklich und schrappte über die Waschbetonplatten, was ein nerviges Geräusch verursachte. Tinnitus sei gegrüßt!

Gisberts Rathauskollegin Bettina Malicki war es zu verdanken, dass auf dem Grill Schweinefilets, Hacksteaks und Geflügelwürstchen lagen. Wohlwollend schaute die aufgetakelte Bettina auf den danebenstehenden Tisch, wo sie ihre mitgebrachten Salate drapiert hatte: Tomatensalat in der Tupper-Schüssel Eleganzia, Nudelsalat in der großen Tafelperle und den Feldsalat mit gehäuteten Mandarinenspalten in der Servierschale Allegra. Alles fettarm zubereitet, wie die Gestylte in ihrem kleinen Schwarzen aus Kunststoff mehrfach betonte. Ihr zu Ehren grillte Gisbert heute im gelben Lacoste-Polohemd und langbeiniger Jeans statt im Koslowski-Outfit – Feinrippunterhemd mit blauen Boxershorts.

»Letzte Woche gabet hier noch Schweinebauch und

grobe Bratwurst. Gipptet heute kein Kartoffelsalat?« Mit lüsternem Blick starte Koslowski Bettina in den tiefen Ausschnitt und grinste.

»Ich hätte dir gerne eine Schüssel Kartoffelsalat gemacht, mein Junge«, meldete sich Waltraud zu Wort. »Da hat der Norbert nun mal recht. Grillen ohne Kartoffelsalat ist kein Grillen. Nicht wahr, Norbert?«

Freudig erregt gluckste Koslowski los. »Genau, so 'ne neumoderne Kacke, datt ist doch nix. Fettarm, pfui Teufel!«

Seine Reaktion war Waltraud wiederum peinlich. Sie senkte den Blick, denn sie wollte es sich nicht gleich mit der neuen Freundin ihres Sohnes verderben und schwieg lieber. Margareta sah keine Notwendigkeit, sich auf irgendeine Seite zu schlagen. Sie mochte die hohle Bettina ebenso wenig wie Norbert Kosloswki, der irgendwie Angst vor ihr hatte, was unschwer zu erkennen war. Erst neulich hatte sie ihn dabei erwischt, wie er mit sichtlichem Wohlgefühl und bei eintretender Dämmerung seinen Urinstrahl gegen seine Hecke hinten im Garten richtete.

Wenn er endlich verschwinden würde, dachte sie und starrte auf Koslowskis Füße, die in zerfledderten Birkenstocklatschen steckten. Ihr Blick blieb an seinen Parmehacken hängen und sie hätte würgen können. Sie hasste Männer mit Parmehacken. Sie fand, diese gelblich vertrocknete Hornhaut sah genauso aus wie Parmesan am Stück. Auch diese Masse konnte man mit einem Hobel bearbeiten: statt Käseraspel mit der Hornhautfeile. Die Konsistenz beider Streuselarten wäre die gleiche, ob vom Fuß oder vom Käsestück.

»Kevin is mit seine Kumpels auf Schalke«, versuchte Koslowski Margareta ein Gespräch aufzuzwingen.

»Dort ist er doch bei jedem Heimspiel, oder etwa nicht?«

»Ja, eigentlich schon. Ich mein' ja nur.«

»Und du, was hast du heute noch vor?« Margareta schaute auf seinen hervorstehenden Bauch, der in einem besudelten Unterhemd Halt fand. Sie überlegte, ob er in dieser Kluft heute seinen Taubenstall gereinigt hatte und es sich bei den Flecken wohl um Kot seiner gefiederten Lieblinge handelte. Für Margareta völlig unverständlich, dass man in der heutigen Zeit noch Tauben hielt. Galten sie in den 1970er Jahren als die Rennpferde des kleinen Mannes, waren die meisten Taubenställe – soweit welche auf den Dachböden vorhanden waren – heute verwaist.

»Ja, gar nix hab ich vor. Gisbert hat mich zum Grilln eingeladen«, kam es patzig aus seinem mit Bierschaum verschmierten Mund.

»Ach wie nett.« Margareta und Bettina sahen sich an und waren ausnahmsweise einer Meinung.

Der verärgerte Koslowski drehte das Radio lauter und lauschte der aufgeregten Männerstimme, die live aus dem Stadion das Spiel moderierte.

»Hoffentlich zeigen se heute ma den Schwatzgelben, wo et lang geht«, ließ er gehässig verlauten.

»Ist doch egal, wer gewinnt, ob die Schalker oder die Borussen«, meinte Margareta gelangweilt und streckte sich auf ihrem Stuhl aus. Kaum ausgesprochen, konnte sie lautstarke Proteste aus vier Männer- sowie zwei Frauenmündern vernehmen.

Was mache ich hier eigentlich, fragte sie sich, während sie ihren Blick über das weite Hochplateau schweifen ließ, welches sich ihr hinter dem Gartenzaun präsentierte. Im Anschluss an das 90.000 Quadratmeter große stillgelegte

Gelände der Zeche Bergmannsglück, mit seinen teilweise mystisch aussehenden Bauwerken, konnte man hinter den E.ON-Gebäuden an der Bergmannsglückstraße die Ruhröl-Chemie erkennen. Dieses Werk, wie es da in der Abendsonne lag, hatte Margareta schon als Kind fasziniert, wenn sie im Fahrradkorb mit Opa auf dem Drahtesel Streifzüge durch ihre Heimatstadt unternahm. Der Qualm aus den langen Schornsteinen, der für kurze Zeit auf ihnen thronte wie Sahnehäubchen, um anschließend in den Wolken zu verschwinden, war ein beruhigender Anblick. Daneben die vielen Kessel, kugel- oder zylinderförmig, aus denen es brodelte, endlos lange Rohre, rund und dick oder dünn und schmal, die diese Kessel miteinander verbanden.

Türme aus Stahl, die aussahen wie die Türme, die Gisbert früher als Kind aus seinem Trix-Baukasten gebastelt hatte. Dahinter befanden sich die sogenannten Halden, die später begrünt worden waren.

Die Realität holte sie ein. Sie wurde gefragt, ob sie lieber ein Hacksteak oder eine Geflügelwurst wollte. ›Nichts von beiden‹, hätte sie am liebsten geantwortet, ›ich würde jetzt lieber mit einem tollen Mann in einem italienischen Lokal bei einem guten Wein und meinem Lieblingsessen sitzen, statt hier in einem mickrigen Zechenhausgarten begrillt zu werden‹. Stattdessen redete sie sich ein, dass ihr Bruder es gut mit ihr meinte und entschied sich für eine Wurst.

Koslowski hatte derweil bewaffnet mit zwei groben Bratwürstchen auf der Steintreppe Platz genommen, was Margareta einen freien Blick zwischen seine geräumigen Hosenbeine gewährte. Wieso immer ich?, fragte sie sich, während sie einen Schluck aus ihrem Bierglas nahm. Waltraud und Bettina unterhielten sich über die Vor- und

Nachteile der legendären Tupperware. Während Bettina behauptete, es gäbe keine Nachteile, hielt Waltraud dagegen, dass diese Plastikpötte, wie sie diese Behältnisse nannte, viel zu teuer wären.

Gisbert, Koslowski sowie die zwei anderen Grillgäste, die Nachbarn Heinz und Hubert von gegenüber, die nicht so krasse Ruhrpotturgesteine wie Koslowski waren, hatten nur Fußball im Kopf und gaben Prognosen ab, wer denn gewinnen würde.

Na ja, vielleicht besser hier zu sein, als allein in deiner Wohnung, tröstete Margareta sich. Da würde sie wahrscheinlich von Fenster zu Fenster laufen, um schlussendlich am Schlafzimmerfester stehen zu bleiben und rüber zu Karols ehemaligem Domizil zu starren, in der Hoffnung, die Zeit ein Jahr zurückdrehen zu können und ihn dort sitzen zu sehen. Schuhe reparierend, eingesperrt, um von ihr entdeckt zu werden. Doch Karol war Vergangenheit. Seine plötzliche Legalität, sein Emporkommen aus der Welt des kleinen Schuhmachers zu einem angesehenen Mann, der es beruflich in kürzester Zeit zu etwas gebracht hatte, war ihm zu Kopf gestiegen. Margareta, die er angeblich über alles liebte, genügte ihm plötzlich nicht mehr. Er ließ an seiner Potenz seine neue Sekretärin teilhaben, jung, blond und blöd, was Margareta gar nicht witzig fand. Als sie dahinterkam, war er wenigstens offen gewesen und gestand ihr alles. Noch am gleichen Abend flog er samt seinen wenigen Habseligkeiten aus ihrer Wohnung und zog zu Frau Jung-Blond-Blöd. Vergiss ihn, hämmerte sie sich zum hundertsten Mal ins Hirn. Vergiss ihn endlich. Lieb gemeint, dass Gisbert sich seitdem rührend um sie kümmerte, doch schließlich saßen sie in einem Boot: Zwei betrogene, ausgenutzte Seelen schipperten in einem maroden Kahn auf dem Rhein-Herne-Kanal. Wobei Gisbert gerade dabei war, ihr den alten Kahn alleine zu überlassen. Hatte er doch Bettina entdeckt. Bettina, bei der Margareta nicht zu sagen vermochte, wieso sie sich ausgerechnet Gisbert ausgesucht hatte. Er war weder vom Äußeren her der Brüller, noch verfügte er über herausragende innere Werte. Sie fragte sich oft, ob sie eine Spionin war, die vom Bürgermeister oder wer weiß wem auf ihn angesetzt worden war, um zu erfahren, was in der Bergmannsglücker Nachbarschaft in Bezug auf die geplante Firmenansiedlung für Meinungen vorherrschten.

Bevor Margareta jedoch den Kahn verlassen würde, um sich mit Koslowski zu verbünden, ruderte sie lieber weiter den Kanal entlang. Norbert Koslowski ging eindeutig zu weit. Einen Mann, der noch in den 70ern lebte, konnte sie nicht gebrauchen. Mochte sein, dass er ein gutes Herz hatte, doch wenn sie ehrlich war, interessierte sie an einem Mann momentan am allerwenigsten sein Herz.

Schließlich habe ich noch meine Mutter, sagte sie sich. Nervig, aber für mich da.

»Der Salat ist abba echt kein Schmackofatz«, ließ Koslowski soeben verlauten, wobei er mit seiner Gabel in der großen Tafelperle herumstocherte, um Nudelsalat zu Tage zu befördern. »Sowatt von mager schmeckt datt. Rutscht gar nich.«

Bettina schüttelte mit dem Kopf und grinste. Zum Glück nahm sie Koslowski mit Humor. Wenn sie Gisbert wollte, musste sie sich schließlich irgendwie mit seinem Nachbarn und gutem Freund arrangieren.

Den besser erzogenen Nachbarn von gegenüber, Hubert und Heinz, verging das Lachen, nachdem Margareta ihnen einen bösen Blick geschenkt hatte. Artig aßen sie ihre Hacksteaks mit Nudelsalat und tranken ihr Bier, ausnahmsweise aus Gläsern statt aus Flaschen.

Plötzlich ertönten markerschütternde Schreie aus sämtlichen Gärten der Zechenhaussiedlung. Koslowski sprang auf und hüpfte in seinen Boxer-Shorts wie ein Irrer durch den Minigarten, als führe er einen Befruchtungstanz auf. Gisbert warf die Arme gen Himmel. Ein Tor war gefallen: Einsnull für Schalke. Die Lautsprecher des Brüllwürfels krächzten, als würden sie gleich den Geist aufgeben. Waltraud schlug sich freudig erregt auf ihre Schenkel. Die beiden verschüchterten Nachbarsmänner freuten sich eher unauffällig.

Margareta schüttelte nur den Kopf.

»Ach, freu dich, ist doch schön«, meinte Bettina zu Margareta und gab dabei Gisbert einen Kuss auf die verschwitzte Wange.

»Was soll daran schön sein?« Margareta konnte der Fußballleidenschaft nichts abgewinnen. Ein Grund mehr, wieso Koslowski niemals für sie infrage käme.

Es blieb bei dem 1:0 für die Schalker. Wenige Minuten später war das Spiel zu Ende und Bettina trug den Nachtisch nach draußen. Eine große Schale Tiramisu, wie Margareta wohlwollend registrierte. Sie freute sich, dass es für sie einen Hauch von italienischem Flair gab. Sie nahm sich eine ordentliche Portion dieser göttlichen Speise und aß sie mit Appetit.

»Watt is datt denn?« Norbert Koslowski war entsetzt, als er die Nachspeise betrachtete. »Wieder sonn neumodischen Kram. Hättse ma Vanillepudding gekocht«, riet er Bettina.

Sie lachte und Margareta fragte sich, wie man als Frau

derart in sich ruhen konnte. Wieso sie sich überhaupt für Gisbert interessierte, wollte nicht in ihren Kopf. Ihrer Meinung nach lebten sie in völlig verschiedenen Welten. Doch eine Spionin? Ihre einzige Gemeinsamkeit war das Buersche Rathaus und die Amtsstube, die sie teilten, nachdem Gisberts Kollege Walter – Waltrauds ehemaliger Lover – wegen eines Burn-outs vorzeitig in Ruhestand gegangen war.

Eine Stunde später – das Grillfeuer war bereits erloschen – stürmten knapp zehn Jugendliche in blauweißen Schalke-Outfits grölend den Nachbargarten. Allen voran Kevin, Koslowskis Sohn.

»Näh, näh, näh. Datt gippet heut nicht. Nich wieda bei uns.« Völlig ungehalten sprang Koslowski über den kleinen Zaun auf sein Grundstück, wobei sein Bauch einen Hüpfer machte. Kurzerhand schmiss er die Meute feierfreudiger junger Männer aus dem Garten.

Kevin nahm es mit Humor. »Dann gehen wir eben aufs Zechengelände.« Und schon war die fröhliche Clique – einschließlich eines vollen Bierkastens – über den Zaun verschwunden, der Koslowskis Garten von dem Gelände trennte.

»Ihr wisst, datt datt verboten iss«, rief Koslowski den Jungs hinterher. Doch schon waren sie fort. Mehrmals kam Kevin zurück, um verschiedene Dinge aus dem Stall, der sich im Anbau des Zechenhäuschens befand, zu holen. Margareta mochte den freundlichen Jungen. Er war stets höflich, hatte gute Umgangsformen und sah zum Anbeißen aus, wie sie fand. Sie war der Überzeugung, dass er als Baby im Krankenhaus vertauscht worden war und niemals ein Abkömmling Norbert Koslowskis sein konnte.

Gisbert holte gut gelaunt eine Flasche Weißherbst aus dem Keller, die ihm Margareta sofort aus der Hand riss.

»Endlich mal was Gescheites zu trinken«, rief sie erfreut. Sie labte sich an dem guten Tropfen und ließ Bettina und Waltraud weiter ihr Bier trinken.

Die Ehefrauen von Heinz und Hubert hatten ihre Männer per Handy nach Hause beordert. Hinter der Halde sah man, wie die Sonne sich langsam verabschiedete. Aus dem Radio erklangen deutsche Schlager, was Margareta allerdings kaum mehr wahrnahm, da sie die Weinflasche nach und nach geleert hatte. Die Plastikstühle wurden so angeordnet, dass man die Jungs beobachten konnte, die inzwischen ein Lagerfeuer entzündet hatten und den Sieg ihrer Fußballmannschaft gebührend feierten.

»Wenn datt man gut geht. Irgendeiner geht doch bestimmt wieder Streife und dann gippet Ärger. Ich hab den Kevin …«

»Lass gut sein, Norbert«, unterbrach Gisbert seinen Nachbarn. »Damit ist sowieso bald Schluss. Wenn tatsächlich die Rohrfirma das Gelände bekommt, haben die Jungs die längste Zeit dort gefeiert.«

»Datt glaubze doch selba nich. Die vonne Bürgerdingsda werden sich schon wehren.«

»Das wird ihnen wenig nützen. Die Stadt und die RAG sitzen am längeren Hebel. Allein die Aussicht auf die vielen neuen Arbeitsplätze. Da werden die paar Leutchen wenig ausrichten«, war Gisbert sich sicher. »Nur weil Anwohner sich durch den LKW-Verkehr der Firma gestört fühlen, geben die ihre Pläne nicht auf.«

»Die wolln doch datt Begegnungszentrum.«

»Mensch, Norbert, das Gelände ist riesig. Da wird doch eine alte Halle für sie abfallen.«

»Datt geht nie gut, beides. Entweder oder, sach ich.«

»Dich fragt aber keiner.« Gisbert reichte seinem Nachbarn eine Bierflasche und die beiden stießen an, bevor sie sich die kalte Flüssigkeit in die Hälse laufen ließen.

»Hass ja recht. Hier hinter datt Gelände sind wir ja weit vom Schuss und werden den Krach nicht so mitbekommen. Trotzdem bin ich für die neue Firma. So, wie jetzt, allet brach liegen lassen, iss auch keine Lösung.«

»Wo du recht hast, hast du recht, Norbert.« Da waren sich die beiden völlig verschiedenen Nachbarn einig.

Koslowski verschwand mit einem Blick auf das Lagerfeuer der Jugendlichen in sein Haus und Waltraud hastete um 22 Uhr zur Bushaltestelle, um den letzten 244er Richtung Buer zu bekommen. Margareta streikte, obwohl sie den gleichen Weg hatte. Sie hasste öffentliche Verkehrsmittel und war nach drei Gläsern Bier und einer Flasche Wein kaum in der Lage geradeaus zu laufen, geschweige denn Auto zu fahren. So nahm sie das Angebot Gisberts, in einem der Kinderzimmer zu nächtigen, ausnahmsweise an, obwohl sie seine Zigarrenkiste hasste. Zigarrenkiste war ihre Bezeichnung für Gisberts Eigenheim.

2.

Hans Meisel, ein Nachbar aus der Arndtstraße, sah eine Gestalt am Boden liegen, als er gegen sechs Uhr um die Ecke der großen Lagerhalle bog. Bodo, sein Rauhaardackel, trippelte mit eiligen Schritten genau darauf zu.

»Bodo, bei Fuß, komm sofort zurück!«, rief Meisel seinem Hund hinterher. Tatsächlich blieb der Hund stehen und schaute sein herannahendes Herrchen an. Herrchen im blauen Jogginganzug wusste, dass das Betreten des Geländes streng verboten war. Es war jedoch praktisch, den Vierbeiner in aller Früh dort seine Runden drehen zu lassen. Er sparte sich eine Plastiktüte und eine Menge dummer Sprüche seiner Mitmenschen hinsichtlich der Hinterlassenschaften seines Dackels. Er nutzte oft und gerne das Gelände, das er durch ein verstecktes Loch im Zaun problemlos betreten konnte.

Als er die Gestalt erreicht hatte, sah er, dass es sich um einen jungen Mann aus der Nachbarschaft handelte, den er zwar vom Sehen, nicht aber mit Namen kannte.

Er beugte sich zu ihm herunter. »Hallo, ist Ihnen nicht gut? Kann ich Ihnen helfen?«

Da der junge Mann ein Schalke-Trikot trug, nahm der Hundebesitzer an, dass er es wohl nach der Siegesfeier nicht mehr bis nach Hause geschafft hatte und in der lauen Sommerluft hier seinen Rausch ausschlief.

Die wachsweiße Haut des jungen Mannes und das angetrocknete Blut, welches aus einer Wunde am Kopf gelaufen war, die Meisel zwischen der zu kleinen Stacheln hochgegelter Haarpracht erspähte, machten ihm jedoch eines klar: Er war tot. Erst jetzt nahm er die Fliegen wahr, die sich auf den halb geöffneten Augen des Leichnams tummelten. Das Blut rauschte in Meisels Ohren, ihm wurde übel. Am liebsten hätte er seinen Hund geschnappt und sich davon gemacht. Erst jetzt sah er das kleine Rinnsal Blut, das vom Kopf bis hinter den Rücken des Opfers gelaufen und bereits geronnen war. Hier wimmelte es ebenfalls von Fliegen.

Hau ab, sagte eine Stimme laut und erbarmungslos in ihm. Sie werden Fragen stellen, was du hier zu suchen hattest. Es wird Belehrungen hageln. Und das heute. An diesem herrlichen Sonntagmorgen, wo er zum Schwimmen fahren wollte, mit seiner Frau und seinem Hund. Widerwillig zog er sein Handy aus der Hosentasche und wählte die Nummer der Polizei. Er gab den Fundort der Leiche an und musste sich jetzt schon die Frage gefallen lassen, was er *überhaupt* auf dem alten Zechengelände zu suchen hatte. »Gassi mit dem Hund«, sagte er. »Soso«, meinte der Polizeibeamte. Er sollte warten, bis die Polizei einträfe. Er leinte Bodo an und ging einige Meter an der Lagerhalle entlang. Auf der linken Seite befanden sich die Häuser der Körnerstraße. Alles war ruhig, die Anwohner schliefen. Bis vor kurzem wurden die Hallen zur Materiallagerung der RAG, der Ruhrkohle AG, genutzt, nachdem die Zeche in den 1960er Jahren stillgelegt wurde. Der Übertagebetrieb war allerdings bis zum Jahre 2008 weiter gelaufen. Nun war hier niemand mehr.

Er hatte das Gittertor an der Körnerstraße erreicht und sah die ersten Polizeiautos mit Blaulicht und Martinshorn vorfahren. Wozu solch ein Krach?, fragte er sich. Davon wird der Tote nicht mehr lebendig. Ein grün-weißer Polizeibus hielt direkt vor dem Tor. Ihm entsprangen drei Uniformierte und ein Mann in Zivil, der das Schloss öffnete.

Für so schnell und pfiffig hatte Meisel die Polizei gar nicht gehalten, gleich den richtigen Mann dabei zu haben. Als das Tor offen war, fuhren die Polizeifahrzeuge auf das übersichtliche Gelände, bis sie ungefähr zwanzig Meter vor der Leiche zum Stehen kamen. Der grün-weiße Bus parkte direkt dahinter. Das Gewusel der Polizeibeamten und das Gezische und Gepiepse des Funkverkehrs, welches aus den offenstehenden Wagen drang, machten Bodo nervös. Er begann zu zittern, sodass Herrchen ihn zur Beruhigung auf den Arm nahm.

Einer der uniformierten Beamten gab ihm freundlich die Hand und fragte ihn nach seinem Ausweis, den er natürlich nicht dabei hatte. Meisel beantwortete geduldig alle Fragen, gab seine Personalien an und schilderte, wie er den Toten vorgefunden hatte. Einige der Beamten erspähten das abgebrannte Lagerfeuer, umgeben von zahlreichen Bierflaschen und Unrat, etwa zehn Meter von der Leiche entfernt, mitten auf dem asphaltierten Platz.

Sie redeten von Kripo und Spusi, während andere den Fundort, samt Feuerstelle, mit rotweißem Flatterband großräumig absperrten. Obwohl Bodo zitterte wie Espenlaub, wollte man Meisel nicht gehen lassen. Er sollte das Eintreffen Kommissar Blauländers abwarten.

»Bodo geht es echt nicht gut«, versuchte er verzweifelt dem Polizeibeamten, der seine Personalien aufgenommen und sich mit Breitmeier vorgestellt hatte, klarzumachen.

»Das tut mir zwar leid für Ihren Bodo, ein paar Minuten wird er sich jedoch gedulden müssen.«

Zwanzig Minuten später fuhr ein schwarzer BMW auf das Zechengelände und parkte zwischen den anderen Polizeifahrzeugen. Das musste Kommissar Blauländer sein, der mühselig dem Fahrzeug entstieg und auf den Hundebesitzer zuging, gefolgt von einem Kollegen.

»Helmut Blauländer, Kripo Gelsenkirchen«, stellte sich der gewichtige Kommissar dem jungen Mann vor und deutete auf seinen Assistenten. »Das ist mein Kollege Kornblum.«

»Sie haben den Toten gefunden? Sie wissen, dass Sie das Gelände hier nicht betreten dürfen?«, beschuldigte dieser sogleich Meisel.

»Das stimmt, ich habe den Toten gefunden. Das habe ich alles schon dem Beamten dort drüben erzählt. Ich weiß, dass ich hier nicht sein darf. Hätte ich mich lieber aus dem Staub machen und nicht die Polizei rufen sollen?« Den Tränen nahe drückte der Mann seinen zitternden Hund an sich. »Bodo hat Hunger. Es ist halb acht. Normalerweise isst Bodo um sieben.«

»Nun mal langsam, junger Mann. Ihr Name ist?«

»Hans Meisel. Ich wohne in der Arndtstraße.«

»Bodo wird nicht verhungern«, meinte Blauländer mit einem Blick auf den Rauhaardackel. »Außerdem isst ein Hund nicht, sondern er frisst.«

»Bodo frisst nicht, er isst«, widersprach Meisel vehement. Der dicke Kommissar mit seinem Blätterteiggesicht war ihm äußerst unsympathisch und er bereute bereits, nicht einfach abgehauen zu sein. Dann säße er jetzt schon satt und zufrieden mit Bodo und seiner Frau in seinem Wagen und würde dem Silbersee in Haltern entgegensteuern.

Das Gestell der Goldrandbrille, die neu zu sein schien, drückte sich in die fleischigen Wangen des Kommissars. Seine nervösen, grasgrünen Augen flitzten hinter den getönten Gläsern hin und her. Komischer Kerl, dachte

Meisel, im Fernsehen sehen die Kommissare viel besser aus.

Helmut Blauländer taxierte Meisel von unten nach oben und wandte sich anschließend an seinen Kollegen. »Breitmeier hat gesagt, dass der Mann keine Papiere bei sich hat. Sie begleiten ihn nach Hause und lassen sich den Ausweis zeigen, Kornblum. Na los!«, setzte er hinzu, nachdem sein Untergebener ihn verschlafen anstarrte.

Meisel hatte die Faxen dicke. »Hören Sie, was soll ich denn alles mitnehmen, wenn ich um sechs Uhr morgens mit dem Hund Gassi gehe? Vielleicht noch mein Familienstammbuch?«

»Schon gut, schon gut. Hätten Sie nicht verbotenes Gelände betreten, hätten Sie jetzt keinen Ärger. Ihr Hund keinen Hunger und so weiter und so weiter.« Ich rede Unsinn, musste Blauländer sich eingestehen. Hätte er den Toten nicht gefunden, dann ein anderer. Wütend gab er Kornblum einen kleinen Schubs, der ihm ein ›Komm' jetzt endlich und mach hinne!‹ signalisieren sollte.

Meisel drehte sich um. »Hätte ich das Gelände nicht betreten, wären Sie jetzt gar nicht hier.«

Wo er recht hat, hat er recht, dachte Blauländer und musste schmunzeln. Dann läge ich nämlich jetzt noch in meinem Bett, würde Kaffeeduft wahrnehmen, Anni in der Küche werkeln hören, langsam aufstehen, hinunter in die Küche gehen und mich zu meiner Frau an den Tisch setzen. Wie an jedem Sonntagmorgen. Während ich mein Rührei mit Speck verzehrte, würden wir über die Erlebnisse der letzten Woche plaudern, über die Kinder, die Enkel und über klitzekleine Nichtigkeiten, die das Leben interessant machten. Stattdessen musste ich mich heute Morgen eiligst in meine Klamotten schmeißen, die wegen meines

Bereitschaftsdienstes direkt neben dem Bett auf dem Stuhl lagen, und ohne Frühstück los. In meinem Alter – immerhin werde ich nächste Woche 55 Jahre alt – und bei den Zipperlein, die mich quälen, gar nicht mehr so einfach.

Die Spusimänner, die inzwischen eingetroffen waren, machten sich in ihren weißen Anzügen an ihre Arbeit.

Verdammt jung, dachte Blauländer, als er sich den hübschen, am Boden liegenden Jungen anschaute. Wer hatte ihn auf dem Gewissen? Lagerfeuer, Bierflaschen und Scherben, alte Eimer, die wohl als Sitzgelegenheit gedient haben, ein Schalke-Schal. Allesamt Indizien für eine Feier unter Jugendlichen.

»Hier ist die Geldbörse des Jungen, in der der Ausweis steckt. Dazu Scheckkarte, reichlich Geldscheine, also kein Raubmord.« Polizeiobermeister Breitmeier reichte Blauländer die Börse. Der Kommissar nahm den Ausweis in die Hand. Kevin Koslowski, 1986 geboren, also 25 Jahre alt, wohnhaft in der Körnerstraße. Ein Steinwurf von hier, dachte Blauländer.

»Ein Mord aus Eifersucht vielleicht. Wer weiß«, sprach er eher zu sich selbst.

Polizeisirenen, Autotürenschlagen, Stimmengewirr, sowie das monotone Gurren zweier Tauben samt deren Gescharre an der Dachrinne direkt über dem Fenster rissen Margareta aus dem Schlaf. Sie fuhr hoch und musste sich erst orientieren. Schräge Wände, Wappenmuster an den Wänden, winzig kleine Fenster, die offen standen, Geruch von sauren Nierchen. Richtig! Ich bin bei meinem Bruder, fiel ihr plötzlich ein, habe in einer seiner winzigen Nisthöhlen im Dachgeschoss übernachtet, weil ich die Hacken abhatte.

Die beiden Tauben gurrten ungeachtet Margaretas Kopfschmerzen weiter Liebeslieder und brachten sie fast zur Weißglut. Taumelnd ging sie zum Fenster und klatschte in die Hände, worauf das verliebte Pärchen davonflog. Ein Blick auf ihre Armbanduhr sagte ihr, dass es erst kurz nach sieben war. Trotzdem schien die Sonne bereits jetzt erbarmungslos, was einen warmen Sommertag ankündigte. Sie zog die vergraute Gardine auf und konnte die Äste des Apfelbaumes im Garten sanft hin und her wogen sehen. Was sie erblickte, ließ sie sofort hellwach werden und ihren Rausch vom Vorabend vergessen. Keine hundert Meter weiter auf dem Zechengelände wimmelte es von Polizei. Hatte sie die Sirenen und das Türenschlagen doch nicht geträumt? Ein Haufen Polizeibeamter in Uniform und in Zivil rannten um eine am Boden liegende Gestalt herum. Nun erkannte sie, trotz der Entfernung, eine stattliche Person, die Erinnerungen in ihr wach werden ließen, die besser im Verborgenen geblieben wären. War die wohlgenährte Gestalt in der blauen Stoffhose und dem weißen Hemd nicht Kommissar Blauländer? Das konnte nichts Gutes bedeuten. Sie lehnte sich aus dem Fenster, schaute rüber zu Koslowskis Haus. Der Herbert-Knebel-Verschnitt schien noch zu schlafen. Im Zimmer blickte sie sich nach einem Fernglas um. Auf dem Schreibtisch zu ihrer linken lag zwar allerhand Krimskrams, ein Feldstecher war jedoch nicht dabei.

Sie schob ihre Füße in die Sandalen, verließ das Zimmer und wollte ins Bad gehen, um geradewegs Gisbert in die Arme zu laufen, der aus seinem Schlafzimmer kam.

»Sag mal, was ist denn das für ein Scheißkrach draußen? Ich dachte, wir wollten ausschlafen?« Gisbert machte in seinem schwarzen Slip gar keine schlechte Figur, stellte Margareta fest.

»Das frag' die Tauben deines Nachbarn und die Heerschaaren von Polizisten drüben auf dem Zechengelände. Du, Gisbert, ich habe ein komisches Gefühl.« Margareta ging ihm voraus die steile Treppe hinunter ins Erdgeschoss.

»Nicht schon wieder, Miss Marple. Du und deine Vorahnungen.«

Sie riss die Zwergentür zum Hof auf, nachdem sie diese entriegelt hatte, und stürzte in T-Shirt und Slip in den Garten. Ihre übervolle Blase war vergessen.

»Wo willst du hin?« Gisbert starrte sie verwundert an.

»Zieh, dir erst mal 'ne Buxe an.«

Sie schaute ihren Bruder verdutzt an. Seine rötlichen Haare standen ihm zu Berge. Seine Haut sah so käsig aus, dass man seine Sommersprossen fast nicht sah. Er denkt das gleiche wie ich, wusste Margareta. Unausgesprochen waren ihrer beider Gedanken: Etwas Furchtbares musste passiert sein. Sie gingen durch den kleinen Garten bis zur Hecke und schauten hinüber. Margareta sah, wie Gisbert einen alten Metallkanister aufhob, der vor der Hecke in seinem Garten lag.

»Was ist das für ein Kanister?«

»Was weiß ich, gestern war er noch nicht da.« Gisbert schraubte den Verschluss ab und schnupperte an der Öffnung des Behälters. »Riecht nach Benzin.«

»Das müssen wir der Polizei melden. Vielleicht hat der was mit dem dort drüben zu tun.« Margareta zeigte in die Richtung der Polizeibeamten und einer Horde von Presseleuten, die inzwischen wie aus dem Nichts aufgetaucht waren und sich dreist ins Geschehen drängten.

»Lass' uns abwarten. Erst mal sehen, was da drüben los ist.«

Obwohl Margareta die am Boden liegende Person aus der Perspektive gar nicht erkennen konnte, wusste sie, um wen es sich handelte. Ihre Intuition ließ sie ausrufen: »Es ist Kevin. Dort liegt Kevin!«

»Halt den Mund. Wenn Norbert dich hört. Woher willst du das denn wissen? Du machst uns noch alle verrückt.« Wütend schüttelte Gisbert seine Schwester an der Schulter. »Lass uns reingehen, muss ja nicht jeder mitkriegen, was ich für eine spleenige Schwester habe.«

Als Margareta eine Viertelstunde später angezogen und halbwegs frisch aus dem Bad kam, saßen Gisbert und Bettina schweigend am Küchentisch. Aus der Kaffeemaschine kamen glucksende Geräusche.

Kaum eine Minute später vernahmen die drei einen markerschütternden Schrei aus dem Nebenhaus. »Neeein, Neeein … Nich Kevin! Nich mein Kevin!« Es folgten Laute, die wie das Aufheulen eines verletzten Wolfes klangen. Ein völlig verzweifelter Klagelaut, dass einem angst und bange wurde.

Gisbert sah Margareta an. »Du wirst mir immer unheimlicher.«

Tränen liefen ihr die ungeschminkten Wangen herunter. »Du tust gerade so, als hätte ich ihn umgebracht.«

Fritz Bommer saß auf einem maroden Stuhl in seinem mit Schleiflackmöbeln bestückten Schlafzimmer und lugte mit dem Fernglas durchs Fenster nach draußen. Er trug eine graue Jogginghose und ein rotes T-Shirt, das schon bessere Tage erlebt hatte. Sowohl Hose als auch Shirt waren total verdreckt und voller Löcher. Weil er keine Lust hatte, sich abends umzuziehen, behielt er dieses Outfit nachts ebenfalls an. Er besaß eine weitere Jogginghose in blau sowie zwei weitere T-Shirts. Zu seiner Garderobe zählte auch eine kurze Popelinhose, die ebenfalls stark verschmutzt war.

Seit seine Mutter, mit der er zeitlebens diese kleine Zechenhaushälfte bewohnt hatte, gestorben war, fehlte ihm die Lust und die Kraft für den Haushalt. Mutti hatte ihm beigestanden, als er krank wurde und seine Arbeit verlor. Tag und Nacht hatte sie sich sein Gejammer angehört und versucht, ihn aufzumuntern. Gegen seine starken Depressionen kam die alte Frau jedoch nicht an. Irgendwann lag sie morgens tot in ihrem Bett. Alle meinten, es sei ein schöner Tod gewesen. Nimm es nicht so schwer, sie hatte ihr Alter, versuchten seine Verwandten und Nachbarn ihn aufzumuntern. Er war nun allein. Seine Geschwister kamen auf kurze Stippvisiten vorbei, gaben mit gerümpften Nasen gut gemeinte, aber nutzlose Tipps und verschwanden wieder.

Er hatte den Absprung aus dem Elternhaus – trotz dreijähriger Ehe – nie geschafft, war Muttis Verbündeter, als sein Vater auf der Zeche Bergmannsglück verunfallte. Nun war er ein 55-jähriges Wrack, das sich zu nichts mehr aufraffen konnte.

Sein Lieblingsplatz befand sich seither am Schlafzimmerfenster. Sein Lieblingsgegenstand: das Fernglas, mit dem er das alte Zechengelände beobachten konnte. Fast 40 Jahre seines Lebens hatte er auf dem Gelände bei der Ruhrkohle AG verbracht, das er täglich von seinem Fenster aus in Augenschein nahm. Zu Anfang unter Tage als Berglehrling, später, als die Schächte verfüllt waren, über

Tage als Schlosser. Als die Werkstatt den Betrieb einstellte, beschäftigte man ihn als Lagerarbeiter, bis er krank wurde und Erwerbsunfähigkeitsrente beantragen musste. Seitdem lebte er von 812 Euro Rente plus 112 Euro Wohngeld mehr schlecht als recht. Seine Geschwister wunderten sich, wie er den alten Daimler, der vor seiner Tür stand, unterhalten konnte. Von dem würde er sich jedoch nie trennen. Mutti hatte die Ausflugsfahrten mit dem blauen Wagen geliebt. Außerdem hatte Mutti eine gute Bergmannsrente bezogen, als sie noch lebte und der Sparkasse nie getraut. Ihr Kissen – samt kaufkräftigem Inhalt – besaß nun er.

Er spürte kaum Mitleid, als er den Toten auf dem Gelände liegen sah. Mit dem Feldstecher beobachtete er Kevin Koslowskis Leiche und die vielen Polizeibeamten um ihn herum. Man wird mich befragen. Sollen sie ruhig kommen. Sie gehen wieder, dachte er und schlurfte hinunter in die Küche, um sich dort einen Kaffee aufzubrühen.

Wer hatte Mitleid mit mir, als meine Mutter starb? Ein paar fromme Worte, ein Händeschütteln, ein Schulterklopfer. Das war's. Wieso sollte ich jetzt Mitleid haben? Er schaltete den Fernseher an und ließ sich vom Kinderprogramm einlullen.

3.

Rudi Thannhäuser wohnte in einem der sogenannten Steigerhäuser an der Bergmannsglückstraße, einer Straße mit hübschen Vorgärten, unweit des Verwaltungsgebäudes des alten Zechengeländes. Seine Doppelhaushälfte verfügte über 110 Quadratmeter und einem für Großstadtverhältnisse riesigen Garten von 800 Quadratmetern. Als die Zeche Hugo im Ortsteil Beckhausen vor einigen Jahren geschlossen wurde, ging der ehemalige Bergbauingenieur in den Vorruhestand. Der groß gewachsene Mann mit dem grau gewellten Haar war mit seinen 53 Jahren noch äußerst fit. Zum körperlichen Ausgleich spielte er in der Altherrenmannschaft des örtlichen Vereins SC Hassel Fußball. Geistig fit hielt ihn sein Posten als 1. Vorsitzender der Bürgerinitiative, die vor einiger Zeit entstanden war. Die Verbundenheit zur Zeche, auf der sein Vater und sein Großvater unter Tage gearbeitet hatten, sorgte für einen Zusammenschluss mit weiteren Nachbarn, um das Zechengelände Bergmannsglück mit seinen historischen Gebäuden vor dem Verfall zu bewahren. Ihr Wunschtraum war, diese alten Gemäuer unter Denkmalschutz stellen zu lassen und in einigen von ihnen ein Begegnungszentrum für die Bewohner der Umgebung zu errichten. Als es hieß, die Firma Wessel Rohr & Co. KG mit Hauptfirmensitz in Dortmund wolle sich auf dem Gelände ansiedeln, um eine neue Produktionsstätte zu bauen, kochte es in der Bürgerinitiative. Neue Mitglieder stießen hinzu, man traf sich zu Krisensitzungen, an der gelegentlich auch der Bürgermeister sowie der Firmenchef der Wessel Rohr KG, Peter Wessel, und sein Co. Raimund Fischer teilnahmen. Den

Bürgermeister begeisterten die vielen neuen Arbeitsplätze, die in Aussicht gestellt wurden. Die Anwohner hingegen fürchteten den Abriss der alten Gebäude sowie den Lärm, der durch den LKW-Fuhrpark des Unternehmens in die Siedlung Einzug hielte. Schluss mit der idyllischen Ruhe, dachten sie. Eine Einigung schien nicht in Sicht. Der Stadtplaner Heribert Stempel, ein lockenköpfiger Brillenträger, versuchte zu vermitteln und die Belange beider Parteien unter einen Hut zu bringen. Seiner Ansicht nach wäre die Lärmbelästigung das kleinere Übel. Auch sah er kein Problem darin, zwei der alten Hallen für ein Begegnungszentrum bereitzustellen, was Peter Wessel jedoch ein Dorn im Auge war. Wenn es nach ihm ginge, würde er die alten Gebäude, obwohl Denkmalschutz bereits beantragt war, abreißen und neue Hallen bauen lassen. Doch da biss er bei der Bürgerinitiative auf Granit.

Unterstützt bei seiner neuen Aufgabe wurde Rudi Thannhäuser von seiner Gattin Annegret, die bis im Jahre 2008 in dem alten Verwaltungsgebäude der Ruhrkohle AG gearbeitet hatte. Stets war sie mit Leidenschaft ihrem Chef Hubertus Löschke, heute 75 Jahre alt und von allen in der Siedlung ›Der Professor‹ genannt, zu Diensten gewesen, bis er im Jahre 2000 den wohlverdienten Ruhestand antrat. Annegret war fortan als Sachbearbeiterin beschäftigt. Am letzten Arbeitstag 2008 war sie dabei gewesen, als die Lichter in dem Gebäude erloschen. Wie ein guter Kapitän auf einem sinkenden Schiff verließ Annegret als Letzte ihre Arbeitsstätte. Hubertus Löschke wurde von ihr in all den Jahren seines Ruhestands auf dem Laufenden gehalten. Außerdem schlug er drei Mal die Woche in seiner alten Abteilung auf, um nach dem Rechten zu sehen, hier und da Tipps zu geben oder einen Kaffee zu trinken. Annegret bot man 2008 einen anderen Verwaltungsposten einer auswärtigen Zeche an, den sie ablehnte. Sie nahm die kleine Abfindung und starrte seitdem aus dem Dachfenster ihres Hauses voll Trauer auf das Gelände. Fast täglich träumte sie sich in die alten Zeiten zurück. Gelegentlich traf sie sich mit ihrem alten Chef auf einen Kaffee bei ihm oder bei sich zu Hause. Sie kannten nur ein Thema: Wie schön war es damals … Löschke hatte noch einen Schlüssel zu dem alten Gebäude. So verschafften sich die beiden Zugang zu ihren alten Büros, in denen es mittlerweile verheerend aussah. Das Mobiliar war größtenteils entsorgt worden, die Wände und Böden waren verdreckt, Armaturen aus den Wänden gerissen. Trotzdem spielten sie alle paar Wochen Chef und Sekretärin, schlichen durch die Räume, platzierten sich dort, wo ihre alten Schreibtische standen und schwelgten in Erinnerungen. Von ihren Stippvisiten erzählten sie niemanden, es war ihr kleines Geheimnis.

Doch nicht nur in seiner Annegret hatte der toughe Rudi Unterstützung. Sein Nachbar, der schüchterne Udo Urbat, den er kurzerhand zu seinem Stellvertreter in der Bürgerinitiative ernannt hatte, stand ihm treu zur Seite.

Seit Udos Frau Ingrid das Weite gesucht hatte, war er froh um ein klein wenig Abwechslung. Er mochte Rudi und Annegret und die beiden liebten den stillen Udo, den blonden 49-jährigen Wechselschichtler der Ruhr-Öl AG. Seit seine Ingrid fort war, suchte er in seinem Hirn nach Gründen, wie das geschehen konnte. Er war sich keiner Schuld bewusst, ging stets fleißig seiner Arbeit nach, versorgte Haus und Garten ordentlich, war mit Ingrid im flaschengrünen Astra durch die Gegend gefahren, hatte versucht, ihr etwas zu bieten.

Ingrid hingegen war das irgendwann nicht mehr genug.

Sie bekam graue Haare, wenn sie ihn nur mit seinem Spießerauto nach der Schicht die Auffahrt hinauffahren sah. Wenn er nach zwölf Stunden Maloche gebeugt aus dem Auto stieg, sich seine olle Ledertasche schnappte und mit tiefen Augenschatten die Tür aufschloss, hätte sie laut schreien können. Dass er zu allem Ja und Amen sagte, brachte sie auf die Palme. So packte sie eines Tages ihre Sachen und verschwand mit dem Tiefkühlkost-Verkaufsfahrer auf Nimmerwiedersehen.

Sie hatte es einfach zu gut gehabt, waren alle Freunde und Nachbarn sich einig. Man versuchte den lieben Udo aufzubauen. Er würde eine andere finden, eine, die besser zu ihm passe als die wilde Ingrid, meinten alle. Doch seit fast vier Jahren geschah in der Hinsicht gar nichts.

Niedergeschlagen saßen Rudi, Annegret und Udo im jämmerlichen Licht der alten Laterne im Garten der Thannhäusers. Die Sonne war fast untergegangen, das Feuer im kleinen Grill längst erloschen. Auf dem Teller daneben lag reichlich Grillgut in Form von Frikadellen, Nackenkoteletts und Würstchen. Auf dem Tisch warteten schmutziges Geschirr und eine halb volle Schüssel mit Kartoffelsalat darauf, abgeräumt zu werden.

»Soll ich uns einen Kaffee machen?«, fragte Annegret die beiden Männer. Sie schüttelten jedoch ihre Köpfe. Appetitlosigkeit *und* keine Lust auf einen Kaffee waren ein schlechtes Zeichen.

»Wer macht so was? Wer bringt so einen netten Jungen um? Und warum?«, fragte Rudi mehr sich selbst als die beiden Anwesenden.

Annegret schloss ihre Strickweste und verschränkte die Arme. Ein kalter Schauer fuhr ihr den Rücken hinunter, der weniger von der Außentemperatur herrührte, als von der großen Abscheu vor der Tat.

»Ein netter Junge, der Kevin«, sinnierte sie, »immer freundlich, immer höflich. Er hat mit der Kati von nebenan in einem Büro gesessen. Im nächsten Jahr hätte er seine Abschlussprüfung gehabt.«

»Was feiern die auch auf dem Gelände.« Udo schaute aus glasigen Augen phlegmatisch in die Gegend.

»Mensch, erzähl' nicht so einen Mist«, regte Rudi sich auf. »Hast du in dem Alter nicht mal was Verbotenes gemacht? Häh?«

»Doch schon. Ob es einer von seinen Kumpels war?« Udo öffnete eine weitere Flasche Pils und ließ einige Schlucke glucksend in seinen Hals laufen.

»Kann ich mir schlecht vorstellen. Sonst hätte der Kommissar einen Verdacht geäußert.« Rudi bediente sich ebenfalls an dem Bierkasten. Wenn er schon nichts aß – was äußerst selten vorkam –, ertränkte er seinen Kummer wenigstens im kühlen Bier.

»Ich werde den Verdacht nicht los, der Mord hat was mit der geplanten Firmenansiedlung zu tun«, meinte Annegret.

»Jetzt spinn' nicht rum. Wem sollte dieser unschuldige Junge im Weg gewesen sein?« Wütend schaute Rudi seine Frau an.

»Vielleicht wollte jemand ein Zeichen setzen?«

»Du spinnst, Annegret! Du hockst zu viel mit dem alten Löschke zusammen, diesem senilen Greis. Du warst vorgestern wieder im Verwaltungsgebäude. Ich möchte wissen, was ihr da treibt. Wenn der Kerl nicht 75 wäre und total ab von der Rolle, könnte man denken, ihr schiebt da 'ne Nummer.«

Tränen traten in Annegrets Augen. »Woher weißt du, dass wir drüben waren?«

»Das pfeifen die Spatzen bereits von den Dächern. Ihr beide seid jedenfalls nicht normal. Seit drei Jahren ist die Bude dicht. Wann geht das endlich in deinen Schädel? Such dir was anderes, wenn du es zu Hause nicht aushältst.« Rudi schlug mit der Faust auf den Tisch, woraufhin sich Annegret einen Teil des schmutzigen Geschirrs schnappte und weinend ins Haus trug. Die grobe Art und das mangelnde Verständnis ihres Mannes kränkten sie.

Udo sank wie ein nasser Sack zusammen. Auf seinem karierten Partyleibchen, welches er eigens für Annegret angezogen hatte, vereinten sich Flecken von Ketchup über Senf bis Kartoffelsalat. Dabei hatte er kaum etwas gegessen. Nervös knabberte er an seinen Fingernägeln. »Hättest sie ja nicht gleich so anzufurzen brauchen. Sie kann schließlich nichts dazu, dass der Junge tot ist.«

Rudi stand auf, fuhr sich mir der Hand durch sein volles Haar und stöhnte. Vom Tischchen neben dem Grill nahm er sich eine Frikadelle und schlang sie mit zwei Bissen hinunter.

»Die beruhigt sich schon wieder. Ist doch auch wahr. Was kraucht sie da dauernd in dem alten Bau rum? Damit erweckt sie die Firma nicht wieder zum Leben.«

Udo erhob sich ebenfalls und wankte zum Gartenzaun. Zum Glück hatte er es nicht weit, brauchte nur das kleine Törchen zu öffnen und befand sich auf seinem Grundstück.

»Komm Filou, ab ins Körbchen«, sagte er liebevoll zu seinem wuscheligen Vierbeiner, der seinem Herrchen brav hinterhertrottete.

»Vielleicht sollten wir mal wieder eine Versammlung

einberufen? Besser die kotzen sich da alle aus, als bei irgendwem unter vorgehaltener Hand. Vielleicht erfährt man was.« Rudi schien von seiner Idee begeistert. »Lass uns das kurzfristig machen, drüben vor den Torhäusern. Ganz zwanglos, ein paar Bierzelttische und -bänke. Fertig.«

»Machen wir Rudi, machen wir«, rief Udo von seinem Grundstück herüber, bevor er durch den Hintereingang in sein Haus verschwand. Er hätte auch zugestimmt, wenn Rudi vorgeschlagen hätte, alle Mülleimer in der Straße abzuwaschen.

Annegret stellte sich gerne vor, sie befände sich im falschen Film und dass sie eigentlich woanders wäre, auf keinen Fall in diesem Haus bei diesem Mann. Oft tröstete sie sich mit dem Gedanken, dass sie in eine feine Villa gehörte, einen smarten Ehemann an ihrer Seite, mit Umgangsformen und tollem Beruf, Chefarzt vielleicht. So sehr sie hoffte, nie klingelte es an der Tür und dieser feine Herr kam, um sie aus diesem Ruhrpottmilieu zu befreien und sie ihrem richtigen Zuhause zuzuführen. Nämlich der Riesenvilla an einem schönen See, mit Kiesauffahrt und Hubschrauberlandeplatz. Fernab von ihrem Grobian, den sie einmal anziehend fand.

Wenn Rudi jedoch seine guten Tage hatte, sie liebevoll anlächelte und sie in den Arm nahm, sagte sie sich, dass sie hier richtig war und es so schlecht gar nicht getroffen hatte. Er schlug sie nicht, teilte seine Frührente mit ihr und ließ ihr hin und wieder ein paar Zärtlichkeiten zukommen. Im Gegenzug erwartete er ein geputztes Haus, gewaschene Wäsche und einmal am Tag eine warme Mahlzeit, zusätzlich natürlich morgens und abends kalte Speisen, pünktlich und abwechslungsreich. Anderen erging es nicht besser, sagte sie sich. Trotzdem blieb diese Wehmut in ihr. Sie vermisste etwas. War es tatsächlich nur die verlorene Arbeitsstelle? Ihrer Mutter brauchte sie nicht damit zu kommen. Von ihr hörte sie ständig den gleichen Satz: »Sei froh, dass du nicht arbeiten musst!« ›Ich will doch arbeiten‹, hätte sie ihr am liebsten zugeschrien. Sie ließ es, weil es nichts brachte.

So freute sie sich umso mehr über die Treffen mit ihrem alten Chef Hubertus Löschke, der stets ein offenes Ohr für ihre Sorgen und Nöte hatte. Ihm ging es seit dem Tod seiner Frau schlechter. Genau wie Annegret, die für ihn wie eine Tochter war, schob er es auf den Verlust seiner Arbeitsstelle als Prokurist bei der Ruhrkohle AG.

Als er am Montagmorgen gegen zehn Uhr bei Annegret eintraf, war ihrer beider Stimmung gedrückt. Sie waren über den Mord an Kevin Koslowski entsetzt und hatten nur das eine Thema. Viele Fragen taten sich auf. Wer könnte es gewesen sein? Was war das Motiv?

Hubertus Löschke hatte es gar nicht abwarten können, die zwei Straßen weiter zu Annegrets Haus zu laufen. Er musste sich jedoch so lange gedulden, bis Rudi sich aus dem Staub gemacht hatte. Wie jeden Montagmorgen traf Rudi sich mit seinen Fußballfreunden zum Joggen im Westerholter Wald.

Während das Wasser geräuschvoll durch den Filter der Kaffeemaschine tröpfelte, schnitt Annegret die Brötchen, die sie eben erst von der Bude geholt hatte. Das Mittagessen war vorbereitet. Sauerkraut mit Kasseler sollte es geben. Um 13 Uhr musste es fertig sein, da verstand Rudi keinen Spaß.

Die Sonne schien zum Fenster der geräumigen Küche

hinein. Es würde ein warmer Tag werden. Hubertus trug ein gelbes kurzärmeliges Oberhemd, welches freien Blick auf seine dürren Oberarme gewährte. Dazu eine beige Stoffhose und gewienerte Budapester. Seine gescheitelte, magere Haarpracht war fettig, wenn auch akkurat geschnitten und gekämmt. Sein Blick aus trüben wasserblauen Augen war müde und Annegret stellte fest, wie gebrechlich er geworden war. Körperlich war er für seine 75 Jahre immer gut drauf gewesen, ein richtiges Kraftpaket, erst in den letzten Wochen hatte er abgebaut. Obwohl er stets korrekt gekleidet war und gepflegt wirkte, verströmte er den Geruch von Aceton gemischt mit Franzbranntwein. Er gehörte eben der Waschläppchen-Generation an, tröstete sie sich. Einmal die Woche wird er sich ein Bad einlassen und das war's. Dafür ist er ein lieber Kerl. Bei der Vorstellung, dass er sie bald verlassen könnte, begann ihr Herz schneller zu schlagen vor Angst. Nein, sie wollte Hubertus nicht verlieren. Sie dachte an Johannes Heesters und beruhigte sich. Wenn der 108 Jahre geschafft hatte, machte Hubertus sicherlich auch noch ein paar Jährchen.

WDR 2 brachte gerade die Meldung, dass am Samstag in den frühen Morgenstunden ein männlicher Toter auf dem alten Zechengelände im Gelsenkirchener Norden gefunden worden war.

»Rudi will eine Versammlung der Bürgerinitiative einberufen. Morgen Nachmittag. An den Torhäusern drüben an der Bergmannsglückstraße. Du kommst doch?«

»Ja, ich denke schon«, freute der alte Mann sich über die Einladung, während er sich mit leicht zittrigen Händen Wurst auf ein Brötchen legte.

Annegret fiel ein, was Rudi ihr heute Morgen zugerufen hatte. »Eines Tages packe ich den alten Knacker und werfe ihn in den Picksmühlenteich. Dann ist endlich Schluss mit dem Theater und du kommst auf andere Gedanken.«

Wenn Rudi wüsste, dass sie ihn zur Versammlung eingeladen hatte, würde er einen Tobsuchtsanfall bekommen. Da er ein Nachbar war, gehörte er dazu, fand Annegret. Zumal er ebenfalls für den Erhalt der alten Gebäude und gegen die Firmenansiedlung war.

4.

Scheinbar fröhliches Treiben vor den beiden niedlich anzusehenden Torhäuschen des stillgelegten Zechengeländes. Mitten in der Einfahrt vor dem geschlossenen Tor standen mehrere Bierzeltgarnituren, praktisch fast auf der Straße, inmitten der Bergmannsglücker Wohngegend. Kichernde Plisseeröcke-Hausfrauen, feine Damen – oder wenigstens taten sie so –, ausgelassene Kinder, die um die Tische tobten. Einige Meter weiter befand sich ein Grill, an dem Udo Urbat gebeugt über Nackenkoteletts und Würstchen herrschte. Ein weiterer Nachbar verkaufte Bier und Limo zum Selbstkostenpreis. Um ihn herum wetteiferten durchgeschwitzte Rotgesichter aus der Nachbarschaft mit hohlen und irrwitzigen, in die Siedlung gegrölten Weisheiten. Einer wollte den anderen übertreffen. Verbeulte Oberarme und Bollerschenkel wurden dank Achselshirts und Boxershorts stolz gezeigt. Den kleinen Kuchenstand hatte eine dauergewellte Siedlungsschönheit fest in der Hand. Sie riss den ankommenden Spenderinnen ihre Kuchen und Torten förmlich aus der Hand, um sie sofort neben die bereits dargebotenen zu stellen.

Margareta fühlte sich fehl am Platz. Eine blöde Idee von Gisbert, ihn zu begleiten. Hatte er wieder irgendeinen Kerl in petto, den er ihr andrehen wollte? Margareta im roten Sommerkleid und frisch gestyltem Haar war ein echter Hingucker. Während sie zwischen ihr unbekannten Frauen an einem wackeligen Tisch saß, stand Gisbert mit einigen Nachbarn an einer Bierkiste, um sich wild gestikulierend auszutauschen. Alle Frauen an ihrem Tisch hatten einen Kuchenteller mit verschiedenen Hausfrauenbackwerken vor sich stehen. Margareta musste schmunzeln. Schon als kleines Kind hatte ihre Mutter Waltraud ihr eingebläut: »Kind, das darf man nicht essen. Das haben fremde Leute gebacken. Wer weiß, was die da reingetan haben. Und wer weiß, ob die saubere Hände hatten.«

Sie ließ ihre Blicke durch die Menge schweifen und entdeckte hinter sich an einem Tisch den Kommissar Helmut Blauländer Bratwurst essend und Limo trinkend. Margareta überkam es heiß und kalt. Sie hoffte, dass er sie nicht gleich erkennen würde. Trotzdem lächelte sie ihm freundlich zu.

Auch Fritz Bommer war gekommen, gönnte sich für kleines Geld eine Wurst und eine Flasche Bier. Unauffällig hockte er an einem Tisch und starrte in die Gegend.

Das Gesprächsthema war natürlich der Mord an Kevin Koslowski. Die Belange der Bürgerinitiative waren zur Nebensache geworden.

Stefan Kornblum war bis kurz vor Beginn dieser Zusammenkunft mit einem Streifenpolizisten in der Siedlung von Haus zu Haus gelaufen, um zu fragen, ob vielleicht jemand in der Nacht von Kevins Ermordung etwas Auffälliges gesehen oder gehört hatte. Er hatte nach verdächtigen Fahrzeugen Ausschau gehalten und in allen Seitenstraßen Fahndungsplakate aufgehängt. Er wusste, wie stur die Leute waren und man sich nicht darauf verlassen konnte, dass sie zur Polizei kommen und eine Aussage machen würden. Deshalb befragte er sie persönlich. Routine sei das A und O, hatte Blauländer ihn gelehrt, und dazu gehöre die präzise Befragung der Menschen, die im Zusammenhang mit einem ungeklärten Todesfall standen.

Anklingeln oder -klopfen, Ausweis vorzeigen, Spruch aufsagen, neugierige Fragen ignorieren, Befragte in seiner Liste abhaken und weiter zum nächsten Haus. Welch' eine Arbeitsteilung. Blauländer stopfte sich mit Bratwürsten voll und ließ Limonade durch seinen Rachen fließen. Er dagegen machte sich den halben Tag zum Affen, wie ein Vertreter.

»Das ist auch Arbeit, Kornblum«, hatte Blauländer ihm morgens erzählt, »meine Beobachtungen bei dieser Versammlung könnten von großer Wichtigkeit sein. Gerade dort könnte ich sie finden, die berühmte Nadel im Heuhaufen.«

Margareta hatte sich schon auf dem Heimweg befunden, als Blauländer ihrem Bruder am Sonntag einen Besuch abstattete. Gisbert hatte ihr später erzählt, dass der Kommissar sich die Namen der Besucher seiner Grillfete notiert hatte und dass sie damit rechnen müsse, dass er sie bald kontaktierte. Bitte nicht heute, dachte sie und versuchte, nicht zu oft nach hinten zu schauen. Was würde er denken, wenn er im direkten Umfeld des ermordeten Jungen auf sie treffen würde? Margareta Sommerfeld, die vor nicht einmal einem Jahr spektakulär entführt und in das Schussfeld eines Mörders geraten war. Ihr Vater war unter den Opfern, eine tragische Geschichte, die sie bis heute verfolgte. Der Kommissar würde womöglich einen Zusammenhang zwischen den Geschehnissen herbeifantasieren und Margareta verdächtigen.

Als eines der plisseeberockten Kuchenweiber ihren Platz räumte, setzte sich ein mittelblonder Hüne mit braunen Kuhaugen neben sie.

»Ich hoffe, der Platz ist noch frei?«, fragte er Margareta und blickte sie freundlich an.

»Jetzt nicht mehr«, erwiderte sie genervt. Sie hatte keine Lust auf Konversation, seit sie den Kommissar quasi im Nacken sitzen hatte. Trotzdem schaute sie zur Seite, dem Mann direkt ins Gesicht, um festzustellen, dass er gar nicht schlecht aussah.

»Wohnen Sie auch hier in der Siedlung?«, fragte er sie aus purer Höflichkeit, um irgendwie ein Gespräch zu beginnen.

»Um Himmels willen! Nein, ich bin mit meinem Bruder hier. Ich kann Ihnen nicht einmal sagen wieso. Er wollte unbedingt. Wegen Kevin, denke ich.« Was erzähle ich diesem Kerl für einen Blödsinn, schalt sie sich. Ich kenne ihn überhaupt nicht und lege auch keinen Wert darauf, ihn kennenzulernen. Oder vielleicht doch?

»Ja, der arme Junge. Ich glaube, die Versammlung der Bürgerinitiative dient nur dem Zweck, etwas über den Mord zu erfahren. Oder was meinen Sie?« Er biss mit Begeisterung in seine Bratwurst und schmierte sich dabei den Senf an seine markante Nase.

»Wie schon erwähnt, ich bin nur hier, weil mein Bruder mich darum gebeten hat, ihn zu begleiten. Ich habe den Jungen am Samstagabend noch gesehen und mit ihm gesprochen. Das beschäftigt mich schon, wer dahinter stecken könnte.«

»Ich kannte Kevin nicht. Mein Vater war jedoch der Meinung, ich müsse unbedingt mit zur Versammlung. Er ist ganz schön fertig, seit man den Jungen gefunden hat. Er hat hier drüben in dem Verwaltungsgebäude der Zeche gearbeitet.« Er deutete mit der Wurst in der Hand zu dem ein paar Meter entfernt liegenden Gebäude.«

»Wo ist Ihr Vater jetzt?«, wollte Margareta wissen.

»Dort drüben steht er, mit Annegret Thannhäuser. Sie war früher seine Auszubildende.«

»Muss lange her sein«, meinte Margareta, als sie den alten Mann und die Frau, an die 50, eingehend betrachtet hatte.

Der schlaksige Hüne musste lachen. »Ja, das ist schon einige Zeit her.«

Der Mann machte Margareta neugierig. Begleitete seinen steinalten Vater zu einer Versammlung der Bürgerinitiative, der mit seinem damaligen Lehrmädchen, aus dem eine biedere Mutti in der Lebensmitte geworden war, in der Ecke stand und tuschelte.

»Und die beiden haben jetzt ein Verhältnis?«, fragte sie den Mann neben sich.

Er musste schallend lachen. »Wenn man überhaupt von einem Verhältnis sprechen kann, dann verbindet die beiden ein freundschaftliches. Annegret ist verheiratet. Mit Rudi, dem Vorsitzenden der Bürgerinitiative.«

Margareta konnte den Blick nicht von dem ungleichen Paar wenden, das sich so viel zu sagen hatte.

»Also, ich kann mich nicht daran erinnern, mit meinem damaligen Chef auch nur ein einziges privates Wort außerhalb der Firma gewechselt zu haben. Was verbindet die beiden nach so langer Zeit noch?«

»Sie teilen das gleiche Leid. Sie haben ihre Arbeitsstelle verloren.«

»Das ist doch eine Ewigkeit her, oder?«

»Ja, mein Vater wurde vor zehn Jahren pensioniert. Annegret hat bis 2008, bis die Verwaltung verlegt wurde, hier gearbeitet. Sie haben sich eben gut verstanden, knapp drei Jahrzehnte täglich zusammen gesessen. Das verbindet.«

»Ja?« Margareta starrte den Mann an, als käme er von einem anderen Stern. Ihr Blick blieb an seinem schlabbrigen grauen T-Shirt und der gammeligen Jeans hängen. Nicht mehr ganz taufrisch der Knabe, lange Haare und Gammel-Look, bestimmt Lehrer, assoziierte sie.

Wieder lachte er. Er fand Margaretas Art zwar dreist, aber amüsant. Außerdem war er von ihrem Äußeren fasziniert. »Ich heiße übrigens Jürgen. Jürgen Löschke.«

»Margareta Sommerfeld.« Notgedrungen musste sie sich namentlich outen, wollte sie nicht als unhöflich gelten. Irgendwie machte dieser Mann sie neugierig, obwohl er eigentlich nicht ihr Typ war.

»Ich bin Lehrer am Leibniz-Gymnasium in Buer. Dort in der Nähe wohne ich auch«, teilte er ihr ungefragt mit.

»Auch das noch, ein Lehrer.« Sie musste lachen.

»Schlechte Erfahrungen mit Lehrern gemacht?«

»Kann man so sagen.«

Einen Lehrer als Freund konnte Margareta sich absolut nicht vorstellen. Für sie waren das Besserwisser, die dummes Zeug quasselten, um zu beweisen, dass sie ihre Intelligenz mit dem Löffel gefressen hatten. Da er äußerlich nicht gerade ihr Typ war, ließ sie sich auf das harmlose Geplänkel mit ihm ein. Hörte sich seine Lebensgeschichte an, heuchelte Interesse, wo überhaupt keins vorhanden war.

Nach einer Stunde, als die Versammlung sich aufzulösen begann, wusste Jürgen Löschke nichts von Margareta, weder wo sie wohnte, noch was sie beruflich machte. Geschickt wich sie seinen direkten Fragen aus. Als sie sah, wie der Kommissar zu seinem Wagen ging, atmete sie erleichtert auf und ließ sich von Jürgen Löschke zu einem Bier einladen. Zum Glück hatte Blauländer sie nicht angesprochen. Sie wusste jedoch, dass sie ihm nicht mehr lange aus dem Weg gehen konnte. Da war noch der Benzinkanister, den Gisbert in seinem Garten gefunden und nicht der Polizei übergeben hatte, als er am Sonntag befragt worden war. Warum er ihn in seinem Stall versteckt hielt, war für sie unerklärlich. Wenn sie ihn danach fragte, zuckte Gisbert mit den Schultern. Hatte er einen Verdacht oder eine Vermutung? War etwa versuchte Brandstiftung im Spiel? Er war sonst immer korrekt, schließlich war er Beamter.

Der harte Kern der Bürgerinitiative, wozu Rudi Thannhäuser, Udo Urbat, Annegret, der Professor und zwei weitere Nachbarn der Aktiv-Szene zählten, rekapitulierten die letzten zwei Stunden, diskutierten, wie weiter vorgegangen werden sollte, und betrauerten Kevin Koslowski, nicht hingegen Vater Norbert, der für sie in der falschen Liga spielte. Gisbert gab Margareta ein Zeichen, so wie man einem Hund den Befehl gab, zu Herrchen zu kommen. Er wollte die Veranstaltung verlassen. Zu der tadellos sitzenden Stoffhose und dem gelben Hemd passte nicht Gisberts grimmiger Blick. Ihn wollte man nicht mehr dabei haben, weil er genau wie Norbert Koslowski *für* die Firmenansiedlung war. Da der offizielle Teil vorbei war, wollte der harte Kern unter sich sein. Aber der Professor hatte genug und wackelte davon, jedoch nicht, bevor er sich herzlich, Küsschen rechts, Küsschen links, von Annegret verabschiedet hatte. Für einen Moment sah es so aus, als würde der gute Rudi dem Alten eins mit seiner Bierflasche überbraten.

Margaretas Beine waren schwer wie Blei. Sie ignorierte Gisberts wildes Armschwingen und überlegte – nach drei Flaschen Bier etwas träger als sonst –, ob sie brav mit ihrem Bruder nach Hause gehen und wieder eine Nacht in seiner engen Bude verbringen oder ob sie den Bus Richtung Heimat nehmen sollte. Von ihrem Polo hatte sie sich wegen des Alkohols für heute verabschiedet.

In der Nacht träumte Margareta von Kevin. Lieb lächelte er sie an, wollte mit seiner rechten Hand nach ihrem Haar greifen, wollte es berühren, sie sanft an sich ziehen. Hinter Kevin stand sein Vater und weinte bitterlich. Ihr eigener Schrei weckte sie auf. Mit rasendem Herzschlag lag sie eine Zeit lang da und starrte an die Decke. Der gleiche Traum wie gestern und vorgestern. Was hatte er zu bedeuten? Das Federbett lag schwer auf ihrem Körper. Es war stickig im Zimmer. Sonnenlicht drängte sich schwach durch das nicht geschlossene Rollo des Fensters, das sich auf der linken Seite befand. Mein Schlafzimmerfenster ist nicht auf der linken Seite des Bettes, sondern direkt gegenüber, wurde ihr bewusst. Auch, dass sie nackt war. Schlagartig setzte sie sich auf und starrte auf eine riesige Bücherwand. Sie sprang aus dem Bett, lief in die Diele, riss die erstbeste Tür auf und betrat ein chaotisches Badezimmer. Sie stürzte in die Dusche und ließ fast eiskaltes Wasser über ihren Körper laufen. Langsam begann sie sich zu beruhigen. Als es ihr zu kalt wurde, hüllte sie sich in ein sauberes Handtuch, welches sie in einem Schränkchen gefunden hatte. Der Lehrer, denkt Margareta, ich habe mich von diesem neunmalklugen Lehrer abschleppen lassen. Wie bescheuert kann man sein? Tränen liefen ihr die Wangen hinunter. Sie fragte sich wieder und wieder, was eigentlich mit ihr los war. Hatte der Tod des Jungen sie aus der Bahn geworfen? Einen One-Night-Stand mit einem Mann, der rein äußerlich überhaupt nicht ihr Typ war, ging gar nicht. Und ausgerechnet ein Lehrer. Sie öffnete mutig die Badezimmertür und trottete barfuß zurück in das kombinierte Wohnschlafzimmer. Da lag er. Völlig nackt. Spindeldürr war sein Körper, weiß und mager. Seine lange Mähne bedeckte teils sein Gesicht. Was habe ich mir da bloß angelacht?, fragte sie sich, als sie sich ihre am Boden verstreuten Habseligkeiten schnappen und verschwinden wollte. Zu spät. Laut gähnend wurde dieser Löschke wach und lächelte sie verliebt an.

»Guten Morgen, Liebling. Hast du gut geschlafen?« Er entstieg dem Bett und wollte sie in die Arme nehmen.

»Hey, nun mal langsam. Liebling ist nicht.« Brüsk stieß sie ihn von sich. Sie fragte sich, was sich dieser Provinz-Pädagoge überhaupt einbildete. Hastig warf sie sich ihr rotes Sommerkleid über und schlüpfte in ihre Sandalen. Slip und BH stopfte sie in ihre Tasche. Weg, nur weg hier.

Jürgen konnte mit ihrer Reaktion absolut nichts anfangen. Wahrscheinlich hatte er des Öfteren Damenbesuch und trieb es wie die Lehrer in den wilden Sechzigern. Ein Woodstockanhänger, freie Liebe und revolutionäre Musik. Hoffentlich hatte er wenigstens ein Kondom benutzt.

»Hallo? Geht's noch? Habe ich dich vergewaltigt oder was? Ich darf dich daran erinnern, dass du freiwillig mitgegangen bist. Ich habe dich zu nichts gezwungen.« Grimmig schaute er sie an.

»Jaja. Vergessen wir das Ganze. Wir tun so, als hätte es nicht stattgefunden, okay? Ich meine, wir werden uns bestimmt noch mal begegnen, irgendwann, irgendwo. Dann sagen wir kurz ›Hallo‹ und das war's.«

»Sag mal, spinnst du? Bist du von der Kripo oder was?« Löschke sah sie skeptisch an, als auch er sich anzog. Die Frau war für ihn ein einziges Fragezeichen. »Was wolltest *du* eigentlich gestern bei der Versammlung? Deinen Bruder begleiten? Klingt für mich nicht gerade glaubwürdig.«

»Das gleiche könnte ich dich fragen. On Tour mit Steinzeit-Papi, auch nicht gerade glaubhaft.« Sie war schon an der Wohnungstür und wollte soeben dieses Lehrer-Idyll verlassen.

»Nun bleib wenigstens auf einen Kaffee und lass uns vernünftig reden«, versuchte er – trotz seiner Verärgerung – einzulenken.

»Wozu?« Komisch, dachte sie, ich kann mich nicht einmal an die Nacht erinnern.

Dennoch setzte sie sich an den kleinen Tisch seiner spärlich eingerichteten Küche und schaute aus dem Fenster des Apartments, das sich im siebten Obergeschoss befand. Ein phänomenaler Blick ließ sie gebannt nach draußen starren. Trotz Höhenangst konnte sie von der Aussicht, die sich ihr bot, nicht genug bekommen. Hinter der Vom-Stein-Straße sah man den Berger Park, das Schloss Berge mit anliegendem See, weiter hinten die Veltins-Arena und das Marriott-Hotel. Am Horizont konnte sie sogar die Gelsenkirchener City mit dem Hamburg-Mannheimer-Hochhaus und der Altstadtkirche erkennen. Dass er ausgerechnet mitten in Buer, direkt über der Stadtbibliothek wohnte, amüsierte sie. Regelmäßig lieh sie sich dort Bücher und CDs aus, ohne ihm jemals begegnet zu sein.

Er stellte ihr einen Becher mit Malzkaffee hin. Aus dem Kühlschrank holte er Milch und goss diese über zwei Portionen Müsli, die er soeben in Schalen gefüllt hatte. Liebevoll reichte er ihr eine davon.

»Was ist das?«, fragte Margareta und starrte in die eklige Matsche, die wenig Ähnlichkeit mit einem Müsli aus der Fernsehwerbung hatte. Die Rosinen sahen genauso aus wie die vollgesogenen Zecken, die Koslowski immer aus dem Fell seines Hundes entfernte.

»Eigene Herstellung. Das Getreide selbst geschrotet, die Körner einige Tage keimen lassen, die Früchte aus dem Reformhaus.« Voller Stolz führte er sich einen Löffel dieser Zubereitung zum Mund.

»Warum isst du so was?«

»Na, weil es gesund ist.«

»Und das kann man wirklich essen? Sind diese Sprossen nicht mit EHEC-Erregern belastet? Ich hab echt keinen Bock auf blutigen Durchfall.« Angewidert rührte sie in der Schale herum.

Er lachte. »Aber die habe ich doch selbst gezogen.«

Das erklärte natürlich alles. Energisch schob sie die Schale von sich, trank den Kaffee aus und war im Begriff aufzustehen. »Ich finde, wir sollten das hier nicht unnötig in die Länge ziehen. Vergessen wir die Nacht. Ich muss jetzt echt los.«

»Darf ich dich wenigstens anrufen?« Er schaute sie aus traurigen Augen an.

Sie konnte das bestimmte Wörtchen einfach nicht über die Lippen bringen. »Na gut, von mir aus.« Sie kritzelte ihre Telefonnummer auf einen Notizblock, der auf der Fensterbank zwischen vergammeltem Obst lag, und schaute ein letztes Mal aus dem Fenster.

»Ich komme schon noch hinter dein Geheimnis«, meinte Jürgen grinsend.

»Welches Geheimnis?« Sie starrte auf die ausgestopften Vögel, die an einer Wand in der Diele hingen. Den Öko-Freddy mimen und Tiere ausstopfen lassen passte gar nicht.

»Na, ob du wirklich eine Spionin bist und bei den Mordermittlungen mitmischen willst. Der Kripomann am Tisch hinter uns hat gestern Andeutungen gemacht. Er meinte zu seinem Kollegen, dass er dich kennen würde.«

Blauländer! Hat er mich tatsächlich erkannt, fluchte Margareta innerlich.

»Alles Quatsch«, meinte sie und verließ eilig seine Wohnung.

5.

Peter Wessel saß an seinem dunklen Schreibtisch aus Kirschbaumholz und starrte aus dem Fenster. Wie stolz war er gewesen, als er vor einem halben Jahr dieses noble Büro bezogen hatte. Der Fußboden war aus weißen Alabaster-Fliesen. Die Wände waren mit farblich aufeinander abgestimmten Wandtapeten in verschiedenen Rottönen tapeziert, was unheimlich edel wirkte. Die Fronten der in der Wand eingelassenen Schränke waren ebenfalls aus Kirschbaumholz gefertigt. Edle Seidenvorhänge, in Rot, hingen vor dem Fenster.

Ihm gegenüber, auf dem ledernen Besucher-Schwingsessel, hockte sein Co. Raimund Fischer in seinem grauen Achtzigerjahre-Anzug und bog nervös eine Büroklammer auseinander. Gegen den Strahlemann Peter Wessel, groß, dunkelhaarig, Designer-Gebiss, stets topp gekleidet, wirkte Raimund Fischer wie ein Relikt längst vergangener Zeiten. Von der Natur ohnehin benachteiligt, gab er sich keine Mühe, an seinem Erscheinungsbild auch nur das Geringste zu verändern. Seine wenigen grauen Haare, die ihm seine Frau mit der Haushaltsschere schnitt, waren fettig, seine Haut ebenfalls, die Fingernägel unappetitlich lang und seine Schuhe ungeputzt. Man konnte ihn locker auf knapp 60 schätzen, obwohl er erst Mitte 40 war, nur fünf Jahre älter als sein tougher Chef.

»Ich brauche dir nicht zu erzählen, wie wichtig es für uns ist, dass wir möglichst gestern den Zuschlag für das Gelände in Gelsenkirchen bekommen. Wir brauchen eine neue Produktionsstätte für dieses Großprojekt, Raimund. Ich hoffe, es geht in deinen dicken Schädel.«

Wütend sah Wessel seinen Co. an. Am liebsten hätte er ihm mit dem vor sich liegenden Lineal auf die Hände geschlagen, um ihn von der Dringlichkeit der Sache zu überzeugen.

»Habe *ich* etwa den Vertrag mit dieser Firma unterschrieben?«, fragte Raimund Fischer seinen Partner müde. »Das war mehr als riskant von dir. Was ist, wenn es mit der Firmenansiedlung in Gelsenkirchen nichts wird? Der Vertrag nicht zustande kommt? Dann zahlst du eine Konventionalstrafe von fünf Millionen an Rohrtrans.« Fischer spielte noch immer mit der Büroklammer und begann sich damit die Fingernägel zu reinigen. Schweiß trat auf seine Stirn.

Wessel fletschte die Zähne. Wut kochte mehr und mehr in ihm hoch. »Und du bist deinen Job los. Geht dir doch nicht schlecht, seit unsere Firma diesen ungeahnten Aufschwung erlebt. Außerdem habe ich die mündliche Zusage des Bürgermeisters, der absolut für die Ansiedlung der Firma Peter Wessel Rohr & Co. KG auf dem alten Zechengelände ist. Der ist vom alten Schlag: ein Mann – ein Wort.«

»Trotzdem hättest du den Vertrag mit Rohrtrans nicht voreilig unterzeichnen dürfen.« Raimund Fischer kratzte sich seinen fettigen Nacken.

»Mensch, dann hätten die sich jemand anderen gesucht. Ein Zehn-Millionen-Projekt. Das kann ich mir nicht entgehen lassen.« Sein Co. wollte es scheinbar nicht kapieren, was Wessel, Sinnbild eines sehr ungeduldigen Menschen, rasend machte.

»In knapp zwei Jahren wollen die ihre Spezialrohre. Bis die neuen Hallen stehen, vergeht fast ein Jahr. Das wird knapp. Wenn plötzlich die Bürgerinitiative die Sache mit dem Denkmalschutz durchgeboxt kriegt, kannst du die alten Kabachel nicht abreißen. Ich muss dir nicht erzählen, was eine Kernsanierung und der Umbau dieser Gebäude für unsere Zwecke kostet. Deinen Gewinn kannst du dir dann abschminken.«

»Genau das wirst du verhindern, Raimund. Fühle denen von der Bürgerinitiative noch mal auf den Zahn. Verspreche dem Vorsitzenden was. Geld regiert die Welt. Irgendetwas wünscht sich ein armer Schlucker wie der bestimmt. Ein schönes Auto, eine Reise mit seiner Alten. Hör' dich um. Soll dein Schaden nicht sein.«

»Du weißt, dass es momentan gefährlich ist, mehr Wind zu machen. Denk an den Toten, den man erst vor ein paar Tagen auf dem Gelände gefunden hat.«

Doch Peter Wessel war mit seinen Gedanken bereits ganz woanders. »Was ist mit diesem Stadtplaner? Wie heißt er noch? Heribert Stempel, nicht wahr? Knöpf' dir den auch vor. Der hat Einfluss mit seinem Gutachten, das er erstellen soll. Dem frisst der OB aus der Hand. Es wird das Beste sein, du kümmerst dich um Stempel. Wie der aussah, geht's dem finanziell gar nicht gut.«

Raimund schüttelte den Kopf über seinen versnobten Chef. »Wenn einer nicht rumläuft wie ein Dressman, muss er nicht gleich am Hungertuch nagen.«

»Du könntest dir auch mal ein paar anständige Klamotten gönnen. Wie du wieder aussiehst.«

Raimund Fischer lachte. »Solche Äußerlichkeiten zählen für mich nicht.«

»Für dich nicht, aber für andere. Wie heißt es so schön? Wie du kommst gegangen, so wirst du empfangen.«

Wieder ein selbstbewusstes Grinsen auf Raimund Fischers Gesicht. Da eine Diskussion zu diesem Thema nichts brächte, schwiegen beide. Jeder war von seiner Meinung überzeugt.

Nervös sprang Peter Wessel aus seinen protzigen Chefsessel auf und ging zum Fenster. Wäre schade, wenn er dieses tolle Bürogebäude verlassen müsste. Er blickte zum Dortmunder Westfalenpark mit seinem Florianturm. Es muss klappen, sagte er sich, es muss einfach klappen.

»Was habe ich übrigens mit dem Mord an dem Jungen zu tun? Sag es mir, Raimund. Habe *ich* ihn umgebracht?«

»Dieser Mord hat jedenfalls Staub aufgewirbelt. Die Stadt wird es mit ihrer Entscheidung nicht mehr eilig haben und abwarten wollen. Die Kripo ist täglich auf dem Gelände. Ich will mich da vorerst nicht blicken lassen. Jedenfalls nicht vor der Begehung in der nächsten Woche.«

Wütend drehte Wessel sich zu Fischer um. »Du wirst dich dort sehen lassen, mein Lieber. Und zwar fix! Du lässt Dir was einfallen, sonst bist du die längste Zeit einen Daimler gefahren. Der ist dir schon wichtig, obwohl du angeblich keinen Wert auf Äußerlichkeiten legst, nicht wahr? Ich nehme ihn dir weg, verlasse dich drauf.«

Mit einem kurzen Nicken verließ Raimund Fischer schweißgebadet das Büro seines Partners. Er hatte unendliche Wut. So hatte er sich die Teilhaberschaft an Wessels Firma nicht vorgestellt. Nichts hat sich geändert, seit ich sein Compagnon geworden bin, dachte er wütend. Alles ist wie vorher. Co. bin ich nur auf dem Papier. Er hat mich in der Hand, ich bin sein Sklave. Wieso habe ich mir damals gerade von ihm aus dieser finanziellen Misere helfen lassen?

6.

Donnerstags trainierte Rudi in seiner Altherrenfußballmannschaft. Gegen 16 Uhr gab er seiner Annegret einen flüchtigen Kuss auf die Wange und verließ mit seiner Sporttasche das Haus. Draußen hörte sie ihn fluchen, weil in dem Moment, als er sein Auto aufschließen wollte, ein kräftiger Regenschauer über ihn niederging. Gelangweilt schaute Annegret ihm hinterher. In den letzten Tagen war Rudi sehr einsilbig gewesen. War es wegen des toten Jungen oder war er immer noch verärgert, weil sie viel Zeit mit Hubertus Löschke verbrachte? Sie hatte den Gedanken kaum zu Ende gedacht, da klingelte ihr Handy. Freudig nahm Annegret nach einem Blick aufs Display das Gespräch an. Hubertus schlug vor, aufs Zechengelände zu gehen. Bei dem Wetter und um diese Uhrzeit sei es ruhig drüben, meinte er. Er wusste, dass ihr Mann nicht zu Hause war, denn er kannte Rudis Termine in- und auswendig. Ihrem Einwand, dass sie erst letzte Woche einen Rundgang gemacht hatten, hielt er entgegen, dass es bei Regenwetter geradezu ideal sei, viel besser als bei der Hitze. Obwohl das für Annegret kein plausibler Grund war, erklärte sie sich schmunzelnd dazu bereit. Hoffentlich hielten die Spatzen, welche ihrem Gatten von den Dächern zugepfiffen hatten, dass sie mit Löschke des Öfteren auf dem Gelände unterwegs war, diesmal den Schnabel.

Während Hubertus – bekleidet mit einem jägergrünen Regenmantel – die Tür des Verwaltungsgebäudes aufschloss, blieb Annegrets Blick an dem Schild rechts neben dem Eingang hängen: ›DSK – Deutsche Steinkohle AG, Servicebereich Technik und Logistik, Bewirtschaftung Materialdisposition‹ war darauf zu lesen. Wehmütig dachte sie an ihren Posten zurück, den sie bis vor drei Jahren bekleidet hatte. Hier, von der Gelsenkirchener Zentrale aus, wurde das Material für alle Zechenbetriebe in Deutschland verwaltet. Sie war ein Teil davon gewesen, und nun war alles ausgestorben.

In den Büros der unteren Etage war es durch die dichten Bäume vor dem Gebäude wie immer dunkel. Sie fingen mit ihrer Begehung unten rechts an und gingen von einem Raum in den nächsten, da alle Büros miteinander verbunden waren. Hubertus Augen glänzten dabei, als er sein altes Büro betrat. Seufzend ging er weiter. Am Ende des langen Ganges befanden sich die damalige Waschkaue der Arbeitnehmer sowie deren Waschräume, in denen die Wasserhähne mittlerweile den Kupferdieben zum Opfer gefallen waren.

An den Büros auf der rechten Seite schlossen sich zwei große Werkshallen an, in denen es fürchterlich roch. Hier hatten die Tiere eines Zirkus vor zwei Jahren ihr Winterquartier bezogen und der Gestank ihrer Hinterlassenschaften war immer noch allgegenwärtig.

In einem Seitengang des Gebäudetrakts blickte Annegret in einen Innenhof. Sie wunderte sich, wie schnell sich das Unkraut in den drei Jahren, in denen hier kein menschliches Leben mehr war, ausgebreitet hatte. Konnte man überhaupt von Unkraut sprechen? Wunderschöne, gelbe Blumen reckten blühend ihre Köpfe. In den Dachrinnen und zwischen Mauerspalten sah man Birkenschösslinge in einem gesunden Grün wachsen. Die historischen Verzierungen über den Rundbogenfenstern des gegenüberliegenden Gebäudes faszinierten Annegret. Die architektonische Anordnung der verschiedenen Bauwerke und deren perfektes Zusammenspiel fand man heute, über ein Jahrhundert später, kaum noch. Sie schaute auf die Hintertür des Verwaltungsgebäudes und bemerkte, dass diese einen spaltbreit offen stand.

»Hubertus, sieh mal, die Tür drüben war bei unserem letzten Besuch noch geschlossen.«

Löschke trat zum Fenster, aus dem Annegret ihre Beobachtung gemacht hatte. »Außer mir und den Leuten von der RAG hat niemand einen Schlüssel, um aufs Gelände zu kommen. Bist du sicher?«

»Ganz sicher. Man sieht Abdrücke von Schritten auf den mit Unkraut zugewachsenen Treppen. Da muss jemand hineingegangen sein.« Aufgeregt sah Annegret in Hubertus leuchtende Augen. Sein Adamsapfel tanzte nervös hin und her.

Beide machten sich mutig auf den Weg in diesen Gebäudetrakt. Überall in den Büros stand noch altes Mobiliar herum, wogegen in den Räumen der anderen Abteilungen schon aufgeräumt und grob gefegt worden war.

Das letzte Büro der Lohnbuchhaltung, das dem Hintereingang am nächsten lag, war geschlossen – unüblich für das ganze Gebäude, denn überall standen die Türen weit geöffnet. Annegret und Löschke sahen sich an und ahnten nichts Gutes. Mit deutlich verlangsamtem Schritt gingen sie auf das Büro zu. Löschke, Kavalier der alten Schule, öffnete die Tür und zog sie vorsichtig auf. Es war ziemlich düster in dem Raum. Das schmale Fenster und das trübe Regenwetter ließen wenig Licht ins Zimmer. Sie betraten es zaghaft und sahen sich in dem Dämmerlicht um. Annegret begann zu zittern. Neben dem alten Schreibtisch machten sie etwas Dunkles am Boden aus. Sie schauten sich an. Überall lagen Gegenstände herum, zertrümmerte Stühle, zerbrochene Schubladen, herausgerissene Schranktüren. Hubertus fragte sich, wieso man den Krempel nicht entsorgt hatte. Diese kleine Abteilung hatten sie bei ihren Besichtigungstouren meistens außen vor gelassen, wieso auch immer.

Ein plötzlicher Lichteinfall, ein Sonnenstrahl, der sich durch die dichten Regenwolken gekämpft hatte, erhellte den Raum für einen Moment. Annegret schrie auf. Zwei Augen starrten die beiden an. Zwei stahlblaue Augen – weit aufgerissen, der Blick jedoch gebrochen. Auch für einen Laien unschwer zu erkennen: Der Mann war tot. Annegrets Herz hämmerte und sie taumelte nach hinten. Hubertus Löschke bemühte sich um Haltung. Beschützend legte er einen Arm um Annegret. Erschüttert und doch magisch angezogen blickten die beiden zu ihrem Fund. Unter dem Kopf des Toten hatte sich eine riesige Blutlache gebildet. Direkt daneben lag ein blutverschmiertes Stuhlbein. Wohl die Tatwaffe.

Das Blut am Boden war noch nicht vollständig geronnen, stellte Hubertus fest. Die grausame Tat war also erst vor kurzer Zeit verübt worden. Befand sich der Mörder etwa nach wie vor in dem Gebäude?

Annegret stand da wie eine debile Zehnjährige und starrte mit offenem Mund gebannt auf den Toten.

»Das ist Stempel, der Stadtplaner Heribert Stempel«, sagte sie fast flüsternd.

»Tatsächlich!« Löschke hatte den Mann auch erkannt.

Er fasste Annegret an den Oberarmen und schüttelte sie leicht. »Du gehst jetzt nach Hause, Annegret, hörst du!« In diesem Befehlston hatte er noch nie mit ihr gesprochen.

Sie zuckte zusammen. »Wieso denn? Wir müssen die Polizei rufen«, stammelte sie und schaute Hubertus mit großen Augen an.

»Das werde ich erledigen und zwar allein. Es ist besser, man trifft uns hier nicht zusammen an. Das gibt bloß Gerede. Geh' jetzt!« Er ließ ihre Arme los und sah sie bittend an, sodass sie gar nicht anders konnte, als weinend und mit hängenden Schultern zurück zum Ausgang zu gehen. Ungern ließ sie den alten Mann in dieser Situation allein. Sie drehte sich schluchzend zu ihm um. Er hatte inzwischen sein Handy am Ohr und telefonierte.

Blauländer trat von einem Fuß auf den anderen. Das hatte ihm gerade noch gefehlt. Fünf Tage nach Kevin Koslowski, den man am anderen Ende des Geländes aufgefunden hatte, nun ein Toter in dem ehemaligen Verwaltungsgebäude des riesigen Areals. Das brachte seine Theorie, der Mörder des Jungen käme aus dessen Freundeskreis sowie alle dahin gehenden Ermittlungen, gehörig ins Wanken.

Kornblum grinste ihn – als könne er Gedanken lesen – frech an, während er den beiden Männern der Spusi, die soeben erschienen waren, Anweisungen gab. Sollte er recht haben und beide Morde gingen auf das Konto eines Irren, der damit ein Zeichen setzen wollte? Jemand aus der Bürgerinitiative? Oder sollte man den Täter im Umfeld dieser neuen Firma suchen, die sich unbedingt hier ansiedeln wollte? Blauländer war sich sicher gewesen, dass einer der Schalke-Fans, die am Samstagabend mit Kevin zusammen feierten, der Täter war. Wie oft hatte er sie in den letzten Tagen vernommen, Lars, Michael, Tobias und wie sie alle hießen. Dieser Tobias war zuvor mit dem Mädchen gegangen, das dann mit Kevin liiert gewesen war. Wieso hatte er sich so darauf versteift, da gäbe es einen Zusammenhang? Kornblum hatte ihn mehrfach gewarnt, dass er mit seinen Vermutungen falsch läge. Blauländer erinnerte sich an die

Endlosdiskussionen nach dieser Bürgerzusammenkunft. Kornblum war überzeugt, der Täter wäre an diesem Spätnachmittag unter ihnen gewesen. War es so oder lagen sie beide falsch? Für dieses dumme Gegrinse hätte Blauländer seinen Kollegen am liebsten geohrfeigt.

Wenig später traf der Rechtsmediziner ein. Hubertus Löschke ließ man noch immer nicht gehen. Er lehnte müde an der Fensterbank im Flur vor dem Büro, in dem er und Annegret den ermordeten Stadtplaner gefunden hatten. Über zwei Stunden waren inzwischen vergangen. Hätte ich mich lieber aus dem Staub gemacht und anonym die Polizei angerufen, dachte Hubertus verärgert. Er war jedoch froh, dass er Annegret zu Hause wusste.

»Ich verstehe noch immer nicht, was Sie hier zu suchen hatten.« Blauländer sah den alten Mann an. Er verspürte nicht einen Hauch Mitleid mit Hubertus Löschke, obwohl er ihm ansah, wie fertig er war. Zumindest hätte er ihm einen Stuhl holen lassen können. Wer hat mit mir Mitleid?, fragte er sich stattdessen.

»Das habe ich Ihnen alles schon erzählt. Ich habe früher hier gearbeitet. Gerne gearbeitet, mit Leidenschaft, mein ganzes Berufsleben lang. Von heute auf morgen war Schluss damit. Eine Pensionierung ist nicht einfach. Das war kaum auszuhalten, diese Nichtstuerei. Dann starb meine Frau und mit ihr unsere Pläne, die wir für den Ruhestand geschmiedet hatten. Diese …«, er räusperte sich, »diese Exkursionen hier in dem Gebäude taten mir gut. Ich habe nichts Böses getan und niemandem geschadet. Oder glauben Sie etwa, ich bin der Mörder?«

»Was ich glaube, interessiert hier nicht. Hier zählen Fakten. Nur weil Sie alt sind, heißt das noch lange nicht, dass Sie als Mörder nicht infrage kommen.«

Warum bist du so hart zu ihm, fragte Blauländer sich. Du bist dir sicher, dass der alte Herr kaum der Mörder sein kann. Seine Kleidung ist unversehrt. Wenn er den am Boden liegenden Mann tatsächlich mit dem Stuhlbein niedergeschlagen hat, wozu er rein körperlich kaum in der Lage sein dürfte, sähe man Blutspritzer an seiner Kleidung oder zumindest irgendwelche Kampfspuren. Blauländer blickte anschließend auf die gewienerten Schuhe des alten Mannes und hielt es für ausgeschlossen, dass er auch diese so schnell gewechselt haben konnte. Doch wie hieß es so schön: Man hat schon Pferde vor der Apotheke kotzen sehen. Die Besichtigungstouren des alten Mannes durch das unheimlich wirkende Gebäude waren für ihn äußerst suspekt. Wenn ich in fünf Jahren in den Ruhestand gehe, werde ich keinen Fuß mehr ins Präsidium setzen, da war er sich sicher. Keine Träne werde ich dem Haufen nachweinen.

»Sie waren allein?«

Hubertus musste husten. »Ja, ich war allein.« Diese Lüge kam ihm, einem stets korrekten Mann, nur schwer über seine trockenen Lippen.

Blauländer rief sich das Nachbarschaftstreffen vor Augen. Eine Frau klebte dem alten Mann förmlich am Leib. Sie tuschelten, lachten und waren sehr vertraut im Umgang miteinander. Ferner erinnerte er sich, wie Nachbarn sich über die beiden lustig gemacht hatten. ›Der Professor und seine Sekretärin‹ wurden sie hinter vorgehaltener Hand genannt.

»Und Ihre Sekretärin war heute bei diesem Rundgang nicht dabei?« Er hatte gewagt, ihn einfach darauf anzusprechen. So würde er am ehesten erfahren, was es mit den beiden auf sich hat. Nur Gerüchteküche? Oder hatte diese Sekretärin etwas mit der Sache zu tun?

»Nein, Annegret war nicht dabei.« Wie ertappt starrte Hubertus den Kommissar an. Er schaltete seinen nicht mehr ganz taufrischen Gedankenapparat eine Stufe höher und fragte sich, woher der Kommissar überhaupt von ihr wusste.

Bingo! Blauländer freute sich. Diese Annegret war also früher seine Sekretärin gewesen, mutmaßte er. Was verband die beiden vom Alter her so unterschiedlichen Menschen heute? Vielleicht die Erinnerung an ihr Chef-Sekretärin-Verhältnis, das weit über ein Arbeitsverhältnis hinausgegangen war? Waren sie gar ein Liebespaar gewesen? Überstunden auf Hubertus Schoß? Doppelzimmer auf Geschäftsreisen?

Unterdessen starrte Rudi Thannhäuser mürrisch aus seinem Küchenfenster. Es hatte aufgehört zu regnen und die Abendsonne schickte letzte Sonnenstrahlen, um feuchten Nebel gespenstisch auf Straßen und Gehwegen aufsteigen zu lassen. Der Parkplatz vor dem Verwaltungsgebäude war total zugeparkt. Streifenwagen mit angeschaltetem Blaulicht, Zivilfahrzeuge und Polizeibusse standen kreuz und quer herum, wie Spielzeugautos, die ein Kind in seinem Spieltrieb bewusst zu einem Verkehrschaos angeordnet hatte.

So ungefähr muss es am Sonntagmorgen abgegangen sein, als man den toten Kevin gefunden hatte, dachte Rudi. Zwei Tote innerhalb weniger Tage auf dem alten Zechengelände. Er kramte in seinem verärgerten Hirn nach einem Zusammenhang, während aufgeregte Nachbarn voller Sensationslust draußen auf der Straße auf und ab liefen.

Längst wusste jeder, der es nicht hören wollte, dass man einen toten Mann in der alten Lohnbuchhaltung gefunden hatte, aber nicht, um wen es sich handelte. Presseleute versuchten mit sämtlichen Tricks in das abgesperrte Gebäude zu gelangen, schossen auf dem Außengelände unentwegt Fotos, in der Hoffnung, gleich etwas Tolles vor die Linse zu bekommen.

Udo Urbat erschien auf dem Gehweg vor dem Haus und bedeutete Rudi, nach draußen zu kommen. Doch irgendetwas hielt ihn davon ab. Er hatte Wut auf Annegret, konnte nicht einmal genau sagen, wieso. Er spürte jedoch, dass sie ihm etwas verschwieg.

»Was mir nicht in den Kopf will: Wer hat den Toten gefunden? Um diese Uhrzeit ist gewöhnlich niemand von der RAG hier. Ich werde den Gedanken nicht los, dass Löschke dahintersteckt. Habt ihr etwa drüben herumgeschnüffelt, du und dein Hubertus?« Langsam drehte Rudi sich zu seiner Frau um.

Annegret, die sich Sorgen um Hubertus machte, stand mit verschränkten Armen schuldbewusst hinter Rudi. Sie schluckte und sah verschämt zu Boden, eine Antwort blieb sie schuldig.

»Das darf jetzt nicht wahr sein. Du warst also drüben? Ihr habt den Toten gefunden?« Rudi packte sie mit beiden Händen an ihren Schultern und schüttelte sie so fest, dass sie aufschrie. »Sag mal, bist du eigentlich bescheuert? Was hast du da dauernd verloren? Du gehörst echt in Behandlung. Das ist doch krank. Wer ist der Tote? Wen habt ihr dort entdeckt?«

Als Annegret sich von Rudis kräftigen Händen befreit hatte, setzte sie sich mit schmerzverzerrtem Gesicht an den Küchentisch. »Den Stadtplaner Stempel, im Lohnbüro. Man hat ihn erschlagen. Der Mörder muss durch die Hintertür gekommen sein. Hubertus hat mich weggeschickt.« Schluchzend brach Annegret am Tisch zusammen.

»Das war das einzig Vernünftige, was der Alte tun konnte. Du kommst echt noch mal in Teufels Küche. Zu keinem ein Wort davon, dass du da drüben warst. Hast du verstanden?«, herrschte Rudi seine verzweifelte Frau an.

»Aber wieso denn?«, stammelte sie, »Ich habe nichts getan.«

»Du kapierst nichts. Was sollen denn die Leute denken, wenn du ständig mit dem alten Kerl in dem Gebäude herumkrauchst? Du gerätst in Verdacht! Verstehst du das nicht?«

Rudi schlüpfte in seine Turnschuhe und zog sich eine Jacke über. »Ich muss mich da draußen sehen lassen. Was sollen die Nachbarn sonst denken.« Mit den Worten war er zur Tür hinaus.

Annegret war über Rudis Verhalten enttäuscht, über seine Verständnislosigkeit ihr gegenüber. Ihn interessierte allein, was die Leute dachten.

Als sie sich total erschöpft aufs Sofa legte und versuchte, ein wenig zur Ruhe zu kommen, sah sie die leblosen Augen des Stadtplaners Heribert Stempel vor sich. Aber sie sah noch etwas vor ihrem inneren Auge, was ihr vorhin gar nicht bewusst geworden war. Ein aufgeklappter Koffer stand unweit des Toten, in denen sich zwei Bündel 100-Euro-Scheine befanden. Ein so großer Koffer für ein paar Geldscheine? Hatte sich jemand den Rest eingesteckt, wenn es einen gab? Annegret war viel zu aufgeregt. Sie stand auf und ging voller Sorge zum Küchenfester. Hoffentlich hat man Hubertus schnell gehen lassen, dachte sie. Sie zog ihr Handy aus der Tasche und wählte seine Nummer.

7.

Pünktlich um zehn Uhr schlug Margareta an der Trauerhalle des Hauptfriedhofs auf, wo sie mit Gisbert und Bettina verabredet war. Sie war die wenigen Hundert Meter zu Fuß gegangen, da sie in der Nähe wohnte und sich von diesem Spaziergang eine gründliche Kopfbefreiung erhoffte. Kevin wurde heute beerdigt. Der gute Kevin, den man vor nicht einmal einer Woche tot aufgefunden hatte. Wieso sich Margareta für diese Beerdigung freigenommen hatte, konnte sie selbst nicht genau sagen. Sie befand sich in der Probezeit und ihr neuer Chef hatte ihr Anliegen nicht witzig gefunden. Er hätte es wahrscheinlich lieber gesehen, wenn sie vor ihm auf die Knie gefallen wäre, um ihn für diesen tollen Job, den sie Gisberts gute Kontakte im Tennisclub zu verdanken hatte, zu lobpreisen. In ihrem Alter eine Chance zu bekommen wäre nicht alltäglich, hatte er ihr bei ihrer Einstellung mehr als einmal zu verstehen gegeben. Sie wären schließlich das erste Haus am Platze und sie würde in der besten Abteilung arbeiten dürfen. Und was muss ich sonst noch dafür tun?, hätte sie ihn am liebsten gefragt. Doch sie entschloss sich, sein anzügliches Lächeln und das Lippengelecke zu ignorieren und einfach ihre Arbeit gut zu machen. Auch das Gehalt konnte sich sehen lassen. Von der Süßwarenabteilung in die Damenoberbekleidung zu wechseln war fast, wie vom Tellerwäscher zum Millionär aufzusteigen, würde man ihrem Chef Glauben schenken. Sie war so weit zufrieden, wäre da nicht dieser Mord geschehen und gestern ein zweiter. Gegen Abend rief zuerst Gisbert an, um ihr von dem Toten in der Lohnbuchhaltung des alten Verwaltungsgebäudes zu erzählen, später ihre neue Eroberung Löschke, der sie seit zwei Tagen mit SMS regelrecht zumüllte und mit Anrufen eindeckte. Schlimm genug, dass sie nach ihrer Nacht in seiner Lehrerhöhle ohne Slip, in dem Kleid vom Vortag, den Weg zur Arbeit gehen musste. Wenigstens wohnte er nur ein paar Meter von ihrer Arbeitsstelle entfernt. Ein komisches Gefühl war es gewesen, als sie am frühen Morgen schlüpferlos ihrem Chef im Fahrstuhl begegnete. Wenige Minuten später, als sie den Slip aus der Tasche kramte, um ihn in der Toilette anzuziehen, hatte sie sich vor Lachen fast nicht mehr einkriegen können.

Hier verging einem das Lachen, denn der Platz vor der Halle füllte sich mit Trauergästen. Und da kamen auch schon Gisbert und Bettina auf sie zu. In ihrer Mitte Norbert Koslowski, seit Sonntag ein gebrochener Mann. Zum ersten Male hegte Margareta keine negativen Gefühle für den Nachbarn ihres Bruders. Nur Gefühle von Trauer und Mitleid. Und genau in diesem Moment, als sie in Norbert Koslowskis rotgeweinte Augen blickte, fasste sie den Entschluss, alles dafür zu tun, den Mörder zu finden. Sie fühlte sich plötzlich stark und mächtig, warf ihre blonde Mähne zurück und lächelte Norbert tröstend an. Zur Untermauerung ihrer Anteilnahme schloss sie kurz die Augen und nickte ihm Mutter-Theresa-mäßig zu.

Die Menschenmenge drängte in die Trauerhalle, wo das Orgelspiel bereits eingesetzt hatte. Weinende junge Leute in dunkler Bekleidung, wohl Arbeitskollegen von Kevin, ältere, total in Schwarz, zahlreiche Nachbarn, unter ihnen auch Fritz Bommer. Alle versuchten sie einen Platz in der düsteren Halle zu ergattern. Eine schluchzende Blondine im Prostituierten-Look wurde von zwei Männern regelrecht hineingezerrt. »Norberts Ex«, flüsterte Gisbert seiner Schwester zu.

Margareta entschied sich für einen Stehplatz hinten und starrte unentwegt auf den mit Rosen geschmückten Sarg, der von unzähligen Kränzen umlagert war. Tränen schossen ihr in die Augen.

»Da bist du ja, ich habe dich überall gesucht«, rissen sie die Worte Löschkes aus ihrem Trauerkoma. Er tat gerade so, als wären sie ein altes Ehepaar und sie wäre vorausgeeilt, während er einen Parkplatz gesucht hatte. Sie hasste diese plumpe Vertraulichkeit und entschied sich, ihn während der Beerdigung einfach zu ignorieren. Den fettigen Kopf konnte sie ihm später noch waschen. Sie wunderte sich, wieso er sie hier überhaupt vermutete. Gestern am Telefon hatte sie nichts davon erwähnt.

Nachdem der Pfarrer die letzten Worte gesprochen hatte, schluchzten die Anwesenden noch einmal auf, die Orgel setzte ein und die Sargträgeropis in ihren viel zu engen Jacketts hievten den Sarg auf den Katafalk. Die Trauerfeier war beendet. Margareta war wütend auf Löschke, der die Frechheit besaß, den Arm beschützend um sie zu legen. Am liebsten hätte sie ihm eins mit dem Gesangbuch auf den Kopf gegeben. Soeben zog der Sarg an ihr vorbei und erneut füllten sich ihre Augen mit Tränen. Dahinter schloss sich der Pfarrer mit Kevins Mutter und den beiden schrägen Vögeln an, gefolgt von Norbert Koslowski mit Gisbert. Erst danach prügelten sich die Normalsterblichen um die Rangordnung hinter dem Sarg. Margareta zählte mindestens 150 Menschen. Als fast alle Leute die Halle verlassen hatten und dem Katafalk hinterher eilten, reihte sich Margareta in die Prozession ein. Direkt vor ihr spendete ausgerechnet Blauländer mit seinem Riesenkreuz ordentlich Schatten, während sie sich bei herrlichem Sonnenschein auf dem Weg zum Grab machten. Lästig schüttelte sie Jürgen Löschkes Arm ab. Einen kurzen Moment spielte Margareta mit dem Gedanken, sich einfach vom Acker zu machen, schnell in einem der Querwege zu verschwinden und somit Jürgen und Blauländer aus dem Weg zu gehen. Als ahnte Löschke ihr Vorhaben, streckte er seinen affenlangen Arm erneut aus, um sie näher zu sich heranzuziehen. Ihm ihre Handtasche um die Ohren zu schlagen, kam wegen Blauländer nicht infrage. Der Kommissar vor ihr passte ihr ebenso wenig in den Kram.

Während Margareta dem untergehakten Jürgen Löschke Boshaftigkeiten an den Kopf warf, war der Trauerzug an der Grabstelle angekommen. Der Pfarrer postierte sich an der rechten Seite der Grube, lächelte wohlwollend, schlug anschließend sein in Leder gebundenes Buch auf und hob die Stimme. Die vielen Menschen hatten noch nicht einmal Aufstellung gefunden, da wurde Kevins Sarg schon in die Erde gelassen. Seine Mutter schluchzte laut auf und sein Vater brach an Gisberts Seite fast zusammen.

Margareta hatte einen guten Platz erwischt, von dem aus sie alles genau beobachten konnte. In dem Gedränge war ihr Löschke endlich abhandengekommen.

Der Pfarrer war ein Mann großer Worte, immer wieder musste er jedoch seine Ansprache unterbrechen, weil ihn seine Gefühle übermannten. Einen jungen Menschen, der sein ganzes Leben vor sich hatte, zu Grabe zu tragen, kostete ihn sichtlich Überwindung.

Margaretas verweinter Blick blieb an Fritz Bommers lockenbehaarten Beinen hängen. Sie fragte sich, wie man in einer kurzen Hose einer Beerdigung beiwohnen konnte. Er trug zwar ein dunkles Hemd zu der abgeschnittenen Jeans, wirkte aber völlig fehl am Platz. Seine wilde Haarpracht stand ihm zu Berge. Seine Trekkingsandalen bohrten sich in den weichen Sand des ausgehobenen Nachbargrabes, das schon auf den Nächsten wartete. Immerhin erwies dieser Nachbar Koslowskis – wenn auch ein Exot – Kevin die letzte Ehre, was spielten da Äußerlichkeiten für eine Rolle?

Gefühlte zwei Stunden später löste sich die Trauergesellschaft langsam auf, nachdem man den Eltern des toten Jungen kondoliert hatte. Schnell noch ein Blick auf den Kranz oder das Blumengesteck, das an einem Wagen baumelte. Da kein Leichenschmaus angesetzt war, traten die Besucher den Heimweg an. Nur der harte Kern trampelte am Grab von einem Fuß auf den anderen. Tanten, Onkel, Nachbarn, Kevins Freunde, Rudi Thannhäuser und seine Annegret, Udo Urbat, Heinz und Hubert von gegenüber, Hubertus Löschke und sein Sohn Jürgen, Gisbert, Bettina, Margareta sowie ein wenig abseits: Kommissar Blauländer und sein Kollege Kornblum.

Hubertus war unwohl. Er verspürte Angst, dass der Kommissar ihn noch einmal vernehmen und sich nach dem Schlüssel zum Verwaltungsgebäude erkundigen würde. Gestern hatte er ihn gefragt, wie er denn ins Gebäude gekommen war, worauf er wahrheitsgemäß geantwortet hatte, dass er seinen Schlüssel benutzt hätte. Dann wurde Blauländer aus der Vernehmung gerufen. Als er zurückkam, hatte er den Schlüssel vergessen. Um nicht noch mehr lügen zu müssen, hatte Hubertus ihn seinem Sohn übergeben. Soll er entscheiden, was damit geschieht, dachte der alte Mann sich.

Der Kommissar hatte jedoch anderes im Sinn. Lässig wickelte er ein Hustelinchen aus dem Papier, schob es sich zwischen die Lippen und ging schnurstracks auf Margareta zu.

»Kann ich Sie einen Moment sprechen? Wie war gleich Ihr Name?« Väterlich legte er ihr den Arm um die Schulter und führte sie einige Meter weiter hinter einen Fliederbusch.

Verdutzt schaute Margareta ihn an. »Sie haben mich also erkannt?«, fragte sie ihn und lächelte.

»Nicht gleich, muss ich zugeben. Erst nach dieser Bürgerversammlung fiel der Groschen, beziehungsweise der Cent.« Abwartend schaute er sie an.

»Sommerfeld, Margareta Sommerfeld.«

»Dass ich Blauländer heiße, brauche ich Ihnen sicherlich nicht zu sagen.«

»Nein, das ist mir noch in guter Erinnerung.«

»Wie geht es Ihnen?« Fast liebevoll schaute er sie an. »Haben Sie sich von der schlimmen Geschichte inzwischen erholt? Wie geht es Ihrem Freund?«

»Den gibt es nicht mehr. Aus lauter Dankbarkeit ist er mit seiner Kollegin in die Kiste gestiegen.«

»Und ich dachte damals, das wird was mit Ihnen beiden. So kann man sich täuschen.« Er spürte, dass sie nicht gern mit der alten Geschichte ihrer Entführung und den Morden konfrontiert werden wollte und wechselte das Thema. »Wenn ich mich recht erinnere, wohnen Sie hier in der Nähe, nicht wahr? Was hatten Sie bei der Bürgerversammlung in Hassel verloren?«

»Mein Bruder wohnt in Hassel. Wir unternehmen in letzter Zeit viel zusammen, seit er von seiner Frau verlassen wurde. Kevin Koslowski war der Sohn seines Nachbarn. Ich habe den Jungen am Samstagabend noch gesehen, als sie den Schalke-Sieg feierten. Und nun ist er tot.«

»Ja, schlimme Sache. Kannten Sie den anderen Toten, den man gestern in dem alten Verwaltungsgebäude gefunden hat?«

»Nein, den kannte ich nicht.«

»Was glauben Sie? Gibt es da einen Zusammenhang?« Blauländer hatte Gefallen an der toughen Margareta gefunden, obwohl böse Zungen behaupteten, sie hätte es faustdick hinter den Ohren und würde überall ihre Nase hineinstecken.

»Das fragen Sie mich?« Margareta musste lachen.

»Falls Ihnen was zu Ohren kommt, würden Sie mich anrufen?« Er zog eine Visitenkarte aus seiner Tasche und reichte sie ihr. »Vielleicht weiß Ihr neuer Freund mehr, als er uns erzählt hat.« Blauländer deutete auf Jürgen Löschke, der sich mit seinem Vater unterhielt.

»Also, das ist gewiss nicht mein Freund. Ich weiß nicht, wieso er sich ausgerechnet an meine Fersen heftet.«

Skeptisch, als glaube er ihr nicht so recht, sah Blauländer sie an, lächelte dennoch und reichte ihr zum Abschied die Hand.

Kornblum hatte sich unterdessen mit Norbert Koslowski unterhalten. Er fragte ihn, ob ihm bei der Trauerfeier jemand aufgefallen sei, den er nicht kannte oder der ihm verdächtig vorkam. Koslowski zuckte nur mit den Schultern. Falsche Zeit und falscher Ort für eine Befragung. Wenig später gingen die beiden Ermittler zurück in Richtung Trauerhalle.

Margareta atmete auf. Sie war froh, dass sie das Aufeinandertreffen mit Blauländer endlich hinter sich hatte. Halb so schlimm, dachte sie und war überzeugt, dass er ihr sicherlich nicht in die Quere kommen würde.

Unter einer Einladung zum Essen in einem Gartenlokal hatte Margareta sich wahrlich etwas anderes vorgestellt, als Currywurst mit Fritten, samt Cola, am Fontänenteich im Berger Schlosspark. Sie hatte lediglich zugestimmt, weil Jürgen auf dem Friedhof – vor den restlichen Trauergästen! – hartnäckig geblieben war und weil er etwas sagte, was sie neugierig gemacht hatte. Er müsse sie unbedingt sprechen, allein, ungestört, es gehe um die Morde auf dem Zechengelände. Sie würde ansonsten nicht an solch ein Insiderwissen kommen, meinte er, während er sie mit seinen Rosinenaugen anstarrte. Sie dachte an das Versprechen, den Mord an Kevin aufklären zu wollen, welches sie sich geben hatte. Löschke war schlau. Er wusste, womit er sie locken konnte. Ohne den hingeworfenen Knochen hätte sie niemals angebissen.

Auch noch selber holen mussten sie sich ihr Essen, von einer verschmierten Theke, dahinter die Pommeskörbe in heißes Fett versenkt. Die Küchenchefin, gehüllt in einen ehemals weißen Kittel, jagte Bratwürste durch eine knatternde Zerkleinerungsmaschine und ließ gleichzeitig Softgetränke in Gläser fließen. Welch' ein Ambiente!

Sind Lehrer finanziell so schlecht gestellt, fragte Margareta sich, als sie Minuten später an einem Tisch direkt am Wasser saßen und Jürgen sich auf sein Essen stürzte, als hätte er nie etwas Besseres zu sich genommen. Biomüsli kontra Currywurst samt Pommes, welch ein krasser Gegensatz. Nach jedem Wurststummel gab er Laute von sich, die denen bei einem Orgasmus ähnelten. Peinlich berührt schaute sie nach rechts und links.

»Sag schon, was du Geheimnisvolles weißt«, forderte sie ihn auf.

Bevor er antwortete, nahm er einen großen Schluck aus

seinem Glas und setzte es mit einem lauten »Ahhh« ab. »Sprite, wie geil das schmeckt. Echt, so was von geil.«

Er ergötzte sich hier an einer gewöhnlichen Sprite. Margareta konnte es nicht fassen. Der Kerl war schlimmer, als sie bisher angenommen hatte. Für sie hatte er den totalen Kopfschuss. Taubenblaues Schlabber-T-Shirt, beige Cargohose und Trekkingsandalen waren gerade noch annehmbar. Der Zustand seines Haares ging allerdings weit über einen ›Bad Hair Day‹ hinaus.

»Mein Vater hat den Toten gefunden«, begann er mit vollem Mund zu erzählen. »Habe ich dir ja schon gestern alles am Telefon erzählt. Er ging oft mit Annegret ins Gebäude, um nach dem Rechten zu sehen. Irgend so eine Pfeife von der RAG hat ihm damals einen Schlüssel gegeben. Und …«

»Komm auf den Punkt.« Margareta rollte genervt mit den Augen.

»Hast du es eilig oder was ist los?«

Die Geduld eines Lehrers war anscheinend nicht unerschöpflich. Schalte einen Gang zurück, mahnte Margareta sich. »Erzähl weiter«, forderte sie ihn lieb lächelnd auf.

»Den Schlüssel habe ich jetzt. Er wollte ihn loswerden. Stell' dir vor, der Kommissar hat ihn nicht danach gefragt.« Voller Stolz, als hätte er statt eines Schlüssels zu einer Ruine ein Schloss von seinem Vater geerbt, strahlte er sie an.

»Und wo soll die Stelle zum Lachen sein?« Margareta wusste nicht, worauf er hinauswollte. Sollte sie vielleicht mit Jürgen dort rumschnüffeln?

»Hey, ich dachte, du wärest so etwas wie eine … eine Art Hobbyermittlerin? Möchtest du das alte Gebäude nicht von innen sehen?«

»Ich weiß nicht, wer so einen Unsinn erzählt. Hobbyermittlerin! Du glaubst doch nicht, dass ich da jetzt hineingehe? Womöglich nachts. Was soll ich da finden? Außerdem wird alles versiegelt sein.«

Der Gedanke, dass er den Schlüssel des alten Verwaltungsgebäudes besaß, in dem gestern eine Leiche gefunden wurde, ließ sie allerdings nicht mehr los. Ihr ganzer Körper begann angenehm zu prickeln bei der Vorstellung, sich in diesem alten Kasten umsehen zu können. Sie überlegte angestrengt, wie sie an den Schlüssel kommen könnte. Ein Blick auf den mampfenden, spargeldürren Lehrer und sie schüttelte sich innerlich. Nein, ein zweites Mal würde sie sich nicht von ihm abschleppen lassen. Niemals. Aber wenn sich dort eine heiße Spur finden ließe, die zum Mörder führte? Zu Kevins Mörder?

8.

Die Sonne hatte die Zechensiedlung in eine subtropische Zone verwandelt. Überall waren die Fenster verschlossen und die Rollläden heruntergelassen. Bei über 30 Grad Hitze wurde nur das Nötigste getan und selbst das war noch zu anstrengend. Wieder war Samstag, wieder saß man in Gisberts Garten, diesmal ohne Grill und ohne Heinz und Hubert. Norbert in Unterhemd und Shorts. Von seiner Fröhlichkeit, die er am letzten Samstag versprühte, keine Spur. Ein gebrochener Mann, in einer Woche um Jahre gealtert.

»Kevin war allet, watt ich noch hatte. Nun isser tot. Ich bin allein.« Aus traurigen Augen schaute er Margareta an. Sie schämte sich, weil sie letzte Woche so schlecht über ihn gedacht hatte, als er ihr dermaßen auf den Keks ging, dass sie ihm am liebsten den Inhalt einer Bierflasche über den Kopf gegossen hätte. Heute störte sie nicht mal sein Ruhrpott-Slang. Sie hatte das Bedürfnis, ihn in den Arm zu nehmen und zu trösten. Dann hätte er wahrscheinlich angenommen, sie wäre verrückt. Gisbert und Bettina kümmerten sich rührend um den Nachbarn, beide wirkten ebenfalls bedrückt und sprachen kaum. Die Einzige, die ein bisschen Leben in den Garten brachte, war Waltraud. Wieso sie hier war, wusste niemand so genau. Alle empfanden ihre Anwesenheit als angenehm, obwohl sie in einem fort dummes Zeug laberte. Doch gerade diese hohlen Monologe wirkten auf die anderen wohltuend. Bettina verteilte Eistee. Appetit hatte niemand.

»Und ich sach euch, da steckt die neue Firma hinta. Diesa komische Wessel und dem sein oller Partner, denen trau ich nich übern Wech.« Norbert gähnte lautstark und zeigte dabei seine gelben Riesenzähne. Kein Wunder, dass er tagsüber müde war. In der Nacht lag er wach und grübelte, fand einfach keinen Schlaf.

»Ach Norbert, das haben wir alles hundert Mal durchgekaut. Ich glaube eher, dass der Rudi und dieser Udo was damit zu tun haben, diese größenwahnsinnigen Idioten.«

Gisbert stand von seinem Stuhl auf und ging ins Haus. »Ich hol' mir jetzt ein Bier. Eistee ist was für kleine Blagen. Willst du auch eins, Norbert?«

»Ja, bring' mir eins mit. Ohne Alkohol halt ich datt nich

aus.« Er nahm sein Radio in die Hand, schaltete es ein und drehte am Sendersuchlauf herum. »Noch nimmals Schalke spielt heut. Alte Kacke!« Er stellte es zurück und sah Margareta an. »Du bis heut' so still, Mädchen.«

»Ist das ein Wunder?«

»Triffs dich heut noch mit dein Freund?«

»Norbert, ich habe es dir so oft erklärt: Löschke ist nicht mein Freund. Ich habe mich lediglich mit ihm getroffen, um etwas zu erfahren.«

»Watt soll der schon wissen, der olle Pauker?«

»Er nicht, aber vielleicht sein Vater. Der hat schließlich das Gelände oft genug inspiziert. Er war es ja auch, der den Toten in der Lohnbuchhaltung gefunden hat.«

Gisbert nahm einen kräftigen Schluck aus seiner Bierflasche. »Es ist mir ehrlich gesagt ein Rätsel, was der alte Mann da verloren hatte. Annegret Thannhäuser soll oft mit von der Partie gewesen sein, wenn er dort herumgeschlichen ist. Woher der bloß den Schlüssel hatte?«

»Mit den Ausflügen ist jetzt ein für alle Mal Schluss. Den Schlüssel hat jetzt sein Sohn«, verkündete Margareta nicht ohne Stolz über ihr Wissen.

»Ich warne dich, Gretchen. Du hast doch nicht etwa vor, dich in dem alten Kabachel umzusehen? Halte dich da raus. Überlass das der Polizei!« Wütend sah Gisbert seine Schwester an.

»Ach ja? Das musst gerade *du* mir raten«, erwiderte sie mit einem hämischen Blick zu Gisberts Stall, in dem sich der Benzinkanister noch immer seit der Mordnacht befand. Dieser Blick sollte Gisbert warnen. Erzählst du jemanden von dem Schlüssel, erfährt derjenige von dem Kanister, den du, wieso auch immer, dort versteckt hältst.

»Ey, Margareta, wenn du da reingehs, nimmze mich

mit?«, fragte Norbert Margareta mit hoffnungsvoll blickenden Augen.

»Noch habe ich den Schlüssel nicht«, log sie Norbert frech an und musste schmunzeln. Hätte sie die Geschichte, wie sie an den Schlüssel gekommen war, in der Trauerrunde preisgegeben, hätte das trotz Weltuntergangsstimmung mit Sicherheit für einige Lacher gesorgt. Doch sie beschloss, dass es ihr Geheimnis bleiben sollte.

In Gedanken ließ sie den gestrigen Abend Revue passieren. Nach Currywurst, Pommes und Cola bzw. Sprite wollte Jürgen sie – wie nicht anders zu erwarten – überreden, mit zu ihm zu kommen. ›Dir hat es doch bei mir so gut gefallen‹, meinte er zweideutig. Bis auf den tollen Blick über Gelsenkirchen konnte sie sich zwar an nichts Besonderes erinnern, sagte aber zu. Er schenkte ihr ein süffisantes Lächeln und freute sich. Wahrscheinlich muss ich gut gewesen sein, dachte sie. Seine Kinnlade fiel allerdings herunter, als sie ihm mitteilte, dass sie kurz nach Hause müsse und in einer halben Stunde nachkäme. Dem hielt er entgegen, dass sie bei ihm duschen könne. Sie blieb hartnäckig, schmiss sich in ihren Polo und fuhr heim, während er sich auf sein marodes Fahrrad schwang und den einen Kilometer, über den Buer'schen Berg nach Hause strampelte.

Von wegen duschen, mein Freund. Das könnte dir so passen, dachte sie, während sie in ihrem Badezimmerschränkchen nach dem Blister mit den Diazepamtabletten kramte. Typen ins Koma versetzen, damit kannte sie sich bestens aus. Leider war sie schon einmal gezwungen gewesen, einen Kerl zu betäuben. Sie griff nach einer Flasche Sekt, die im Kühlschrank stand, und machte sich auf den Weg. So wie sie Jürgen kannte, hatte er bestimmt nur widerlichen Holunderwein im Hause.

Verdutzt hatte er sie angeschaut, als sie mit dem Sekt in der Hand vor seiner Tür stand. Irgendwie traute er dem Braten nicht, hielt ihr ellenlange Vorträge über das Leben der Biber in freier Wildbahn, bis er sich endlich für ein Gläschen Sekt entschied. Mangels Sektflöten nahm Margareta zwei Wassergläser aus dem Großmütterchen-Küchenschrank. Sie hatte Jürgen mit verschwörerischem Blick unter die Dusche geschickt, während sie vier Beruhigungstabletten in seinem Glas verrührte. Die schäumende Gischt ebbte gerade rechtzeitig vor Jürgens Erscheinen in der Küche ab. Damit es in ihrem Glas ähnlich stark perlte, gab sie vorher eine halbe Vitamintablette hinein. Äußerst misstrauisch nahm er das Glas in die Hand, während sie ihm mit einem Blick auf seine mausgraue Ökounterhose zuprostete. Mit rauer Stimme flüsterte sie ihm ins Ohr, dass sie ins Bad gehen würde und er sich auf sein Bett legen könne. Vorher füllte sie beide Gläser noch einmal mit Sekt auf, damit keine Tablettenrückstände sichtbar wurden. Auf der Kloschüssel sitzend wartete sie ungefähr eine Viertelstunde, hörte zwischenzeitlich seine ›Nun komm doch endlich‹-Rufe, und öffnete langsam die Tür. Vorsichtshalber – falls das Zeug bei ihm nicht so schnell wirken würde, wie erhofft – zog sie sich bis auf Slip und BH aus und trat an sein Bett. Doch die Mühe hätte sie sich sparen können, denn er schlief bereits tief und fest. Sie wurde schneller fündig als erhofft, der Schlüssel steckte in der rechten Gesäßtasche seiner speckigen Jeans. In der linken befand sich sein bescheuertes Taschenmesser mit dem Hirschhorngriff, mit dem er im Berger Park dauernd herumgespielt hatte. Zehn Minuten später war sie zu Hause und freute sich einen Ast, im Besitz dieses Schlüssels zu sein. Wann genau sie sich in dem alten Verwaltungsgebäude umschauen würde, konnte sie nicht sagen. Heute war erst einmal Trost für Norbert angesagt.

»Äihh, Margareta, träumzee?«, fragte dieser sie soeben. »Gisbert hat gefracht, ob wa Pizza bestelln solln. Essen muss man ja schließlich.«

»Tonno Cipolla, wie immer«, kam es wie aus der Pistole geschossen aus ihrem Munde.

Jürgen hatte absolut keinen Verdacht geschöpft, dass sie an seinem Totenschlaf Schuld haben könnte. Gegen Mittag rief er sie an und entschuldigte sich für sein unmögliches Verhalten. Er hätte einfach durchgeschlafen, was ihm noch nie passiert sei. Er fühle sich wie vom Trecker überfahren. Dann wollte er von ihr wissen, ob sie denn nun ... oder nicht? Er könne sich an nichts mehr erinnern. Aus purem Mitleid überzeugte sie ihn davon, dass er der tollste Liebhaber der Welt sei.

Norbert war in Gedanken auf dem Friedhof am Grabe seines Sohnes. Er schüttelte den Kopf. »Aber datt der olle Bommer, dieser schräge Vogel, auch zu Kevins Beerdigung gekommen ist, datt wundert mich echt.«

»Er passte zwar optisch überhaupt nicht ins Bild, aber ich finde es lobenswert, dass er teilgenommen hat«, meinte Gisbert. »Eigenartiger Typ. Zum Glück nur ein harmloser Irrer.«

»Er grüßt immer freundlich. Du hast mal erzählt, er sei erst so komisch, seit seine Mutter gestorben ist?« Margareta schaute ihren Bruder fragend an.

»Ach, bergab ging es mit ihm schon früher. Als er seine Arbeitsstelle verloren hat, kam er unter die Räder. Dann noch der Tod der Mutter. Das war zu viel für ihn. Ich frage mich, wie er finanziell überhaupt den Wagen halten kann.«

»Wieso hat er seine Arbeit verloren?«

Eine Antwort auf ihre Frage bekam Margareta nicht mehr. Der Pizza-Bote mit einer riesigen Styropor-Kiste betrat den Garten und Bommer war vorerst vergessen.

Essen hält Leib und Seele zusammen. Diese Redensart traf an diesem Spätnachmittag in Gisberts Garten absolut zu. Friedlich vertilgte jeder seine bestellte Speise, keiner sprach ein Wort. Nachdem alle gesättigt waren, hingen sie ihren Gedanken nach, bis Norbert anfing, seine miese finanzielle Lage zu schildern, die sich durch die Beerdigung seines Sohnes nicht gerade verbessert hatte. Er schimpfe auf seine Exfrau, die nicht einen Cent beigesteuert hätte. Kevins Auto, das noch nicht abbezahlt war, musste verkauft werden. Wie froh er sei, dass Gisbert, sein guter Freund und Nachbar, ihm bei allem half, ließ er mehr als einmal verlauten. Außer zwei Brüdern, die gern dem Alkohol zusprachen und von Hartz IV lebten, hatte Koslowski keine Verwandten.

Die Sonne verschwand hinter der Halde am glutroten Horizont und Margareta war die erste, die sich erhob, um den Heimweg anzutreten. Genug geschwiegen und getrauert. Völlig nüchtern, mit Herzrasen vom vielen Eistee, konnte sie getrost mit dem Auto nach Hause fahren.

Erschrocken sprang Norbert von der Treppe auf.

»Du willz schon gehen? Bleib doch noch. Es ist noch so schön draußen«, versuchte er sie aufzuhalten. Aus Angst vor dem Alleinsein, vor der langen schlaflosen Nacht, die vor ihm lag, und weil er sie ganz einfach mochte, wollte er sie um sich haben.

»Schau mal auf die Uhr, es ist zehn durch.« Liebevoll drückte sie ihn an sich, in der Hoffnung, er möge diese Geste nicht falsch deuten.

»Was ist Waltraud, fährst du mit? Oder bleibst du noch?«, wandte sie sich ihrer Mutter zu.

Daraufhin stand Waltraud aus ihrem Sessel auf, murmelte »Tschüss!« und ging zum Gartentor.

Bettinas Blick sprach Bände. Sie war froh, dass Waltraud sich verabschiedet hatte.

»Abba wenne den Schlüssel hass, dann nimmze mich mit in datt alte Gebäude, näh?« Voller Hoffnung schaute Norbert sie an.

»Was wollen wir da finden?«

»Irgenwelche Spurrn.«

»Meinst du, wir sind schlauer als die Kripo?«

»Vielleich?«

Da sie das zarte Pflänzchen Hoffnung, das in Norbert zu wachsen begann, nicht gleich zerstören wollte, nickte sie ihm zu. »Versprochen.«

»Bis 'ne ganz Tolle.« Mit Tränen in den Augen drückte er sie noch mal freundschaftlich an sich.

Der Meinung war der Biologielehrer Jürgen Löschke wohl auch, denn kaum fuhr Margareta mit ihrem Polo auf ihren Hof – zuvor hatte sie Waltraud zu Hause abgesetzt –, erblickte sie an die Hauswand angelehnt sein schrottreifes Fahrrad. Im Halbdunkeln sah sie ihn auf der Eingangstreppe sitzen. Sie stieg aus und ging auf ihn zu. Sei nicht wieder so gemein zu ihm, mahnte ihre innere Stimme.

Aus weidwunden Rehaugen sah er sie an. Du meine Güte, der ist immer noch total high, und das 24 Stunden nach der Tabletten-Dröhnung. Wenn er mich doch bloß in Ruhe lassen würde. So einen Mann brauche ich nicht.

»Hallo Margareta, du kommst reichlich spät.«

Hörte sie da einen leichten Vorwurf in seiner Stimme? Da war er bei ihr an der richtigen Adresse. Sie war schließlich nicht seine Schülerin. »Ich wüsste nicht, was dich das angeht.«

»Das habe ich doch gar nicht so gemeint. Ich warte halt ein Weilchen auf dich.«

»Nicht meine Schuld. Habe ich dich eingeladen? Was willst du überhaupt hier?«

»Der Schlüssel ist weg. Der Schlüssel zum Verwaltungsgebäude. Seit du verschwunden bist.«

»Was willst du damit sagen? Etwa, dass ich ihn dir gestohlen habe?« Wütend schaute sie in sein verschwitztes Gesicht.

»Nein, ich dachte nur … Lass uns erst mal in deine Wohnung gehen.«

Widerwillig schloss Margareta die Haustür auf und ging Löschke voraus die Treppen hinauf in den ersten Stock.

»Eine Viertelstunde, mehr nicht. Ich bin müde.«

Neugierig sah er sich in ihrer gepflegten Wohnung um. Er war begeistert von dem Blick aus dem Wohnzimmerfenster, hinüber zu dem Mittelteil des Turms. »Mensch, das ist ja irre. In dem Flügel eines Wohnturms zu wohnen muss echt cool sein.«

»Ist eine Wohnung wie jede andere. Was soll besonderes daran sein?«

Unaufgefordert setzte er sich aufs Sofa. Margareta schaltete ungeachtet dessen den Fernseher ein und fläzte sich ihm gegenüber in den Sessel.

Mit seinen langen Griffeln fingerte er sich eine Lakritzschnecke aus der Glasschale, die auf dem Tisch stand, begutachtete sie und steckte sie in seinen Mund.

»Hast du nichts zu trinken da?«, fragte er sie mit vollem Mund.

»Hör mal, das ist hier keine Kneipe. Es ist elf und ich will ins Bett. Sag, was du zu sagen hast, und dann mach' die Flatter.«

»Du bist nicht gerade gastfreundlich.«

Sie ignorierte seinen Vorwurf. »Also der Schlüssel ist weg und du verdächtigst mich, ihn mitgenommen zu haben?«

»Na, so direkt nicht. Aber komisch ist es schon. Und ich wollte dir noch vorschlagen, dass wir uns dort mal umsehen.«

Eigenartig, bereits der Zweite, der mit mir das alte Gebäude inspizieren will, dachte Margareta und überlegte krampfhaft, ob es dort tatsächlich eine heiße Spur gäbe.

»Das hat sich ja nun erledigt. Der Schlüssel ist weg …«

»Es sei denn, du hast ihn«, fiel er ihr ins Wort.

Lässig holte sie ihr Handy aus der Tasche.

»Was hast du vor?« Löschke wurde nervös.

»Ich rufe Kommissar Blauländer an und erzähle ihm, dass der Schlüssel weg ist. Das wird ihn bestimmt interessieren, dass dein Vater ihn, statt ihn der Polizei auszuhändigen, dir gegeben hat.«

»Komm lass gut sein.« Beleidigt stand Löschke auf und ging zur Tür. »Wenn du wieder besser drauf bist, ruf mich an. Ich habe übrigens noch mehr Interessantes zu berichten.« Sprachs und war zur Tür hinaus.

Nicht schon wieder, dachte sie. Nicht wieder diese Prahlerei mit seinem angeblichen Insiderwissen, seinen guten Kontakten zur Polizei und den Kenntnissen seines Vaters. Alles Bluff. Nichts, absolut nichts wusste dieser

Oberlehrer Löschke. Sein Gelaber konnte man echt nur betrunken ertragen. Und will ich ihn überhaupt noch mal anrufen? Das werde ich morgen entscheiden, heute brauche ich endlich mein Bett, sagte Margareta sich.

Aus dem Schlafzimmerfenster sah sie ihn wenig später müde mit geneigtem Kopf in der heißen Sommernacht davonradeln. Ihr schlechtes Gewissen, ihm trotz seiner Bitte ein Getränk verweigert zu haben, hielt sich in Grenzen.

9.

Rudi Thannhäuser saß an seinem PC und verschickte Einladungen zum nächsten Stammtisch der Bürgerinitiative Bergmannsglück. Per Email an die Computerbesitzer, allen anderen würde er einen Ausdruck in den Briefkasten stecken. Der Termin wurde aus gegebenem Anlass zwei Wochen vorgezogen.

Am nächsten Freitag traf man sich im Saal des Zechengasthauses am Hasseler Markt. Besser, die quatschten sich dort aus, als wenn sie ihr Wissen hinter vorgehaltener Hand an irgendeiner Ecke verteilten. So entstünden nur neue Gerüchte. Seit man den Stadtplaner Heribert Stempel drüben in dem alten Verwaltungsgebäude tot aufgefunden hatte, war nichts mehr wie vorher. Kevins Tod war schlimm genug, ein zweiter Toter auf dem Gelände, war jedoch mehr, als Rudi zurzeit verkraften konnte. Er hatte Angst, dass diese Morde seine Pläne zunichtemachen könnten. Zumindest würde sich die ganze Angelegenheit mit dem Denkmalschutz und dem geplanten Begegnungszentrum verzögern, davon war er überzeugt.

Andauernd vertippte er sich, seine Gedanken waren bei Annegret. Er spürte, dass sich zwischen ihnen eine Mauer aufbaute, Stein auf Stein, höher und höher. Die Vertrautheit begann zu bröckeln. Als sie ihm von dem geöffneten Koffer erzählte, der hinter der Leiche gelegen hatte, und den zwei Bündeln 100-Euro-Scheinen, klingelten bei ihm sämtliche Alarmglocken. Ein Koffer für zwei Bündel Geldscheine? Wo befand sich der Rest? Wer wollte Stempel bestechen? Hubertus wollte keinen Koffer mit Geldscheinen bemerkt haben, wie Annegret ihm berichtet hatte. In der Zeitung stand nichts davon und Blauländer hüllte sich in Schweigen. Hatte Annegret sich das mit dem Geld etwa nur ausgedacht?

Gestern war sie wieder mit dem alten Löschke zusammen gewesen. In Rudis Haus, auf einen Kaffee. Er hatte die Dreistigkeit besessen, in seiner Küche aufzuschlagen – während seiner Anwesenheit! Am liebsten hätte Rudi ihn hinausgeworfen, allerdings nicht, bevor er ihm ordentlich den Kopf gewaschen hätte. Löschke hielt Annegrets Hand, während sie sich in die Augen schauten. Das war mehr, als er ertragen konnte. Allerdings freute es ihn, dass mit den Begehungen drüben in dem alten Gebäude endgültig Schluss war. Rudi wäre froh gewesen, wenn sie den alten Knaben endlich vergessen und sich auf das konzentrieren würde, was seiner Meinung nach das Wichtigste für eine Hausfrau war. Nämlich, sich um das Wohl des treu sorgenden Ehemannes zu kümmern. Mehr nicht.

Das heikle Thema Mord mied er, seit Annegret ihm

von dem Koffer erzählt und er sie daraufhin zur Schnecke gemacht hatte.

Annegret war zutiefst gekränkt und fühlte sich gedemütigt. Sie spielte sogar des Öfteren mit dem Gedanken, Rudi zu verlassen und fragte sich, ob sie allein zurechtkommen würde. Hubertus bot ihr an, fürs Erste zu ihm zu ziehen. Sie hatte jedoch zu viel Angst vor diesem endgültigen Schritt.

Ein laufender Dieselmotor ließ Rudis Konzentration weiter dahin schwinden. Wer zum Teufel lässt seinen Wagen im Stand laufen?, fragte er sich und ging zum Fenster.

In Udos Einfahrt parkte ein nagelneuer Audi A6 Avant in Silbermetallic, der im Sonnenschein glänzte und Rudis ganze Aufmerksamkeit beanspruchte. Wer von Udos wenigen Freunden und Bekannten fuhr so ein tolles Auto? Vergessen war das nervende Motorengeräusch. Viel interessanter war für Rudi, wer hinter dem Steuer dieses Autos saß. Er traute seinen Augen kaum: Udo Urbat entstieg persönlich diesem flotten Schlitten. Stolz wie Oskar und freudig wie ein kleiner Junge sprang er um den Wagen herum, polierte dort und wienerte da, öffnete den Kofferraum und verschwand fast darin.

Rudi fuhr den PC herunter, stieg die steile Treppe hinab ins Erdgeschoss und begab sich nach draußen. Der Motor lief noch immer. Udo hatte nur Augen für dieses tolle Gefährt.

»Hey, was hältst du davon, den Motor abzustellen?«, fragte Rudi seinen Nachbarn.

»Hallo Rudi, tolles Auto, was? Audi A6 Avant, 3.0 TDI, 245 PS. Geil, oder?" Wie unter Drogen fummelt er an dem silberfarbenen Schlachtschiff herum.

»Wem gehört der Wagen?«, wollte Rudi nun endlich wissen. »Und stell' endlich den Motor ab.«

Dem kam Udo stirnrunzelnd nach und strahlte Rudi an. »Na, mir. Tolles Teil, was? Hat ein S-line Sportpaket. Und schau mal hier, die Räder: Aluminium Gussräder im Doppelspeichendesign. Das ist ein Auto!«

Rudi musste zugeben, dass der Audi nicht mit Udos bisherigem Wagen, einem altem Opel Astra, vergleichbar war. Bloß Udos Outfit – Motiv-T-Shirt und alte Cargohose – passten absolut nicht zu diesem Auto.

»Hast du im Lotto gewonnen oder was ist passiert? Der kostet bestimmt ... 50.000 Euro.« Voller Neid begutachtete Rudi den Wagen, erst von hinten, schließlich von vorne.

»65.000, so wie er hier steht. Das ist ein Traum, was? Möchtest du mal mitfahren?« Wie im Rausch setzte Udo sich auf den Fahrersitz und bedeutete Rudi einzusteigen. Mit geschlossenen Augen atmete er tief diesen besonderen Geruch eines Neuwagens ein. Der Duft von Gummi und Politur.

»Sag mal, hast du einen Vogel?« Zögernd kam Rudi der Aufforderung nach und nahm auf dem Beifahrersitz Platz.

»Wieso? Weil ich mir ein neues Auto gekauft habe?«

»Erst vor ein paar Tagen hast du mir die Ohren vollgejammert, wie schlecht es dir finanziell geht. Und dann kaufst du dir mal eben so einen teuren Schlitten? Tickst du noch richtig?«

Langsam entstieg Udo dem hohen Ross, auf dem er sich bis vor ein paar Minuten befunden hatte.

»Ich habe den Wagen finanziert. Was ist schlimm daran, wenn ich mir ein Auto kaufe?« Er legte den Rückwärtsgang ein, fuhr aus der Einfahrt heraus auf die Straße. Und schon ging die Fahrt los, die Bergmannsglückstraße entlang, Richtung A 52.

»Du kommst nicht klar mit deinem Gehalt, beklagst dich dauernd, dass du den Unterhalt für deine Ex kaum zahlen kannst. Und jetzt noch die monatlichen Raten für diesen Luxusschlitten? Wie willst du das schaffen?«

Udo reagierte nicht. Schweigend fuhren sie ein Stück, dann durch den Kreisverkehr den Berg hinauf. Rudi unterbrach die Stille.

»Mensch, Udo, ich bin nicht blöd. Da stimmt doch was nicht. Du bist außerdem gar nicht der Typ für so einen Wagen. 15 Jahre fährst du mit deinem 60 PS-Astra durch die Gegend, hältst mir Vorträge, wie sparsam der sei – und jetzt ein Auto mit 245 PS? Was kostet der monatlich im Unterhalt?«

»Willst du mir den ganzen Spaß verderben? Bist du neidisch? Wieso soll ich mir nicht was gönnen?«

»Weil du es dir nicht leisten kannst.«

»Wie ich den Wagen finanziere, geht dich nichts an.«

Wütend wendete Udo an der nächsten Ampel das Auto und fuhr Richtung Heimat. Die Lust auf eine Spritztour mit seinem Freund und Nachbarn Rudi war ihm gründlich vergangen. Schweigend legten sie den letzten Kilometer zurück, bevor Udo vor seinem Haus parkte.

»Das wird Gerede geben, Udo. Das ist dir wohl klar.«

»Ist mir doch egal«, meinte Udo beleidigt und würdigte Rudi keines Blickes mehr, nachdem dieser ausgestiegen war.

Für Rudi stand fest, wieso sich in dem Koffer nur zwei Bündel 100-Euro-Scheine befunden hatten und wo nun der Rest steckte. Er kannte zwar noch nicht die Zusammenhänge, doch war er felsenfest davon überzeugt, dass

Udo in einer Sache drinsteckte, in der es nicht mit rechten Dingen zuging.

Zwei Tage waren seit der Spritztour mit Udo vergangen, nichts Spektakuläres war passiert. Er kam zu dem Schluss, dass Wessel oder sein Compagnon versucht haben mussten, Stempel zu erpressen. Was war dabei schiefgelaufen? Und wie war Udo an das restliche Geld aus dem Koffer gekommen? Hatte sein Kumpel den Stadtplaner erschlagen? Nein, für so abgebrüht hielt Rudi Udo nicht.

Jetzt saß Rudi an seinem Schreibtisch und las zum wiederholten Male den Zeitungsartikel vom Mai 2011.

BAZ vom Mai 2011:

Keine voreiligen Fakten schaffen

Stadtplaner Stempel fordert Gesamtkonzept für Brache und Stadtteil

Hassel. Vor der Ansiedlung der Wessel Rohr & Co. KG auf dem Zechengelände Bergmannsglück sollten nicht voreilig Fakten geschaffen werden. Das fordert Heribert Stempel, Stadtplaner der Sleppstone – Architekten und Stadtplaner GmbH, auf einer Bürgerversammlung im Gemeindesaal der ev. Kirche in Buer-Hassel, zu der OB Klaus Vogel eingeladen hatte.

Stempel stellte klar, dass er nicht gegen die Ansiedlung der Wessel Rohr & Co. KG auf dem Gelände der ehemaligen Zeche Bergmannsglück sei. Er warnte jedoch vor zu schnellen Schritten und gab die Empfehlung, die Zukunft des Zechengeländes nicht allein auf die Interessen der Wessel Rohr & Co. KG auszurichten. Stempel sagte, dass ein Gesamtkonzept für Brache und Stadtteil die bessere Alternative sei. Der Stadtplaner sprach sich dafür aus, Werkstatt, Maschinenhaus, Verwaltungs- und Kauengebäude, Kesselhaus und ein weiteres Maschinenhaus wegen der robusten Bausubstanz zu erhalten.

Durch die Ansiedlung der Wessel Rohr & Co. KG würden nur Arbeitsplätze verlagert, kritisierte Stempel. Außerdem würde lediglich über die Ansiedlungsinteressen des Unternehmens diskutiert, anstatt über ein Gesamtkonzept zu beraten. Er empfiehlt der Stadt, das Gespräch mit Wessel Rohr & Co. zu suchen und der Firmenleitung nahezulegen, auf Neubauten zu verzichten.

Der Vorsitzende der Bürgerinitiative, Rudi Thannhäuser, trug die Bedenken der Anlieger vor, die sich für den Erhalt der Zechengebäude einsetzen und die Lärmbelästigungen durch einen Anstieg des Lkw-Verkehrs befürchten.

»Umweltschutz, Denkmalschutz und Schaffung von Arbeitsplätzen müssen sich nicht ausschließen. Bei einer Arbeitslosenquote von 14 Prozent ist mir jeder Unternehmer willkommen, der Arbeitsplätze schaffen will«, sagte Oberbürgermeister Klaus Vogel, der auf die Wortbeiträge der Vorredner nicht konkret einging.

Und nicht ohne Stolz las er zum x-ten Mal den Artikel von der Protestaktion vor den beiden Torhäuschen. Schon vor dieser Aktion – und auch danach – hatten regelmäßige Treffen dort oder im alten Zechengasthaus stattgefunden.

BAZ vom Juni 2011:

Bürgerinitiative protestiert gegen den Abriss der Zeche

Hassel. Die Bürgerinitiative Bergmannsglück protestiert gegen den Abriss der alten Zechengebäude: Lautstark machten am Freitagabend Anwohner auf einer Versammlung vor den Torhäusern auf der Bergmannsglückstraße ihrem Unmut Luft.

Rudi Thannhäuser, Vorsitzender der Bürgerinitiative, und Udo Urbat, stellvertretender Vorsitzender, die die Versammlung organisiert hatten, freuten sich über die Resonanz. Knapp 100 Anwohner waren gekommen, um gemeinsam gegen die Ansiedlungspläne der Firma Wessel Rohr & Co. KG zu protestieren.

Vorsitzender Thannhäuser betonte, dass er nicht gegen die Firma an sich sei. »Wir wehren uns aber gegen den Abriss der Zechengebäude«, sagte er unter dem Beifall der Anwesenden. »Sie sind die Erhaltung einfach wert.« Anlieger bezeichneten die Abrisspläne als Albtraum. Abriss und Entsorgung würden mehr als die Renovierung der alten Gebäude kosten.

Er schaute aus dem Fenster seines Arbeitszimmers und sah, wie drüben auf dem Gelände das große Tor geöffnet und somit einem LKW Durchfahrt gewährt wurde. LKW und gleich dahinter ein PKW verschwanden irgendwo auf dem großen Areal, das Tor blieb offen. Rudi entschloss sich spontan, die Gelegenheit zu nutzen und sich auf dem Zechengelände umzusehen. Er hatte vor Monaten an einer

Besichtigung teilgenommen. Doch das war etwas anderes, als sich im Alleingang dort zu tummeln. Er erhoffte sich, Annegret dadurch besser verstehen zu können. Als er sein Arbeitszimmer verließ, horchte er auf. Von seiner Frau war allerdings nichts zu hören. Wer weiß, wo sie steckt, dachte er. Noch immer sprachen sie nur das Nötigste miteinander.

Er verließ das Haus, ging über die Straße und schnurstracks, als wäre es das Normalste der Welt, auf das Gelände, auf dem Unbefugten der Zutritt untersagt war. Sein Weg führte ihn die Straße hinauf, links von ihm lag das Maschinenhaus und auf der rechten Seite die Halle Prüfwesen. Ehrfürchtig betrachtete er die dunkelroten Backsteingebäude mit dem historischen Charakter und war beeindruckt, was hier Anfang des 19. Jahrhunderts geschaffen worden war. Die riesigen, sprossenverglasten Rundbogenfenster waren verschmutzt. Sogar auf den Fensterbänken schoben sich Birkenschößlinge durch die Fugen. Die Natur eroberte sich das Gelände zurück.

Am Ende der Gebäude kreuzte eine Querstraße, dahinter lagen die Zentrallagerhallen, die man von der Körnerstraße aus erreichen konnte. Von weitem sah er den LKW, der vorhin auf das Gelände gefahren war. Ein Bagger war dabei, auf einem großen Platz Bauschutt beiseite zu räumen. Rudi überquerte die Straße und betrat einen Schotterplatz. Die Angst, man könne ihn entdecken, war plötzlich verflogen. Er genoss die Weite dieses riesigen Geländes. Nachdem er etwa Hundert Meter geradeaus gegangen war, blickte er sich um. In den Dachfirsten der Maschinenhäuser eins und zwei konnte er die zugemauerten Ausgänge der Förderseile sehen. Einen Augenblick lang wurde das damalige Zechenleben für ihn wieder lebendig. Er sah nicht nur die beiden Fördertürme vor sich, sondern auch die gewaltigen Förderräder in den Maschinenhäusern, wie sie von den riesigen Aggregaten angetrieben wurden, unermüdlich, Tag für Tag, Nacht für Nacht.

Dort, wo sich die beiden Schächte befanden, die bis zu 1.000 Meter in die Tiefe führten, erinnerten an Stangen befestigte Messingschilder an deren Existenz. Auch hier schlug die Natur zu und forderte zurück, was ihr vor langer Zeit genommen wurde. Fast meterhohes Gras und wilder Pflanzenwuchs breitete sich überall aus. In Fugen und Ritzen zwischen dem Asphalt und sogar zwischen den zubetonierten Flächen lugten Löwenzahn und Kamille heraus.

Rudis Gedanken waren bei seinem Vater. Hier unten hatte er über 40 Jahre lang als Schießmeister vor Kohle gearbeitet. Eine harte, eine schwere Arbeit. Wechselschichtsystem mit Früh-, Mittags- und Nachtschicht. Meist kam er müde, mit schwarz umränderten Augen, von der Maloche heim und setzte sich an den Küchentisch, wo bereits das Essen auf ihn wartete. Rudi kannte alle seine Geschichten, die er während des Essens loswerden musste. Er hatte als Kind die Kollegen des Vaters vor sich gesehen, von denen er viele nur aus den Erzählungen kannte.

Sein Blick ging zu den Lagerhallen, die später dazu gebaut worden waren. Auf dem Platz davor hatte man vor wenigen Tagen Kevin tot aufgefunden. Das machte ihm schwer zu schaffen. Mehr als der Mord an dem Stadtplaner. Direkt hinter dem Gelände befanden sich die Häuser der Körnerstraße. Gleich an der Einfahrt zum Zechengelände wohnten Gisbert Sommerfeld und Norbert Koslowski. Der arme Norbert. Wie musste er sich fühlen? Ein Kind zu verlieren sei das Schlimmste, was einem passieren kann, sagte man. Rudi konnte da nicht mitreden. Er wusste nicht, wie man für ein Kind empfindet. Annegret und ihm war kein Nachwuchs vergönnt gewesen. Ihm fielen Udos Kinder ein, die er hatte aufwachsen sehen. Wenn man Haus an Haus wohnt, bekommt man einiges mit. Inzwischen waren sie erwachsen und standen nur bei Udo auf der Matte, wenn sie knapp bei Kasse waren. Seit der Scheidung von seiner Frau hatten sich die Kinder auf die Seite der Mutter geschlagen. War da mehr zu holen? Wer wusste es schon. Auch als sie noch klein waren, hatte er seinen Freund und Nachbarn nie um die ewig zankenden Nachkommen beneidet.

In Gedanken versunken gelangte er auf die Straße, die zwischen den alten Backsteingebäuden zum Ausgang führte. Das wäre die richtige Kulisse für einen ›Tatort‹, dachte er, während er begeistert an den Gebäuden hochschaute. Er sah förmlich den ungehobelten Kommissar Schimanski vor sich. Ein klein wenig konnte er Annegret verstehen, dass es sie in das alte Verwaltungsgebäude zog, in dem sie früher gearbeitet hatte. Ach Annegret, was soll bloß aus uns werden, fragte er sich in seiner melancholischen Stimmung.

Lautes Hupen riss ihn aus seiner Benommenheit. Gerade hatte er das Tor erreicht, als der LKW ihm fast in die Hacken fuhr. Er sprang zur Seite. Der Fahrer öffnete das Fenster und fragte ihn, was er hier verloren hätte. Er zuckte nur mit den Schultern und verließ das Gelände.

Rudi saß am Küchentisch und bemerkte, dass draußen die Dämmerung hereinbrach. Er stand auf und schaltete das Licht ein. Annegret sah ihn schweigend an. Ungewöhnlich, dass sie so lange nach dem Abendessen noch immer am Küchentisch saßen. Das Essen hatte ihm ausgezeichnet geschmeckt. Frikadellen mit Spiegeleiern und Kartoffelpüree. Und das am Abend, wo es heute Mittag schon einen Bohneneintopf gab.

»Das war wirklich lecker, Annegret«, meinte Rudi ihr sagen zu müssen.

»Ich dachte, ich mache mal etwas anderes als Brote mit Wurst«, erwiderte sie erfreut über das seltene Lob ihres Mannes.

»Hast du schon Udos neues Auto gesehen?« Es war das erste Mal, dass er das Thema anschnitt, obwohl Udo den Wagen seit zwei Tagen besaß.

»Ja. Denkst du das gleiche wie ich?«, wollte sie wissen und sah ihn an. Müde sah er aus. Sie freute sich, dass er mit ihr darüber sprechen wollte.

»Da stimmt was nicht. Wir wissen beide, dass Udo eine arme Socke ist. Wie soll er an das Geld gekommen sein? Ob er Stempel ermordet hat?«

»Nein, das sicherlich nicht. Irgendwie muss er in die Sache hineingeraten sein.«

»Das wird er uns nicht erzählen. Ich glaube kaum, dass er das Auto finanziert bekommen hat, bei seinen Verpflichtungen. 65.000 Euro sind kein Pappenstiel.«

»Hat er das erzählt? Er hätte den Wagen finanzieren lassen? Wie lange will er denn da abzahlen? Du meine Güte, so viel Geld.« Annegret war entsetzt.

Rudi ergriff ihre Hand und drückte sie leicht. Tränen der Rührung schossen ihr in die Augen.

»Ich war heute drüben auf dem Gelände und habe mich ein wenig umgesehen«, berichtete Rudi ihr.

»Ich weiß, ich habe dich gesehen, als du durchs Tor gegangen bist.«

»Ein Gutes hatte es, ich verstehe dich jetzt besser. Irgendwie fühlt man sich magisch angezogen, wenn man das Gelände betritt. Erinnerungen an die guten alten Zeiten werden wach. Es tut mir leid, was ich oft gesagt habe. Verzeihst du mir, Annegret?«

Sie lagen sich in den Armen. Annegret schöpfte Hoffnung, dass alles gut werden würde zwischen ihnen. Nie hätte sie es für möglich gehalten, dass Rudi den ersten Schritt machen würde und sich sogar für seine ruppige Art entschuldigte.

10.

Irgendeinen Zusammenhang musste es geben. Margaretas Gedanken wanderten ständig zu dem alten Zechengelände. Dieses Gefühl, dass dort etwas wartete, wurde immer stärker. Wie fügten sich die beiden Morde zusammen? Gern würde sie diese Typen, Wessel und seinen Co., einmal kennenlernen, vielleicht mit ihnen sprechen. Schmierige, ekelige Typen wären das, aalglatt, berechnend, meinte Gisbert. Solche, die über Leichen gingen, um ihr Ziel zu erreichen. Die neue Firma um jeden Preis? Es musste einfach eine Verbindung zwischen den beiden Opfern geben. Der Schlüssel brannte ihr unter den Nägeln. Am Samstagabend wollte sie es wagen und sich in dem alten Verwaltungsgebäude umsehen. Allzu spät durfte sie allerdings nicht aufbrechen, denn sie wollte nicht mit einer Taschenlampe herumleuchten, die von der gegenüberliegenden Straßenseite gesehen werden konnte. Also in der Dämmerung, zwischen 21 und 22 Uhr. Sie würde weder Norbert Koslowski noch Löschke daran teilhaben lassen. Selbst ist die Frau. Löschke war sowieso ein Thema für sich. Seine Hartnäckigkeit mochte für ihn sprechen und in manchen Momenten fand Margareta ihn sogar recht witzig, doch mehr als Freundschaft konnte sie sich mit ihm nicht vorstellen. Ihre abendlichen Telefonate waren bereits zur Gewohnheit geworden. Den schrecklichen Fehler, mit ihm in die Kiste zu steigen, wollte sie jedoch nicht wieder begehen. Bisher konnte sie seinen Fragen wie »Wann unternehmen wir mal wieder was zusammen?« oder »Besuchst du mich?« geschickt ausweichen, doch wie lange noch? Jürgen war äußerst beharrlich.

Gestern Abend hatte er versucht, ihr den Unterschied zwischen Bergmannsglückern und ›echten‹ Bergmannsglückern zu erklären. Die ›echten‹ Bergmannsglücker würden für den kompletten Erhalt aller Gebäude auf dem Zechengelände sein und auch ein Begegnungszentrum akzeptieren, jedoch nicht ein Jungendzentrum mit Biergarten, das viel Lärm mit sich brächte. Die Firmenansiedlung lehnten sie kategorisch ab. Die ›normalen‹ Bergmannsglücker hingegen wären kompromissbereit und mit dem Erhalt eines Teils der alten Gebäude einverstanden. Sie würden die neue Firma akzeptieren, eben wegen der Arbeitsplätze. Auf die Frage, was er denn sei, ein normaler oder echter Bergmannsglücker, meinte Jürgen: »Nichts von beiden, ich wohne schließlich in Buer-Mitte.« Sein Vater zählte sich allerdings notgedrungen zu den echten Bergmannsglückern, weil er auf keinen Fall wollte, dass sein wunderschönes Verwaltungsgebäude der Abrissbirne zum Opfer fiele.

Das Läuten des Telefons riss Margareta aus ihren Gedanken. Die Leute haben aber auch Probleme, dachte sie schmunzelnd, bevor sich Gisbert am anderen Ende der Leitung meldete.

»Sag mal, bist du eigentlich ein ganz normaler Bergmannsglücker oder ein echter?«, wollte sie von ihm wissen.

Gisbert musste lachen. »Ist dieser Käse also schon bis zu dir vorgedrungen? Da ich *für* die Firmenansiedlung bin, kann ich natürlich kein echter sein. Wieso fragst du?«

»Ich mache mir halt meine Gedanken. Vielleicht hängen die Morde irgendwie damit zusammen? So wie sich die Rockerbanden Bandidos und Hell Angels bekämpfen, wo auch mal ein Mitglied einem Mord zum Opfer fällt, kann es doch durchaus sein, dass die normalen Bergmannsglücker die echten Bergmannsglücker ebenso bekämpfen. Mit richtig harten Bandagen.«

»Du spinnst, Margareta. Hat dir das dein schneeweißer Spargeltarzan verklickert? Die Ferien scheinen ihm nicht gut zu bekommen.«

»Nein, Löschke ist neutral. Weshalb rufst du eigentlich an?«

»Ich habe eine Einladung bekommen. Zum Stammtisch der Bürgerinitiative. Morgen Abend im Saal des Zechengasthauses am Hasseler Markt. Wenn es dir nicht zu gefährlich ist, könntest du mich begleiten. Thannhäuser hat auch Wessel und seinen Co. eingeladen. Das wird sicherlich interessant.«

»Klar, da bin ich dabei. Wieso sollte es mir zu gefährlich sein?«

»Ich meine, falls du einen Bandenkrieg vermutest und nicht in die Schusslinie geraten willst.«

»Alter Quatschkopf. Wann soll ich bei dir sein?«

»20 Uhr fängt es an. Wenn wir vorher die Lage peilen und Norbert ein bisschen aufheitern wollen, komm' gegen 19 Uhr.«

»Okay, dann fahre ich gleich nach Feierabend zu dir.«

Sie hatte gerade das Gespräch beendet und das Telefon beiseitegelegt, als es erneut klingelte. Blauländer war am Apparat und bat sie um ein Gespräch. Ein Gespräch, kein Verhör, versicherte er ihr mehr als einmal. Da sie ihren freien Tag hatte, verabredeten sie sich für den Nachmittag auf der Terrasse vom Schloss Berge. Ein freundschaftliches Kaffeekränzchen, sozusagen.

»Man müsste in einer Glaskugel lesen können, wer der Mörder ist«, sagte Margareta zu Blauländer und verrührte Kandis in ihrem Roibuschtee.

»Oh ja, das würde meine Arbeit enorm erleichtern oder mich sogar überflüssig machen.« Der Kommissar lachte und schaute Margareta wohlwollend an. Wieso er diese verrückte Person mochte, konnte er sich selbst nicht genau erklären. Allein ihr Äußeres und ihr freches Mundwerk reizten ihn, weshalb auch immer. Auch warum er mit ihr hier saß, konnte er nicht sagen.

Sie hatten einen Platz in dem ehemaligen Musikpavillon ergattern können, direkt am Schlossgraben. Ein herrliches Fleckchen mitten im Grünen, welches man in einer Großstadt gar nicht vermutete. Zu seinem Kännchen Kaffee hatte sich der Kommissar eine Pflaumen-Tarte mit einer doppelten Portion Sahne bestellt, wozu er Margareta nicht überreden konnte. Scheinbar war er hier des Öfteren Gast und kannte die Schmankerln nach Art des österreichischen Chefs.

Blauländer nippte mit kleinen genüsslichen Schlucken an seinem Kaffee. »Sehen Sie eigentlich einen Zusammenhang zwischen den beiden Morden?«, fragte er Margareta, die ihren Blick zu dem nur wenige Meter entfernten Fontänenteich schweifen ließ. Das prasselnde Geräusch des Wassers machte ihr bei der Wärme Lust, sich die Kleider vom Leib zu reißen und sich in den Teich zu legen.

»Ja, sicher, unbedingt. Bei Kevins Mord kamen die Jugendlichen dem Mörder in die Quere. Vielleicht wollte er die Halle abfackeln. Wer weiß. Im zweiten Fall ist Bestechung im Spiel. Es wurde doch ein Koffer mit Geld gefunden. Man wollte den Stadtplaner Stempel offensichtlich schmieren. Möglicherweise hat er einen Rückzieher gemacht oder es kam zum Streit und man legte ihn um. Meines Erachtens hängt alles mit dieser neuen Firma zusammen, die sich dort ansiedeln soll. Vielleicht geht es ihnen nicht schnell genug?«

»Deshalb ermordet man mal eben zwei Menschen, oder wie?« Blauländer schüttelte mit dem Kopf und schob sich eine weitere Gabel mit der herrlichen Pflaumenköstlichkeit in den Mund.

»Haben Sie denn schon diesen Wessel und seinen Co. verhört? Was sind das für Typen?«

»Da darf ich aus ermittlungstechnischen Gründen nicht drüber sprechen.« Genüsslich aß er seine Tarte und lächelte Margareta süffisant an.

»Ja, Sie sind mir vielleicht einer. Ich soll hier die Hose runterlassen und alles erzählen, was ich weiß. Und Sie? Sie hüllen sich in Schweigen. Ich dachte, das hier wäre ein Gespräch in aller Freundschaft? Die ist aber sehr einseitig.«

Jetzt musste er schallend lachen, wobei er sich heftig verschluckte. Kuchenkrümel, samt Speichel, versauten ihm sein fleischfarbenes Polo-Shirt. »Sie sind lustig. So weit runtergelassen haben Sie Ihre Hose bisher nicht. Sie äußerten nur Ihre Meinung. Richtiges Insiderwissen habe ich von Ihnen noch nicht erfahren.«

»Wo soll ich das wohl herhaben? Etwa von Löschke Junior?«

»Zum Beispiel. Oder von Ihrem Bruder.«

»Morgen werde ich mehr erfahren. Da trifft sich der Stammtisch der Bürgerinitiative. Man hat auch Wessel und seinen Co. eingeladen.«

»Ach, davon weiß ich ja gar nichts. Werden Sie dabei sein?«

»Na klar, wieso nicht?«

Blauländer schaute sie amüsiert an und wechselte das Thema. »Also, diese Pflaumen-Tarte schmeckt herrlich. Die sollten Sie auch mal probieren.«

Lieber nicht, dachte Margareta und starrte auf den riesigen Leib des Kommissars. »Jetzt weiß ich immer noch nicht, ob Wessel schon vernommen wurde.«

»Du meine Güte, sind Sie hartnäckig. Ja, ich habe schon mit beiden Herren gesprochen. Eigens dafür bin ich bis nach Dortmund in deren Firma gefahren. Für morgen früh habe ich sie noch mal ins KK 11 hier nach Buer bestellt. Zufrieden?«

»Wieso? Haben Sie eine Vermutung?«

»Ich habe viele Vermutungen.«

»Was sagt Ihre Glaskugel sonst noch?«

»Erzählen Sie mir lieber, was Ihre Glaskugel Ihnen verrät. Zum Beispiel die Glaskugel mit Namen Jürgen Löschke.«

»Was soll dieser Löschke schon wissen? Nur weil sein psychisch gestörter Vater dauernd durch dieses alte Gebäude des Zechengeländes gerannt ist, in dem er früher gearbeitet hat, muss er nicht gleich Geheimnisse hüten. Haben Sie den Alten eigentlich auch im Verdacht?«

Blauländer gab keine Antwort, schaute Margareta nur an.

»Also steht der auch auf der Verdächtigenliste. Was ist mit mir?«

»Wieso sollte ich *Sie* verdächtigen?«

Margareta hatte den Eindruck, mit der Frage zu weit gegangen zu sein. Scheinbar mochte er keine plumpen Vertraulichkeiten bei anderen, welche er jedoch für sich in Anspruch nahm. Blauländer hielt abwartend seine Kaffeetasse in der Hand, führte sie nicht zum Mund. Sein Blick schweifte in die Ferne ab, als denke er über etwas nach. Plötzlich setzte er die Tasse ruckartig ab, ohne einen Schluck genommen zu haben. Ein Geistesblitz schien ihn getroffen zu haben.

»Der Mörder wiegt sich in Sicherheit. Es ist nicht der, den wir vermuten. Da bin ich sicher.«

»Ein Trittbrettfahrer, meinen Sie?«

»Nein, ausgeschlossen.«

Nervös trommelte Margareta mit den Fingern auf die Tischplatte. Doch Blauländer schwieg beharrlich.

»Sie haben meine Handynummer. Falls Sie morgen irgendetwas erfahren, was wichtig sein könnte, rufen Sie mich an. Ansonsten halten Sie sich aus der Sache raus. Dieser junge Löschke erscheint mir nicht ganz koscher.«

»Was habe ich mit diesem Biolehrer zu schaffen?«

»Auf dieser Bürgerversammlung, neulich, ging es zwischen Ihnen ganz schön zur Sache.«

»Ach, das sah nur so aus. Ich soll mich also raushalten, sie aber trotzdem anrufen, falls ich was erfahre. Wie passt das zusammen?«

Jetzt musste er wieder lachen und Margareta rutschte mit ihrem Stuhl aus Sicherheitsgründen einen halben Meter zurück. »Sie wissen, was ich meine. Sie sind schließlich ein schlaues Mädchen. Vielleicht trinken wir noch mal einen Kaffee zusammen?«

»Jederzeit«, kam es von Margareta.

Beim Abschied hielt er ihre Hand einen Augenblick zu lange, was Margareta keineswegs lästig oder aufdringlich fand.

»Ach, da fällt mir ein. Bei Kevins Beerdigung erschien ein seltsamer Herr mit kurzer Hose und Sandalen. Kannten Sie den vielleicht?«

»Das war Bommer. Fritz Bommer. Ein Nachbar aus der Siedlung. Seit er seine Arbeit verloren hat und seine Mutter verstarb, ist er total abgedriftet. Aber der ist harmlos, meint Gisbert.«

»Ach, das weiß man nie.« Blauländer machte sich ein paar Notizen und steckte sein Büchlein ein.

»Kann ich Sie irgendwohin mitnehmen?«, fragte er sie höflich, woraufhin sie dankend verneinte.

Zurück in ihrer Wohnung nahm sie ihr winziges Notizbuch vom Tisch und kramte in ihren Hirnwindungen nach den Dingen, die sie schon während der Heimfahrt unbedingt notieren wollte, was jedoch mangels Stift und Buch nicht möglich war. Die Hälfte ihrer spontanen Eingebungen war irgendwo in der grauen Masse versackt, dabei hatte sie überhaupt keinen Alkohol getrunken. Hätte sie es mal getan, dann wäre sie mutiger gewesen und hätte eventuell etwas aus dem lieben guten Blauländer herauspressen können. Sie notierte:

1. Gisbert noch einmal nach Bommer fragen
2. Wessel und Co. scharf beobachten
3. darauf achten, wer Neuanschaffungen tätigt und/oder damit prahlt
4. Löschke Junior beobachten

Ihr Gedankenexpress machte eine Vollbremsung. Sie hoffte, dass er nicht erscheinen würde. Vielleicht verschwieg sein Vater ihm dieses Treffen. Dann hätte sie Gelegenheit, sich um Wessel zu kümmern, an der Theke hinterher eventuell ein Bierchen mit ihm zu trinken und ihm auf den Zahn zu fühlen.

5. Thannhäuser ins Visier nehmen

Um den hatte sie sich bisher noch gar keine Gedanken gemacht, was jedoch höchste Zeit wurde. Als echter Bergmannsglücker – mit einer Alten, die ein enges Verhältnis zu ihrem früheren Chef hatte – war er sicherlich nicht ohne. Wo war sein wunder Punkt?

6. Udo Urbat!!!

Dieser unscheinbare Zwerg mit den dunklen Schatten unter den Augen war es ebenfalls Wert, unter die Lupe genommen zu werden.

Also, Margareta, packen wir es an, sagte sie sich und freute sich auf diese Veranstaltung. Wie weit ist es mit mir gekommen? Anstatt am Wochenende auf die Piste zu gehen, in irgendein Szene-Lokal, hänge ich bei einem Bürgerstammtisch von Zechenhausbewohnern ab, einfache und echte Bergmannsglücker, die sich nicht einigen können, wie sie weiter vorgehen sollen, um ihre Belange durchzusetzen.

Schlimmer kann es gar nicht mehr kommen. Oder doch? Vielleicht finde ich am Samstag etwas in dem alten Gebäude, was die Spurensicherung übersehen hat? Hör auf zu spinnen, sagte ihre Vernunftstimme. Meinst du, die Kripo ist blöd?

Voller Elan holte sich Margareta eine Flasche Sekt aus dem Kühlschrank, die sie sich einverleiben wollte. Mitten in der Woche, einfach so. Bevor sie den Mumm extra dry entkorkt hatte, klingelte es an der Wohnungstür. Neugierig drückte Margareta den Türdrücker, ohne die Gegensprechanlage zu betätigen. Sie hörte schwere Schritte, die sich die Treppe hinaufquälten. Wer konnte das sein, fragte sie sich und öffnete neugierig die Tür. Sie starrte ihre Mutter an, als sehe sie ein Gespenst. Waltrauds Augen waren vom Weinen rot geschwollen.

»Waltraud, um Himmels willen, was ist passiert?«

»Ach, hör bloß auf«, winkte sie ab und drängte sich an Margareta vorbei in die Wohnung.

»Nun sag schon, was los ist!« Ohne, dass Margareta ihr einen Platz anbot, fläzte sie sich auf das Sofa. Ihr Blick sprach Bände. Der Vorwurf in Person, eine einzige Anklage. Margareta fühlte sich sofort in die ›Sei lieb, kleines Mädchen!‹-Rolle gedrängt. Und schon ging es los.

»Kümmert sich ja keiner um mich. Nie bist du zu Hause. Nie rufst du an. Geschweige denn, dass du deine alte Mutter mal besuchst. Da erfahre ich so eben, dass du einen neuen Freund hast. Und von deinem Bruder, dass du morgen sogar zu irgend so einem Stammtisch gehst. Was ist mit mir? Unternehmen wir nichts mehr gemeinsam?«

Angeklagte, äußere dich zu den Vorwürfen, bedeutete ihre Sprechpause samt bösem Blick.

»Nicht schon wieder! Bitte nicht schon wieder! Wir waren doch erst Samstag zusammen bei Gisbert. Vergiss nicht, dass ich berufstätig und nicht dein Kindermädchen bin. Außerdem habe ich keinen neuen Freund. Wer soll das sein?«

»Irene Walter hat dich heute Nachmittag im Berger Park gesehen. Mit einem korpulenten Herrn hättest du auf der Schlossterrasse gesessen und gelacht.«

»Du, meine Güte, die Walter hat doch echt 'nen Schuss. Ich bin gerade erst nach Hause gekomen und die ganze Siedlung weiß, wo ich mit wem gewesen bin.«

Waltraud hörte jedoch nicht richtig zu, war mit ihren Gedanken woanders. »Du kannst mir doch erzählen, wenn du einen neuen Freund hast.«

»Ich habe keinen neuen Freund. Das war der Kommissar, mit dem ich mich auf einen Kaffee getroffen habe.«

»Hat der dich etwa in Verdacht? War das ein Verhör? Warum hast du mir nichts davon erzählt?«

Inzwischen hatte Margareta den Sekt geöffnet und zwei Gläser damit gefüllt. Einen kurzen Moment lang überlegte sie, ihrer Mutter gleich einige Diazepamtabletten darin aufzulösen, um endlich Ruhe vor ihr zu haben, schämte sich jedoch gleich für diesen Gedanken.

»Weil ich mir ein zweites Verhör ersparen wollte, deshalb habe ich nichts gesagt. Ich bin kein kleines Kind mehr, das Bericht erstatten muss. Hast du das noch immer nicht kapiert?«

Ertappt und schuldbewusst griff Waltraud zu ihrem

Glas und schaute ihre Tochter reumütig an. »Aber zu diesem Stammtisch, da nimmst du mich mit, nicht wahr?«

Seufzend nickte Margareta zustimmend. Was blieb ihr anderes übrig?

11.

Die weibliche Thekenbedienung hatte einen Knutschfleck am Hals, den sie auch noch stolz zeigte. Wahrscheinlich hatte ihr Macker sein Revier markiert. Männer sind schlimmer als Rüden, dachte Margareta, als sie sich in der altertümlichen Gaststätte umsah. Sie musste an die Kneipe schräg gegenüber ihrer Wohnung denken, in der sie früher als Kind Bier holen musste, wenn unverhofft Besuch kam. Die gleiche dunkle Einrichtung, die Zeit schien stehen geblieben zu sein. Rechts konnte sie in den sich langsam füllenden Saal sehen. U-förmig angeordnete Tische mit weißen Damasttischdecken versehen. Eine Frau mittleren Alters drapierte winzige Blumenväschen auf jeden Tisch. Links von ihr befand sich ein kleinerer Raum mit vier oder fünf Sitzgelegenheiten. Die Spritauswahl über der Theke, direkt vor ihren Augen, war phänomenal. Die Barhocker – Eiche rustikal – hatten auch schon bessere Zeiten erlebt. Einer war noch frei und Margareta überlegte kurz, ob sie sich ein Bier genehmigen sollte, bevor sie den Saal betreten würde, in dem bereits einige Fanatiker hitzig diskutierten. Hinter einer Traube Männer erkannte sie ein Kleidungsstück in wildem Hortensienmuster. Margareta erschrak. Das durfte nicht wahr sein, Waltraud war schon da. Gisbert grinste und ging schnurstracks auf seine Mutter zu. Margareta setzte sich nun doch auf den Hocker und bestellte sich ein Pils. Neben ihr ein übelduftender Opi in Cordhose, Karohemd und Latschen. Schräg gegenüber zwei typische Ruhrpott-Vatis, über Tauben und Kaninchen diskutierend. Ein kleines Reich für Ausgelaugte und Abgedriftete, dachte sie fasziniert. Dass es so etwas noch gab. Hier schien die Welt stehen geblieben zu sein. Der Small Talk dieser Typen, gemischt mit dem Geruch von Doppelkorn, Fondor, Schweiß und Bratensoße, hätte Margareta fast dazu veranlasst, laut loszulachen. Sie fand diese Herberge des kleinen Mannes so was von komisch und unwirklich, dass sie am liebsten länger auf dem Barhocker sitzen geblieben wäre. Doch Gisbert rief bereits zum zweiten Mal nach ihr, sodass sie sich seufzend erhob. Ade, ihr Schnapsdrosseln!

»Hömma, gehze schon?«, fragte sie der karierte Cordhosen-Mensch rechts neben ihr und entblößte dabei dunkelgelbe Riesenhauer.

»Ja, leider«, lächelte Margareta dem Herrn zu und trottete mit ihrem Bierglas in den Saal, wo sie von ihrer Mutter herzlich begrüßt wurde. Margareta fragte sich zwar, was Waltraud eigentlich hier verloren hatte, musste sich jedoch eingestehen, dass sie selbst kaum mehr Berechtigung als ihre Mutter besaß, an diesem Stammtisch der Bürgerinitiative Bergmannsglück teilzunehmen.

Der Saal füllte sich immens schnell. Als wäre ein Bus angekommen, stürzte plötzlich alles in den Raum, der ebenfalls schon bessere Zeiten gesehen hatte. Dunkle Paneelwände, Requisiten aus dem Bergbau an den Wänden, Mobiliar aus den sechziger Jahren. Vor Kopf saßen

Rudi Thannhäuser – ›schick‹ rausgeputzt im kurzärmligen weißen Hemd und blauer Stoffhose – und Udo Urbat in hellem Leinensakko. Gewichtig blätterten sie in ihren Ledermappen und machten sich Notizen. Margareta hoffte, dass es nicht so offiziell abgehen würde wie bei den Betriebsratssitzungen ihrer früheren Arbeitsstelle. Da hatte es viele, ihrer Meinung nach überflüssige Tagesordnungspunkte gegeben, sodass sie oft kurz vorm Durchdrehen war. Sogar der hohe Toilettenpapierverbrauch und das Bekleben der Spinde mit Abziehbildern waren zu TOP erklärt worden und führten zur Unendlichkeit einer solchen Sitzung. Unter einem Stammtisch stellte sie sich eher etwas Lockeres, Zwangloses vor.

Sie setzte sich zwischen Gisbert und Koslowski an die Fensterseite. Neben Gisbert saß Waltraud, daneben Fritz Bommer. Neben Koslowski platzierten sich der alte Löschke und Annegret Thannhäuser. Ihr direkt gegenüber grüßten Heinz und Hubert freundlich herüber. Ansonsten jede Menge überwiegend ältere Nachbarn um sie herum, die wenigsten kannte sie vom Sehen. Sie hielt Ausschau nach Löschke Junior, doch scheinbar war er nicht anwesend. Zwei Bedienungen hatten alle Hände voll zu tun, die durstigen Maulhelden mit Getränken zu versorgen. Plötzlich ging ein Raunen durch die Menge und zwei Herren, die sich allein durch ihr Äußeres total von den Anwesenden abhoben, betraten den Saal. Der Voranschreitende schwebte regelrecht über die Nadelfilzfliesen und steuerte die wohl für sie reservierten Plätze vor Kopf neben Thannhäuser an. Der Wesselclan war also der Einladung gefolgt. Dieses Sahneschnittchen von Mann kann niemals Peter Wessel sein, dachte Margareta und starrte ihn mit offenem Mund an.

»Mach den Mund zu, Gretchen. Ja, es ist Wessel. Ich warne dich. Lass die Finger von dem. Der ist eine Nummer zu groß für dich«, flüsterte ihr Gisbert zu.

Margareta war von seinem Äußeren hin und weg. Welch ein Kontrast zu Jürgen Löschke. Dass ein einzelner Mann so viel Attraktivität ausstrahlen konnte, hätte sie nie für möglich gehalten. Er passte überhaupt nicht hierher, zwischen all diese normalen Siedlungsbewohner, in diesen einfachen Saal einer bürgerlichen Gaststätte. Perfekter Schnitt seiner pechschwarzen Haarpracht, Zähne weiß und ebenmäßig wie eine Perlenkette. Die gebräunte Haut war makellos, die schwarzen Schatten um seinen Mund zeugten von starkem Bartwuchs. Äußerst gepflegte Hände, am linken Handgelenk eine goldene Rolex, am rechten ein schweres Armband. Das dezent bunte Hemd und die farblich abgestimmte Krawatte perfektionierten den tadellosen Sitz seines Anzugs. Endlich blieb sein Blick an Margareta hängen. Immer wieder sah er, während sein Co. mit ihm sprach, zu ihr herüber. Margareta war geblendet, wie ein Reh, das beim Überqueren der Straße in den Kegel eines Scheinwerfers geriet. In Trance starrte sie zurück.

Bingo! Sie fragte sich, ob es tatsächlich so etwas wie Liebe auf den ersten Blick gab. Zwei für einander bestimmte Seelen, die sich in einer dunklen Kneipe zwischen kleinen Spießbürgern an einem lauen Sommerabend gefunden hatten. Ein Stoß in die Rippen holte sie auf den Boden der Tatsachen zurück. »Was glotzt du ihn denn so an? Geht's noch?« Gisbert schien verärgert. Er bereute zutiefst, seine Schwester mitgenommen zu haben. Jürgen Löschke war schon schlimm, aber dass sie jetzt ein Auge auf diesen Wessel warf, passte ihm gar nicht.

Auch Wessel wurde in die Wirklichkeit zurückgeholt. Sein Compagnon Raimund Fischer, das krasse Gegenteil von Wessel, zischte ihm verärgert etwas zu.

Selten hatte Margareta so einen missmutigen, hässlichen Anzugträger gesehen. Untersetzt, verschwitzt, weißhäutig, fast kahlköpfig. Die Klamotten saßen überhaupt nicht, der gestreifte Anzug war unmodern und zu eng, das Hemd darunter verfärbt und alt.

Margareta konnte seine bösen Blicke spüren und musste schmunzeln. Wahrscheinlich ahnte Fischer bereits, dass sie seinem Chef gefährlich werden könnte, da er den Typ Frau kannte, auf den Wessel abfuhr.

Rudi Thannhäuser klopfte mangels Glöckchen oder Holzklopfer mit der Faust auf den Tisch, bat um Ruhe und Aufmerksamkeit. Es existierte tatsächlich eine Liste mit Tagesordnungspunkten, die er verlas. Der letzte Punkt – ›Verschiedenes‹ – war für Margareta von besonderem Interesse. Verschiedenes konnte bedeuten, dass sie eventuell in lockerer Runde dem schönen Peter näher kommen würde. Er musste das gleiche gedacht haben, denn er lächelte verschmitzt zu ihr herüber. Warten wir also auf ›Verschiedenes‹.

Beim ersten TOP gedachte man der beiden Mordopfer, die man kurz hintereinander auf dem alten Zechengelände gefunden hatte. Bei dem Namen Kevin Koslowski und den rührenden Worte, die Rudi Thannhäuser dazu von einem Blatt ablas, weinten viele einfach los, einige riefen Hassparolen gegen den noch nicht gefassten Mörder in den Raum, Norbert schluchzte auf, woraufhin Margareta ihm tröstend die Hand auf den Arm legte. Sie war sich plötzlich bewusst, wieso sie eigentlich hier war. Nicht etwa, um diesen Schönling aufzureißen, sondern einzig und allein, um den Mord an Kevin aufzuklären. Auch für den Stadtplaner Stempel hatte Rudi sich schöne Worte zurechtgelegt. Seine Annegret war stolz auf ihn und lächelte ihm verliebt zu. Zur Schweigeminute, die den beiden Toten zum Gedenken eingelegt werden sollte, kam es wegen der Unruhe im Saal erst gar nicht.

So wechselte Rudi gleich zum nächsten Punkt: die Firmenansiedlung der Peter Wessel AG. Nachdem sich die Menschen in dem Saal beruhigt hatten, durfte Wessel selbst etwas über seine Firma und deren Anliegen berichten. Und dieses tat er mit so geschickten, wohlgeformten Worten, dass er nach wenigen Minuten einen Großteil der Anwesenden in seinen Bann gezogen hatte. Staubsaugervertreter hätte er werden sollen, fand Margareta. Er wäre mit Abstand der Beste seiner Zunft. Meinte er das alles wirklich, was er da erzählte, oder war er ein perfekter Schauspieler?, fragten sich die Skeptiker der Bürgerinitiative. Nach seinen Worten gab es nur ein Für und kein Wider, was seine Firmenansiedlung betraf. Man dürfe die vielen Arbeitslosen nicht vergessen, denen er durch die neue Firma helfen könne, wieder Fuß zu fassen und so weiter und so weiter. Zum Schluss bedauerte er den tragischen Tod der beiden Menschen.

Margareta wurde schnell bewusst, dass es sich hier um einen Blender handelte. Trotzdem wollte sie ihn kennenlernen, nicht nur wegen seiner Attraktivität. Sie musste wissen, was er mit der Mordsache zu tun hatte.

Die Gegner der Firmenansiedlung wurden von Bier zu Bier mutiger und machten lautstark ihre Bedenken geltend. Der Lärm durch den LKW-Verkehr, dann die grölenden Jugendlichen, die das Begegnungszentrum – wenn vorhanden – verlassen und in die Vorgärten pinkeln würden, der Krach, den die Musikgruppen allwöchentlich in einer der Hallen veranstalten würden. Wenn Begegnungszentrum, dann nur für die ältere Generation. Beides – auf keinen Fall. Sie forderten ihr Recht auf Ruhe ein, alles sollte bleiben, wie es jahrelang war. Einwände, dass es während des Zechenbetriebs auch nicht gerade leise zugegangen sei, winkten sie ab.

Peter Wessel versicherte den Leuten in ruhigem Ton, dass das vermehrte Verkehrsaufkommen durch die neue Firma sich im akzeptablen Rahmen bewegen und nicht anders sein würde als zu den Zeiten, als es auf dem Zechengelände noch Arbeit gab.

Einigung war keine in Sicht, auch nicht als Peter Wessel vorschlug, seinen Hauptbetrieb in Dortmund zu besichtigen, um zu sehen, was eigentlich genau hergestellt wurde. Ein paar Leutchen schienen davon angetan und wollten unbedingt an einer Führung teilnehmen. Udo Urbat notierte die Namen und versprach, einen Fahrdienst nach Dortmund zu organisieren. Blitzartig war die Liste voll und auch Margaretas und Gisberts Namen fanden sich darauf.

Nach knapp zwei Stunden war der offizielle Teil beendet und die Zusammenkunft löste sich allmählich unter lautem Geschnatter auf. TOP Verschiedenes wurde begrüßt und von den restlichen Ausharrenden mit Erleichterung angenommen. Unter TOP Verschiedenes brachte man inoffiziell auch den Fund des Geldkoffers zur Sprache. Hierzu wusste jedoch niemand Konkretes zu berichten. Die Gerüchteküche brodelte.

Diejenigen, die an den Tischen sitzen blieben, bestellten sich etwas zu essen, meist irgendeine Schnitzelvariation mit diversen Beilagen. Wessel, Fischer, Thannhäuser, Urbat und Gisbert standen in einer Ecke im Kreis zusammen und diskutierten lautstark. Waltraud redete mütterlich auf Norbert Koslowski ein. Fritz Bommer starrte abwesend in sein Bierglas. Er hätte auch gern ein Schnitzel gegessen, doch hielt ihn der Preis von 8,80 Euro davon ab. Margareta schnappte sich ihr Glas und suchte den Schankraum auf. Die altertümliche Jukebox ließ gerade Rex Gildos ›Dondolo‹ erklingen und sie fühlte sich in die gute alte Hexi-Rexi-Zeit versetzt. Was für ein schwachsinniger Text und allein der Titel: ›Dondolo‹. Sie setzte sich kopfschüttelnd an die Theke und lauschte weiter diesem irrsinnigen Lied. Andere Schnapsdrosseln waren nun ihre Thekennachbarn. Die Knutschfleck-Bedienung stand mit verschränkten Armen hinter dem Tresen und gähnte laut. Auch Margareta war müde. Der Reiz, eventuell ein paar Worte mit dem schönen Peter Wessel zu wechseln, war jedoch größer als ihre Müdigkeit. Die Schmalztolle rechts neben ihr gaffte sie von der Seite an. »Watt macht so 'ne schöne Frau hier so allein am Freitagabend?« Seine fettige Nase stach nach vorn in Richtung Margaretas Ausschnitt. Das sonnengelbe Sommerkleid schien ihm zu gefallen. Der Inhalt wahrscheinlich noch mehr.

»Ich bin nicht alleine, mein Bruder ist nebenan im Raum.« Sie fragte sich, wo der Kerl entsprungen war. Nicht alt, nicht jung, gestreifte Stoffweste, gelbes T-Shirt darunter. Seine vom Rauchen verfärbten gelben Griffel zitterten leicht, als er sein Bierglas zum Mund führte.

»Bruder, ha, ha.« Langsam drehte er den Kopf in Richtung Saal. »Gehörze auch zu diese Bande da?« Wieder starrte er ihr in den Ausschnitt.

»Ich weiß nicht, was Sie meinen?«

»Ja, diese Bürger ... watt weiß ich. Wegen datt Zechengelände.«

Margareta beschloss ihn zu ignorieren, denn auf so blöde Äußerungen erwiderte sie grundsätzlich nichts. Der Kleinstadt-Elvis schaute sie bloß an. »Bizze watt Besseret, watt?«

»Lass gut sein, Hugo, lass die Frau in Ruhe und geh' nach Hause«, meinte die Knutschflecklady.

Keine fünf Minuten später nahm Margareta einen angenehmen Geruch nach frischer Meeresbrise wahr, der die miefige Kneipenluft durchbrach. Sie brauchte sich nicht umzudrehen, um zu wissen, dass der noble Anzugträger an sie herangetreten war.

»Na, wen haben wir denn da? Das ist doch die nette Dame, die meinen Ausführungen vorhin so aufmerksam gefolgt ist«, vernahm sie die angenehme Stimme Peter Wessels hinter sich.

»Was sollte ich sonst machen? Blieb mir ja keine andere Wahl.« Margareta drehte sich um und sah in stechend braune Augen. Die Aura dieses Mannes war der helle Wahnsinn. Er war sich seiner Wirkung auf Frauen voll bewusst. Selten hatte sie einen so perfekt aussehenden Mann getroffen. Von Nahem sah er noch besser aus als von Weitem. Doch gleichzeitig hatte er etwas an sich, was sie abstieß. Und was einem Schönheit einbrachte, hatte sie bereits zwei Mal am eigenen Leib erfahren dürfen. Bertl und auch Karol, ihre ehemaligen Liebhaber und ebenso Schönlinge wie dieser Wessel, hatten ihr mehr Kummer bereitet, als sie verkraften konnte. Sie hatte sich geschworen, sich nie wieder von Äußerlichkeiten blenden zu lassen. Wenn sie jedoch an den schmalbrüstigen Löschke mit seiner Wischmoppfrisur dachte, schnitt Wessel eindeutig besser ab. Wahre Schönheit käme von innen, sagte ihre Mutter immer. Vielleicht verfügte Wessel neben seinem Äußeren doch über tolle innere Werte?

Gisberts Blick von weiter hinten ermahnte sie, an das zu denken, wozu sie hier war. Nämlich: Licht ins Dunkel zu bringen, was die beiden Morde betraf. Das beinhaltete keine Affäre mit Peter Wessel. Das würde die Sache nur verkomplizieren.

»Sie wurden also zur Teilnahme an diesem Bürgerstammtisch gezwungen?«, fragte er sie mit einem künstlich aufgesetzten Grinsen.

»Ja, kann man so sagen.«

Die gackernden Töne, die seinen Mund verließen, wenn er lachte, waren ebenso gestelzt wie sein Grinsen. Beides war tausendfach vor dem Spiegel eingeübt worden. Auch sein Blick blieb an ihrem braun gebrannten Dekolleté hängen, taxierend wanderte er weiter hinunter.

»Werden Sie auch an der Betriebsführung in Dortmund teilnehmen?«, fragte er sie honigsüß.

»Aber sicher doch«, meinte Margareta. Darauf kannst du dich verlassen, wollte sie noch hinzufügen. Sie war sich sicher, dass er und sein schmieriger Kumpane Dreck am Stecken hatten und das nicht zu knapp. Was bisher nur ein Verdacht gewesen war, entpuppte sich als felsenfeste Überzeugung. Ich komm dir auf die Schliche, mein Bürschchen, dachte sie und lächelte ihn vielversprechend an.

»Das freut mich aber«, meinte er. »Doch sollten wir den Abend nicht hier in dieser dunklen Kneipe ausklingen lassen. Lassen Sie uns woanders noch etwas trinken. Sie kennen sich bestimmt hier in Buer aus.«

Sie konnte sich bildlich vorstellen, was nach seiner Einladung folgen würde. Eine nette, kleine Nummer bei ihr zu Hause. Siegessicher grinste er sie an. Fischer, der sich neben seinen Chef gestellt hatte und nervös von einem Bein auf das andere trat, warf ihr wieder böse Blicke zu, was Margareta amüsierte.

»Und was ist mit ihm? Geht der etwa mit?«, fragte sie Wessel so laut, dass sein unattraktiver Co. es nicht überhören konnte.

»Der nimmt sich ein Taxi und fährt brav nach Hause, nicht wahr, Fischer?«

»Bei dir piept's wohl? Wir sind zusammen hergekommen, also fahren wir auch zusammen zurück«, erklärte Fischer mit nasaler Stimme.

»Du nimmst dir ein Taxi! Ist das klar?« Bei Wessel war Schluss mit lustig. So eine Chance, den restlichen Abend mit dieser Wahnsinnsbraut zu verbringen, bot sich ihm nicht alle Tage. Vergessen waren seine Frau und die beiden kleinen Söhne. Und Rücksicht auf Fischer konnte er ebenfalls nicht nehmen. Wer war schließlich Fischer?

Margareta fand die Situation mehr als köstlich. »Hey Jungs, bevor ihr euch streitet: Fahrt schön beide zusammen nach Hause zu euren Muttis.«

Sie schwang sich von ihren Barhocker und schenkte Blender Wessel ein süffisantes Lächeln, bevor sie die Kneipe verließ. So schnell würde sie sich nicht wieder von jemandem abschleppen lassen, den sie kaum kannte. Das Jürgen-Löschke-Erlebnis stieß ihr noch übel auf.

Wessel stand mit zusammengekniffenen Lippen da, wie ein trotziger Schuljunge, der seinen Willen nicht bekommen hatte. Er rannte ihr hinterher und drängte ihr seine Visitenkarte auf. Hätte Waltraud nicht wie verabredet draußen wartend an Margaretas Auto gestanden, wäre er vielleicht noch zudringlich geworden. So verkniff er sich das, was er womöglich sagen wollte und kehrte wieder mit einem »schönen Abend noch« in der Kneipe ein.

Die schnaufende Waltraud wollte gerade mit ihrer Gardinenpredigt loslegen, als Margareta sie brüsk unterbrach. »Sag jetzt nichts, bitte. Nein, ich wollte nicht mit ihm verschwinden. Mein Interesse dient lediglich der Aufklärung der beiden Morde, mehr nicht. Von diesem aufgeblasenen Affen will ich nichts.« Und das meinte sie so, wie sie es sagte, was Waltraud zu freuen schien. »Komische Gaststätte.« Kopfschüttelnd stieg sie ins Auto.

»Dagegen ist der Saloon in Dodge-City ein Kindergarten«, meinte Margareta lachend.

Margareta sah Norbert Koslowski einsam und allein nach Hause schleichen. Unter einer Laterne an der Valentinstraße blieb er stehen und zündete sich eine Zigarette an. Sie hielt an und ließ ihn einsteigen. Den kleinen Umweg nahm sie gerne in Kauf, um Norbert wohlbehalten daheim abzusetzen. Als er die beiden Frauen auf einen Kaffee hineinbat, sahen sie sich an und waren sich einig. Man konnte dem trauernden Vater nicht vor den Kopf stoßen.

Staunend betrat Margareta das winzige Häuschen. Wenig später wurde ihr an einem wackeligen, mit einer großblumigen Wachstuchtischdecke überworfenem Küchentisch eine Tasse Pulverkaffee serviert. Sie musste schmunzeln. Statt in einer tollen Bar mit einem Beinahe-Dressman zu plaudern, trank sie Kaffee aus einem Riesenkübel ohne Unterteller, in einer winzigen Küche eines Zechenhauses, und tröstete den einsamen Nachbarn ihres Bruders.

Draußen stand hinter einer großen Buche ein Mann und wartete darauf, dass Margareta mit ihrer Mutter das Haus wieder verließ.

12.

Später Samstagabend, kurz nach 21 Uhr. Die Sonne war noch nicht untergegangen, gähnende Leere in den Straßen. Margareta hatte ihr Auto einige hundert Meter weiter auf der Bergmannsglückstraße geparkt und schlenderte wie eine normale Passantin die Straße entlang, Richtung Verwaltungsgebäude. Die Luft war drückend nach einem heißen Tag. Sie passierte das E.ON-Fernwärmegebäude und kurz danach die beiden Torhäuser des alten Zechengeländes. Auf der anderen Seite schmucke Vorgärten der Siedlungshäuser. Kein Mensch zu sehen. Endlich hatte sie das alte Gebäude erreicht. Anmutig, wie ein altes Schulhaus, lag es da in der Abendsonne. Auf dem Parkplatz davor standen keine Autos. Die gegenüberliegenden Häuser wirkten verwaist. Wahrscheinlich saßen die Bewohner in den dahinter liegenden Gärten und genossen den warmen Abend. Margaretas Herz hämmerte. Mich darf hier niemand sehen, sonst hat die Sache schnell ein Ende. Das große Tor der Haupteinfahrt zum Zechengelände war verschlossen. Sie bog nach rechts auf die asphaltierte Zufahrt ein und ging weiter bis zum Eingang, welcher am Ende des Gebäudes lag. Zur Straße hin nahm ihr die dichte Baumreihe die Sicht. Wenn ich nichts sehe, können andere auch nichts sehen, schlussfolgerte sie. Sie nahm den Schlüssel aus der Hosentasche und schloss die Eingangstür des imposanten Backsteingebäudes auf. Sie hatte auf Anhieb den richtigen der drei Schlüssel erwischt und befand sich bereits im Inneren des Gebäudes, in dem es feucht und moderig roch. Steinstufen führten sie ins

Hochparterre. Ein wuchtiges Geländer zu ihrer linken, rechts an der Wand ockergelbe Fliesen. Sie stellte fest, dass es hier genauso aussah wie in ihrer Grundschule an der Neustraße. Die gleichen gewölbeartigen Gänge, hohe Rundbogenfenster. Im Hochparterre angekommen, schlug sie den langen Gang zu ihrer Rechten ein. Die Türen zu den Büros standen offen. Sie betrat gleich den ersten Raum, von welchem sie bis in den letzten schauen konnte, da alle durch Türen miteinander verbunden und diese ebenfalls geöffnet waren. Kaum Mobiliar war mehr vorhanden. Durch die Fenster sah sie die untergehende Sonne. Zeit sich zu sputen, wenn sie noch halbwegs etwas erkennen wollte. Sie hatte zwar eine kleine Taschenlampe dabei, wollte aber nach Möglichkeit keinen Gebrauch davon machen. Wieder auf dem Gang, erinnerte sie sich an Löschkes Worte über die Lohnbuchhaltung, die von dem Hauptgebäude abzweigen würde. Sie ging den langen Gang durch bis zum Ende. Aus einem Flurfenster auf der linken Seite hatte sie einen Blick auf einen verwilderten Innenhof. Auf der gegenüberliegenden Seite fiel ihr eine weiße Tür auf. War Stempels Mörder durch diese Tür gekommen? Von hinten, von der Körnerstraße her? Am Ende des Ganges ging es links in die Kaue, in der die grün gestrichenen Spinde alle geöffnet waren. Dahinter befanden sich die Duschen mit eierschalfarbenen Fliesen. Langsam wurde ihr unheimlich. Wenn sich hier jemand versteckt hielt, konnte sie noch so schreien. Niemand würde sie hören. Das Gebäude war abgeschlossen, versuchte sie sich zu beruhigen. Sie ging den Gang ein Stück zurück und bog in den Quergang ein. An dem Schild neben der ersten Bürotür las sie ›Lohnbuchhaltung I‹. Die Tür war abgeschlossen. Sie ging weiter zum nächsten

Büro, das ebenfalls verschlossen war. Hatte man hier den Stadtplaner Stempel ermordet? Wieso waren die Türen nicht versiegelt? Waren die Ermittlungen bereits abgeschlossen?, fragte Margareta sich. Keine Blutflecken auf dem Boden, nichts erinnerte mehr an die grausige Tat. Was genau wollte sie hier finden? Sie sah sich auf dem schmalen Gang um. Nichts Verdächtiges zu sehen.

Links, kurz bevor der Gang endete, führte eine Tür sie weiter in eine riesige Halle, in der es fürchterlich nach Mist stank. Gisbert hatte ihr einmal erzählt, dass hier ein Zirkus sein Winterquartier gehalten hatte. Reste von Stroh und Sägespänen lagen am Boden. Sie durchquerte die Halle und kam in eine weitere, von der aus ein dunkler Gang in ein anderes Gebäude führte. Lass gut sein, sagte sie sich. Wie weit willst du dich noch vorwagen? Was soll hier hinten sein? Sie kehrte um und beschloss, sich im Obergeschoss umzusehen. Sie war maßlos enttäuscht. Was hatte sie erwartet? Etwa Spuren, die die Kripo übersehen hatte und die sie, die superschlaue Margareta, jetzt finden würde?

Die wuchtige Treppe, die nach oben führte, erinnerte sie an längst vergangene Schultage. Fast identische Bauwerke. Genau wie ihre damalige Schule flößte das Gebäude ihr Angst ein. Damals lähmte sie die Furcht vor ihrem strengen Klassenlehrer, heute war es die Panik, jetzt hier und gleich auf den Mörder zu stoßen, der Stempel und vielleicht auch Kevin auf dem Gewissen hatte. Für sie gab es keinen Zweifel, dass es sich um ein und denselben Täter handeln musste.

Im Obergeschoss sah es nicht anders aus als in der unteren Etage. Die Büros waren ähnlich wie kleine Klassenräume angeordnet. Wie oft hatte sie auf dem Flur in ihrer

Schule vor der Tür stehen müssen, weil sie auf den Nerven ihres Lehrers herumgetrampelt war und er sie kurzerhand rausgeschmissen hatte.

Inzwischen war die Sonne fast untergegangen. Sie schaute aus dem Fenster des ersten Büros. Von hier aus hatte sie einen besseren Blick und konnte über die Bäume hinweg die Ruhr-Öl-Chemie sehen. Schornsteine und Türme lagen im sanften Abendrot und boten ein friedliches Bild. Ein Blick nach unten auf die gegenüberliegenden Wohnhäuser ließ sie zusammenzucken. Vor einem der Häuser lief Udo Urbat mit einer Zigarette in der Hand nervös auf und ab. Er trug eine kurze Hose, ein dunkles Polo-Shirt und Biolatschen. Er schaute zu dem Fenster hoch, vor dem Margareta stand, woraufhin sie sich schnell wegduckte. Mist! Sie hoffte, dass er sie nicht gesehen hatte. Was war, wenn er sie vorhin beim Hineingehen ins Gebäude beobachtet hatte? War Urbat nur ein harmloser Kerl oder hatte er etwas mit den Morden zu tun? Gestern Abend in der Kneipe wurde getuschelt, dass er einen neuen Wagen für über 60.000 Euro fuhr, obwohl er angeblich ein armer Schlucker war. Vielleicht hatte er geerbt, konnte doch vorkommen. Hinterlassenschaft der betuchten Eltern oder der Oma. Doch Zweifel blieben, dass da etwas nicht mir rechten Dingen zu ging.

Nach einer Inspektion der oberen Räume, die im Prinzip nicht anders aussahen als die unteren, musste sie sich eingestehen, dass ihre Superidee, sich hier umzusehen, leider ein Flop war. Sie konnte nicht verstehen, was den alten Löschke und seine damalige Sekretärin Annegret hierher zog. Davon war das Gebäude auch nicht wieder zum Leben erweckt worden.

Bei einem Blick in eines der Büros der unteren Etage hielt sie inne. War da nicht eben ein Geräusch? So ein eigenartiges Schleifen? Als wenn jemand etwas über den Boden zog? Mutig ging sie in den Raum. Sie konnte kaum noch sehen. Vorsichtig schaute sie aus dem Fenster. Udo Urbat war verschwunden. Befand er sich etwa hier in dem Gebäude? Sie steckte eine Hand in die linke Hosentasche und umfasste die Dose mit dem Pfefferspray. Wieder hörte sie dieses Geräusch. Sie sah in die Ecken des Raumes. Vielleicht eine Ratte? Mach dich vom Acker, sagte ihr der gesunde Menschenverstand, falls sie überhaupt darüber verfügte. Im Hinausgehen blickte sie in die offenstehenden Kitchenette des Büros. Wie nobel, dachte sie, eine winzige Küche für die Angestellten. Wahrscheinlich war es das Büro eines Vorgesetzten, vielleicht Hubertus Löschkes? Auf der Spüle dieser Miniküche sah sie einen Gegenstand liegen. Ihr Puls beschleunigte sich ins Unermessliche. Das war Jürgen Löschkes Hirschhornmesser, vermutete sie. Wie war das möglich? Jürgen hatte es noch, als sie zusammen am Fontänenteich saßen. Also musste das Messer später hierhin gelangt sein. In der gleichen Nacht hatte sie den Schlüssel bei ihm mitgehen lassen. Hat er sich vorher einen Nachschlüssel besorgt? Doch wozu? Es ergab einfach keinen Sinn.

Sie vernahm ein leises Fiepen. Sie nahm die Spüle näher in Augenschein und entdeckte darauf krümelige Häufchen, in dem Dämmerlicht kaum sichtbar. Was waren das für Haufen? Es konnte sich nur um Mäusescheiße handeln. Und roch es hier nicht auch nach Mäusepisse? Waren Mäuse die neuen Mieter? Kamen daher diese Geräusche?

Angeekelt verließ sie eiligen Schrittes das Gebäude und verschloss so leise wie möglich die Tür. Draußen war es inzwischen fast dunkel. Wie ein Verbrecher, sich dauernd umschauend, lief sie den Weg zu ihrem Wagen zurück.

Jürgen Löschke wurde ihr immer unheimlicher. Oder hatte noch jemand so ein bescheuertes Messer? Gab es so einen Zufall?

Als sie endlich in ihrem Auto saß, atmete sie erleichtert auf. Inzwischen war es stockdunkel und bald 23 Uhr. Die Ernüchterung hielt bei Margareta nicht lange an. Schon während der Heimfahrt nahm sie sich vor, diese Exkursion auf dem Zechengelände zu wiederholen und beim nächsten Mal auch die hinteren Gebäude zu inspizieren. Wahrscheinlich war sie von dem gleichen Virus infiziert, von dem der alte Löschke und die Thannhäuser befallen waren. Spontan setzte sie am Buer'schen Markt den Blinker nach rechts und parkte auf dem großen Platz. Die hell erleuchtete Markthalle reizte sie. Ein erfrischendes Getränk wird doch wohl erlaubt sein, sagte sie sich. Sie brauchte ganz einfach Entspannung. Ein Blick auf ihre Klamotten – rotes T-Shirt und Jeans – ließ sie skeptisch dreinblicken, doch man kann nicht stets topp gestylt herumlaufen, tröstete sie sich, während sie frohen Mutes das Foyer der Halle betrat und die Stahltreppe nach oben ging. Scheinbar konnte sie so schlecht nicht aussehen, da etliche Herren sie bewundernd ansahen. Alle Tische, auch die Stehtische im Lokal und dem oberen Foyer, waren besetzt. An der Theke standen sie in Dreierreihen. Aus den überdimensionalen Boxen erklang irrsinnig laute House-Musik. Margareta quetschte sich durch die Menschenmassen und bestellte sich eine große Sprite, welche sie prompt serviert bekam und gleich in sich hineinschüttete. Langsam wurde sie ruhiger. Sie orderte ein weiteres Glas und stellte sich ins Foyer, um die Leute zu beobachten. Sie hatte noch keine

Lust nach Hause zu fahren. Ihr Anrufbeantworter würde wieder bis zur Verzweiflung blinken. Sie wusste genau, wer darauf Nachrichten hinterlassen haben würde. Waltraud mit Sicherheit nicht, denn von ihr wurde sie heute Morgen schon aus dem Schlaf gerissen, um den gestrigen Abend ordentlich durchzukauen. Bis nach Mitternacht hatten sie bei Koslowski am Küchentisch gesessen und seiner Jammerorgie beigewohnt.

Gisbert wird seinen Senf abgelassen haben. Sie hatte ihm zwar versprochen, am Nachmittag bei ihm vorbeizuschauen, gemütliche Gartenrunde und so weiter, doch angesichts ihres Vorhabens am Abend hatte sie sich einfach nicht dort blicken lassen. Sie hatte keine Lust auf Ermahnungen und Maßregelungen. Als sie ihn neulich nach dem Kanister in seinem Stall gefragt hatte, war er regelrecht ausgerastet. Sie hatte erfolglos versucht, ihn zu überzeugen, den Kanister der Polizei zu übergeben. Seiner Meinung nach würde das nur Kevins Ansehen beschmutzen und ein schlechtes Licht auf den toten Jungen werfen, dem man womöglich versuchte Brandstiftung anhängen konnte, wäre der Kanister in seiner Nähe gefunden worden. So ein Quatsch, fand Margareta.

Na und Jürgen Löschke hatte mit Sicherheit fünf Mal angerufen, nachdem sie ihm für heute Abend einen Korb gegeben hatte. Sie sah das Hirschhornmesser vor sich und schüttelte sich. Als hätte sie ihn mit ihren Gedanken hergebeamt, sah sie ihn plötzlich schräg gegenüber an einem Tisch mit sonderbar buntem Buckelvolk diskutieren. Bestimmt alles gleichgesinnte Tierschützer, dachte Margareta und musste schmunzeln. Die anwesenden Frauen hatten leicht verfettete, plattgeharkte Ökofrisuren und waren bestrickt bis zu den Ohren. Die Kerle ähnelten Jürgen

Löschke. Abstehende Wallawalla-Haare, lumpige, farbschwache T-Shirts und total zerfetzte Jeans am Leib. Sie schienen in einer Wahnsinnsdiskussion vertieft, strichen sich dabei andauernd gewichtig die Haare aus dem Gesicht und klemmten sie hinter den Ohren fest, was offensichtlich cool wirken sollte. Margareta, gedanklich noch ganz woanders, sah ihn plötzlich vor sich stehen. Lächelnd, mit einem Glas Limonade in der Hand.

»Du bist ganz allein hier?«, fragte er sie erstaunt.

»Ja, wieso nicht? Leben wir im Mittelalter? Darf eine Frau nicht allein ein Lokal aufsuchen?«, herrschte sie ihn an.

»Habe ich doch gar nicht so gemeint. Ich habe dich hier nicht vermutet, weil du sagtest, dass du heute Abend was zu erledigen hast.«

»Schon geschehen. Nun wollte ich noch etwas Kühles zu mir nehmen.«

Eine Rothaarige aus seiner Clique, die trotz warmer Sommernacht im Stricklieselkostüm gekommen war, winkte ihm zu. Verschämt lächelte er sie an.

»Eine Freundin von dir?«, wollte Margareta wissen.

»Nein, kann man so nicht sagen. Das sind Mitglieder der Pro-Biber-Gruppe. Sie sind ganz nett. Ab und zu lasse ich mich da mal sehen.«

Ab und zu? Margareta war überzeugt, dass Löschke dort ordentlich mitmischte. Wahrscheinlich hatte er manche Nacht mit der roten Strickliesel verbracht. Pro-Biber-Gruppe. Das heutige Thema ihrer Runde konnte Margareta sich denken: Die Zerstörung des Naturkreislaufs der Biber oder so ähnlich. Neulich hatte sie in der Zeitung einen Bericht gelesen, dass der ein Meter lange, nordamerikanische Biber in NRW wieder im Kommen war und den europäischen Kollegen zurückdrängte. Sie war überrascht, dass in NRW nur diese beiden Biberarten anzutreffen waren.

»Ich hatte gedacht, dich beim Bürgerstammtisch zu treffen, gestern Abend.«

»Ach, das Thema geht mir langsam auf den Keks. Mein Vater erzählt mir täglich davon. Es reicht mir, ehrlich gesagt. Der Schlüssel ist übrigens nicht wieder aufgetaucht.« Mit durchdringendem Blick sah er sie an.

»So ein Pech aber auch.« Margareta traute ihm nicht. Spielte er ihr was vor? Hatte er sich tatsächlich einen Zweitschlüssel anfertigen lassen, bevor sie ihm das Teil aus der Hose gezogen hatte? Hatte er vermutet, dass sie sich den Schlüssel aneignen würde? Wieder sah sie das Hirschhornmesser vor sich und Löschke mit anderen Augen. Er weiß mehr, als er zugibt, war sie überzeugt. Sie trank ihre Sprite aus und verabschiedete sich von ihm. Für heute Abend hatte sie genug und wollte nur noch ins Bett.

Schönling Wessel anrufen?, fragte sie sich und drehte seine Visitenkarte in den Händen hin und her. Oder lieber einen Ausflug mit Löschke unternehmen, um hinter sein Geheimnis zu kommen? Was war an einem Sonntagnachmittag besser und brachte sie mordermittlungsmäßig weiter? Sie stellte sich vor, wie der schöne Peter an der fein gedeckten Familienkaffeetafel in seinem eleganten Einfamilienhaus saß und sich vornehm die Kuchenkrümel von seinem wohlgeformten Mund wischte, während sein Handy klingelte. Was würde er seiner Holden – so sie existierte – erzählen, wer der Anrufer gewesen war? Es hatte schon seinen Reiz, doch beließ sie es bei dem

Gedankenspiel und zog stattdessen ihr Notizbuch aus der Hosentasche. Ihre Gedanken rotierten im Kreis. Immer wieder streiften sie Peter Wessel, dann fuhren sie weiter zum alten Verwaltungsgebäude, dem Hirschhornmesser auf der Spüle und stoppten schließlich bei Jürgen Löschke. Sie notierte:

7. Löschke nach Messer fragen
8. Wessel anrufen
9. Verwaltungsgebäude erneut durchsuchen

Doch was wollte sie da finden? Irgendetwas muss sich dort finden lassen. Sie schlug eine Seite in ihrem Buch zurück. Die To-do-Liste vom letzten Mal war noch nicht abgearbeitet. Sie hatte sich vorgenommen, Thannhäuser und Urbat ins Visier zu nehmen. Bei dem Bürgerstammtisch war ihr an den beiden nichts Besonderes aufgefallen. Was war mit Urbats neuem Auto?

10. Nachforschungen Urbat, wegen Auto
11. Bommer!!!

Die zwei Punkte setzte sie mit auf die Liste. Während ihre Gedanken weiterhin Karussell fuhren, klingelte ihr Handy. Blauländer – und das am Sonntagnachmittag. Er wollte sie treffen. War wahrscheinlich neugierig, was sie bei dem Bürgerstammtisch erfahren hatte. Ein Wunder, dass er nicht schon gestern angerufen hat, dachte Margareta, als sie aufgelegt hatte. Sie wollten morgen, an Margaretas freiem Tag, auf der Terrasse von Schloss Berge zusammen einen Kaffee trinken.

Da sie weder Lust verspürte, sich mit Löschke zu treffen, noch Wessel anzurufen, entschied sie sich, ihrer Mutter einen Sonntagsnachmittagsbesuch abzustatten. Diese war gerade im Aufbruch, per Linienbus zu Ihrem Sohn zu fahren, konnte jedoch Ihre Tochter dazu überreden, sie zu begleiten.

Okay, verbringe ich herrliche Stunden im Garten meines Bruders, sagte Margareta sich seufzend und startete Richtung Hassel.

13.

Helmut Blauländer schaute aus dem Fenster seines Büros im Dachgeschoss des Polizeipräsidiums hinüber zum Finanzamt. Das grüne Gebäude mit den Sprossenfenstern wirkte trist wie eh und je auf ihn. Der Parkplatz davor war rappelvoll, viele Fahrzeuge in Warteposition blockierten die Zufahrten. Er nahm einen Schluck aus seiner Tasse und stellte fest, dass sein Kaffee ölig und angebrannt schmeckte. Die Weiber hier sind zu blöd zum Kaffee kochen, dachte er kopfschüttelnd. Wie sollen aus denen bloß anständige Hausfrauen werden? So etwas würde seine Anni ihm nie vorsetzen.

Sein Blick wanderte zum Rathaus auf der rechten Seite. Der hohe Rathausturm mit der grünen Kuppel hatte eine beruhigende Wirkung auf ihn. Die große imposante Tür des alten Gebäudes öffnete sich, ein Brautpaar trat heraus und wurde von den davorstehenden Hochzeitsgästen umjubelt. Man kramte Sektgläser aus Pappkartons und

Flaschen aus Kühltaschen hervor. Hoffentlich währt die Freude lange, dachte er wehmütig.

Kornblum betrat emsig das Büro, wie selbstverständlich ohne Anklopfen. »Ich habe mir die Tatortfotos noch mal angeschaut, Chef. Und das Protokoll des Verhörs der Typen aus Dortmund gelesen. Also, wenn überhaupt einer der beiden infrage kommt, dann der schmierige Dicke, gelenkt natürlich von diesem aalglatten Wessel.«

Blauländer verließ das Fenster und setzte sich hinter seinen Schreibtisch.

»Ja, das denke ich auch, dass dieser Fischer der Handlanger von Wessel ist und mit Sicherheit Dreck am Stecken hat. Wie die beiden Morde jedoch zusammenhängen, will mir einfach nicht in den Kopf. Heute Nachmittag treffe ich mich mit der Sommerfeld. Sie war am Freitagabend bei diesem Bürgerstammtisch. Eventuell ist ihr etwas aufgefallen.«

Kornblum machte es sich auf dem Ledersessel vor dem Schreibtisch bequem, ein Bein lässig über die Lehne gelegt.

»Was hat die Schnalle eigentlich damit zu tun? Kommt sie hierher oder wird das wieder ein Treffen am romantischen Fontänenteich?«, fragte Kornblum seinen Chef und grinste provokativ.

»Wo bleibt der Respekt, Kornblum? Wie sitzen Sie überhaupt da?«

»Entschuldigung, Chef«, meinte Kornblum kleinlaut und fragte sich, was Blauländer sich eigentlich einbildete. Nur weil er erster Kriminalhauptkommissar war, hatte er noch lange nicht das Recht, ihn wie einen Lehrbuben zu behandeln. Immerhin hatte er, Kornblum, die gleiche Ausbildung wie er absolviert und durfte sich ebenfalls Kriminalhauptkommissar nennen. Für ihn sowieso unverständlich, wieso Blauländer nicht einen seiner eigenen Leute unter die Versammlung gemischt hatte.

»Schon gut, Kornblum.« So sind die jungen Leute, sagte Blauländer sich, kein Anstand und kein Benehmen mehr. ›Cool‹ nennen sie ihr Verhalten. »Die Sommerfeld könnte wichtig für uns sein. Was spricht also dagegen, sich mit ihr zu treffen?«

»Sie könnten sie ins Präsidium einbestellen, oder nicht?«

»Klar, könnte ich. In der herrlichen Parkatmosphäre lässt sich allerdings angenehmer plaudern.«

Da ist was dran, dachte Kornblum. Ihn wunderte, wieso er beim Morgenmeeting nichts von dem Treffen mit ihr erwähnt hatte.

»Sie fahren heute nach Dortmund und schauen sich in der Firma Wessel noch einmal um. Nehmen Sie sich einen Kollegen mit.«

Blauländers Blick duldete keine Widerrede. Warum nicht, dachte Kornblum, besser Dortmund, als woanders abzuhängen.

»Wieso sind Sie eigentlich an der Aufklärung der Morde interessiert?«

Blauländer beäugte Margareta misstrauisch. Schon als er sie kommen sah – für seinen Geschmack viel zu aufgebrezelt – schalt er sich einen Narren, sich überhaupt mit ihr verabredet zu haben. Auf dem Präsidium machte man bereits Witze über ihn und die Sommerfeld, dichtete ihm gar ein Verhältnis an. Natürlich hatte Kornblum nicht seine Klappe halten können und jedem erzählt, dass sein

Chef sich mit einer Frau – einer angeblichen Zeugin – im Berger Park traf.

»Hey, was soll das? Haben Sie mich eingeladen, um mir krumm zu kommen? Wird das ein Verhör?«

Sein Blick blieb an ihrem engen roten Pulli hängen. Der Ausschnitt war ziemlich gewagt, fand er, obwohl er zugeben musste, dass sie ihn sich erlauben konnte. Er konnte nicht sagen, woher der Anfall schlechter Laune plötzlich kam. Auf der Fahrt zum Schloss war er noch guter Dinge, hatte überlegt, ob er nicht eine Kleinigkeit zu Mittag essen sollte oder ein ordentliches Stück Kuchen. Sein rechtes Augenlid begann zu zucken. Wie immer, wenn er nervös war. Da nützten auch keine Vitamin-B-Pillen, die Anni ihm aufdrängte.

»Nein, es wird kein Verhör. Entschuldigung! Erzählen Sie mir etwas über Ihren Beruf. Was machen Sie genau?«

Halt sie bei Laune, sagte er sich, sie kann schließlich nichts für deine miese Stimmung.

Margareta war verstört. Sie konnte sich nicht erklären, was in ihn gefahren war. Erst machte er einen auf Freundschaft und dann kehrte er den großen Kommissar heraus. Am liebsten wäre sie aufgestanden und gegangen.

»Was hat mein Beruf mit den beiden Toten vom Zechengelände zu tun?«

»Natürlich nichts.« Er blätterte irritiert in der Speisekarte und entschied sich, etwas Anständiges zu bestellen, nachdem er in der Polizeikantine von dem winzigen Putenschnitzel nicht satt geworden war. Er orderte einen Spanferkelrücken in Kümmelrahm mit Sauerkraut und Kartoffelpüree zu 26,50 Euro und hoffte, dass Margareta nicht auf die Idee kam, sich auf seine Kosten satt zu essen. Auf Spesen konnte er dieses Treffen nicht abrechnen, da es nur unnötige Nachfragen geben würde.

Sie bestellte sich ein Kännchen Kaffee. Wütend schaute sie ihn an. »Ich habe nicht vor, Ihnen was aus meinem Privatleben zu erzählen«, teilte sie ihm patzig mit.

Blauländer seufzte. »Das müssen Sie auch nicht. Es tut mir leid. Ich hatte einen Scheißtag. Nichts, aber auch gar nichts hat geklappt. Um sieben Uhr morgens ging es los. Meine Frau jammerte mir die Ohren voll, dann ging es im Präsidium weiter. Uneinsichtige, besserwisserische Kollegen, ein chaotisches Meeting. Der ganze Papierkram. Anträge, Vorladungen und was weiß ich. Alles muss vom Staatsanwalt abgesegnet werden. Manchmal steht es mir bis hier oben.« Er deutete mit der rechten Hand an sein verschwitztes Kinn. »Man kommt einfach nicht weiter.«

Als das Essen serviert wurde, ging es ihm schlagartig besser. Trotzdem fragte er sich, wieso er seinen Frust bei dieser Person herauslassen musste. Und die Sache mit Anni ging sie gar nichts an. Dass die aber auch plötzlich verrückt spielen musste. Hatte sie es nicht gut mit ihm? Sie käme sich vor wie eine Ehenutte, erzählte sie ihm da am frühen Morgen. Putzen, waschen, kochen und auch noch willig im Bett sein. Was sie eigentlich außer Kost und Logis dafür bekäme, hatte sie ihn ganz blöd gefragt.

Was hatte die Sommerfeld bloß an sich, dass man ihr sein Herz ausschütten möchte? Nun saß sie da, rührte in ihrem Kaffee herum und sah aus, als finge sie gleich an zu heulen. Dabei wollte er Neues von ihr erfahren.

»Ja, das mag alles nicht einfach für Sie sein. Andere Menschen haben jedoch auch Probleme. Mein Arbeitstag, oft zehn Stunden, ist auch nicht immer Honigschlecken.«

Nachdem er sich ein großes Stück seines Spanferkels in den Mund geschoben und mit einem Schluck alkoholfreien Pils heruntergespült hatte, kam er zur Sache. »Was war nun am Freitag bei diesem Bürgerstammtisch los?«

»Pah, von wegen Bürgerstammtisch. Nichts mit lockerer Atmosphäre. Wie bei einer Sitzung ging das da ab. Alles schön nach Tagesordnungspunkten. Wessel, wahrlich ein attraktiver Mann, wollte mich abschleppen.«

»Und, sind Sie mitgegangen? Vielleicht hätten Sie was erfahren?« Blauländer war hellhörig geworden.

»Ja, geht's noch? Nur, um was zu erfahren, lasse ich mich doch nicht mit so einem aalglatten Typen ein. Für wen halten Sie mich?« Erbost schaute Margareta Blauländer an.

»Ich dachte, Sie wären an der Aufklärung der Morde interessiert?«

»Hallo? Das kann nicht Ihr Ernst sein? So wichtig sind mir die Morde auch wieder nicht. Ich glaube, es ist besser, wir beenden das Gespräch jetzt«, sprach es und sprang von ihrem Stuhl auf. Noch ehe der Kommissar etwas erwidern konnte, war sie mit wehendem Rock verschwunden.

Blauländer aß in Ruhe seinen Spanferkelrücken auf und bestellte sich noch ein alkoholfreies Pils. Soll sie, sagte er sich. Was hat sie bisher herausgefunden? Sie blufft doch bloß, tut sich wichtig.

Margareta hingegen schäumte vor Wut. Sie fragte sich, was dieser dicke Kerl sich eigentlich einbildete. Wer war sie denn? Die Schadenfreude in ihr gewann die Überhand. Gut, dass sie ihm nichts von der Firmenbesichtigung in Dortmund erzählt hatte. Es hat sich ausgespitzelt, Herr Kommissar, sagte sie sich und hakte das Kapitel Blauländer ab.

Zu Hause angekommen, goss sie sich erst einmal ein eiskaltes Glas Cola ein und setzte sich aufs Sofa. Sie fand, dass sich alles gegen sie verschworen hatte. Noch einmal ließ sie den gestrigen Nachmittag im Garten ihres Bruders Revue passieren. Keine gute Idee, den Sonntag so ausklingen zu lassen. Während Waltraud und Norbert Koslowski sich wie zwei Irre in die Arme fielen und urplötzlich in seiner Küche verschwanden, um sich hoffentlich nur verbal auszutauschen, fing ihr Bruder Gisbert an, ihr eine Gardinenpredigt zu halten. Einfach so, ohne jegliche Vorwarnung. Er kritisierte ihr Verhalten beim Bürgerstammtisch, da sie diesem elenden Wessel angeblich schöne Augen gemacht hätte, dann moserte er herum, dass sie sich ein zweites Mal mit Blauländer treffen wollte. Na ja, Meetings mit Blauländer gehörten der Vergangenheit an. Schlussendlich nörgelte er, dass sie sich in alles einmischen würde. Sie solle sich die Firmenbesichtigung von Wessels Firma sparen, obwohl er ihr den Vorschlag gemacht hatte, unbedingt daran teilzunehmen. Was war plötzlich in ihn gefahren? Es musste mit Bettina zusammenhängen, die sich tagelang nicht mehr bei ihm hatte sehen lassen. Als Margareta sich nach ihr erkundigte, zog er nur die Schultern hoch. Die Krönung wäre gewesen, wenn Margareta ihm von ihrer Besichtigungstour im Verwaltungsgebäude am Samstagabend erzählt hätte. Dann wäre er völlig ausgerastet. Sie konnte sich allerdings nicht verkneifen, ihm von dem zufälligen Treffen mit Löschke in der Markthalle zu berichten. Doch es schien ihm egal zu sein. Es kam nur die müde Frage, was sie denn dort zu suchen gehabt hätte. So schwiegen die Geschwister sich an. Lust auf Pizza hatte er auch nicht.

Nach über drei Stunden kam Waltraud glucksend und wankend aus Koslowskis Hinterausgang in den Garten getaumelt. Von dem Trauernden selbst keine Spur. Scheinbar hatte er sie mit irgendeinem Fusel gefügig gemacht, denn sie hatte eine meterlange Fahne. Einen Abend zuvor hatte Koslowski noch weinend am Küchentisch gehangen und Margareta sich ernsthaft gesorgt, dass er sich etwas antue.

Gisbert schüttelte nur genervt mit dem Kopf und meinte, es wäre besser, sie würden jetzt gen Heimat fahren, was sie auch taten. Im Auto lachte und scherzte Waltraud, als stünde sie unter Drogen. Auf die Frage, was sie mit dem Mann in seiner Zechenbude getrieben habe, faselte sie nur: »Heidelbeerwein getrunken, geredet, Zwiebelkuchen gegessen.« Lustig wäre es gewesen und Norbert würde es besser gehen. Na, das war die Hauptsache. Margareta hoffte, dass die Nebenwirkungen des Zwiebelkuchens nicht während der Rückfahrt einsetzen würden. Heidelbeerwein und Zwiebelkuchen waren eine tolle Kombi. Ein Gespräch über Gisbert und Margaretas Sorgen, die sie sich um ihren Bruder machte, hatte wenig Zweck, da Waltraud alle ihre Bedenken in den Wind schlug. »Ach, wird schon nicht so schlimm sein, er hatte bestimmt einen schlechten Tag, Gretchen, mach dir keine Gedanken«, war alles, was sie zu sagen hatte. Margareta war jedoch felsenfest davon überzeugt, dass mehr dahinter steckte und Gisbert irgendetwas verbarg. Zu Hause angekommen, meinte Waltraud bei der Verabschiedung, dass es besser wäre, wenn Bettina das Weite suchen würde, sie hätte sie sowieso nicht sonderlich gemocht.

Die eiskalte Cola munterte sie ein wenig auf. Nach dem zweiten Glas klingelte es an der Wohnungstür und Margareta betete, es möge nicht Blauländer sein, der sich für sein bescheuertes Verhalten von vorhin entschuldigen wollte. Glück gehabt, es war nur Jürgen Löschke, der ihr völlig durchgeschwitzt einen Besuch abstattete, nachdem er – angeblich zufällig – mit seinem Rad vorbeigefahren war. Ihr ›Nicht nein sagen können‹-Syndrom erlaubte es ihm, bei ihr zu duschen. Sie lieh im sogar eins ihrer weißen T-Shirts, in das er sich mit Gewalt presste, bevor er es sich mit zurückgekämmtem nassen Haar auf ihrem Sofa bequem machte. Und ihrem Mutter-Theresa-Komplex folgend kochte sie ihm sogar einen Pfefferminztee.

»Du weißt, dass ich Überraschungsbesuche hasse«, teilte sie ihm mit, während sie sich ihr drittes Glas Cola einschenkte.

»Das war ein ganz spontaner Einfall, als ich von Resse her durch die Alleestraße fuhr und den Turm sah«, strahlte er sie an. »Da dachte ich, schau mal bei Margareta vorbei, vielleicht ist sie ja zu Hause.«

»Und was ist der Grund für deinen Besuch?«

»Ich wollte dir mitteilen, dass ich übermorgen mitfahre nach Dortmund. Du fährst doch auch, oder?« Mit hoffnungsvollen Rosinenaugen schaute er sie an, während er mit der Plastiktüte hantierte, in die sie sein verschwitztes T-Shirt gestopft hatte, nicht ohne sie mit dem Klammeraffen mindestens zehn Mal zugetackert zu haben.

»Mein Chef wird mir den Hals umdrehen, wenn ich einen Urlaubstag nehme. Außerdem wird mein Bruder – wieso auch immer – nicht verzückt sein, wenn ich mitfahre.«

»Hast du dich schon angemeldet? Die Plätze sind begrenzt.«

»Ja, bereits am Freitag geschehen. Sag mal, du sagtest doch, das Thema ginge dir auf den Keks. Wieso fährst du dann mit?«

»Vielleicht möchte ich ein bisschen Sherlock Holmes spielen, Miss Marple.«

»Es hat sich ausgemarplet. Bauländer ist mir vorhin so blöd gekommen, meinte tatsächlich, ich soll mich Wessel an den Hals werfen, um etwas zu erfahren.«

»Das hat er gesagt?« Jürgen schien entsetzt.

»So ungefähr.«

»Was hast du erwidert?«

»Ich bin aufgestanden und gegangen.«

»Richtig so«, meinte Jürgen todernst.

Margareta schaute ihn verdutzt an. Vielleicht doch nicht so ein Schlechter, dachte sie überrascht.

»Und, lief noch was mit der bestrickten Maus am Samstag?«

Empört stellte er seine Teetasse ab. »Was denkst du von mir? Das ist nur eine Bekannte aus der Pro-Biber-Gruppe.«

So wie er mich abgeschleppt hat, wird er so manche andere in seine Lehrerhöhle gelockt haben.

Löschke Junior blieb länger als beabsichtigt. Sie hechelten noch einmal die beiden Mordfälle durch und überlegten krampfhaft, wer als Mörder infrage kommen konnte. Gegen 20 Uhr schickte sie den protestierenden Ökofreak zur gegenüberliegenden Frittenschmiede, mit dem Auftrag, zwei Schimanski-Platten zu holen, woraufhin er seine Augen weit aufriss. »Currywurst mit Pommes, Mayonnaise und Soße«, meinte Margareta lachend. Nur widerwillig schob er ab. Auf halber Treppe drehte er sich um. »Wir könnten auch Grünkernfrikadellen machen, falls du Grünkern im Hause hast.«

So etwas hatte Margaretas Haushalt noch nie aufzuweisen gehabt. Selbst wenn: Sie hätte sich strikt geweigert, sich jetzt am Abend noch die Küche versauen zu lassen. Allein das Wort ›Grünkernfrikadellen‹ ließ sie erschaudern.

»Hol' die Schimanski-Platten und gut is.« Verärgert schloss sie die Wohnungstür. Theater, dachte sie, letztens im Berger Park hatte er doch auch eine Currywurst gegessen.

14.

Völlig durchgeschwitzt und mit hängender Zunge erreichte Margareta den popeligen Bus, der vor dem alten Zechengelände parkte. Im letzten Moment hatte sie sich entschlossen, ihr Auto aus Energiespargründen stehen zu lassen und den von Urbat angemieteten Bus zu nehmen. Vielleicht würde sie so unterwegs das eine oder andere erfahren.

Vertrauenserweckend sah dieses graue Gefährt nicht gerade aus. Im Gegenteil. Mit Sicherheit hatte dieser Bus seit Jahren keinen TÜV gesehen. Margareta fiel eine Reportage ein, die letztens im TV lief. Diese berichtete über einen völlig verarmten Busfahrer, der mit seinem verbeulten, total verrosteten Bus den Mombasa Highway von Nairobi bis Machakos entlangfuhr und die an der Straße stehenden, oft schwer beladenen Fahrgäste einlud. Meterhoch hatte sich auf dem Dach dieses Busses das Gepäck der Leute in Form von Stoffsäcken, Kisten und Plastikbeuteln getürmt. Ein Schlagloch hatte sich an das andere gereiht, mehrmals hatte der arme Mann einen Achsbruch in Kauf nehmen müssen. Das Allerschlimmste war jedoch, dass der noch relativ junge Mann durch die andauernden Erschütterungen in seinem Bus impotent geworden war. Bezahlt wurde er meistens in Naturalien, getrocknetes Ziegenfleisch und Bananen. Hin und wieder erhielt er Zigaretten und Schnaps. Wer es sich leisten konnte, fuhr mit einem der kleinen Matatus, für den Busfahrer blieben nur die Ärmsten der Armen.

Im Bus, der dem schrottreifen Mombasa-Bus zum Verwechseln ähnlich war, stank es so, wie er von außen aussah. Tatsächlich war nur noch ein Platz frei – ausgerechnet neben Bommer. Wieso immer ich?, schrie alles in ihr. Wieso hat Gisbert mir keinen Platz frei gehalten? Und wo war Jürgen Löschke?

Alles ging furchtbar schnell, als hätte man nur noch auf sie gewartet. Der Busfahrer – einfarbiges T-Shirt und kurze helle Hose – schmiss seine brennende Zigarette aus dem Fenster und schlug mit aller Kraft das Lenkrad ein. Urbat und Thannhäuser saßen stolz, wie bei ARD und ZDF, in der ersten Reihe.

Noch nicht auf der Autobahn, riss der Fahrer das knisternde Mikro an sich, um Witze der untersten Schubladen rauszulassen, was sicherlich im Preis enthalten war. Bestimmt ein Pauschalpaket. Fahrt mit Programm. Er suchte im Rückspiegel Blickkontakt zu Margareta und kontrollierte, ob auch sie über seinen hohlen Mist lachte. Doch sie tat ihm den Gefallen nicht. Jedenfalls schien er nicht impotent zu sein, wie der arme Busfahrer in Mombasa, so geil wie er guckte. Sein knallgelbes Dolce&Gabbana T-Shirt war mit Sicherheit ein Mitbringsel aus dem letzten Türkeiurlaub, ebenso seine schrille Pseudo-Rolex. Die Fön-Frisur war bewundernswert. Er sah aus wie

Patrick Lindner in den 80er Jahren. Beim Grinsen konnte Margareta im Spiegel seine großen, homemade Dr. Wackelzahn-Zähne sehen, mit denen er Dortmund entgegensteuerte. Bommer bekam nichts mit. Nichts von den blöden Dialogen der Mitreisenden, besonders der quiekenden Frauen, die heute den Haushalt Haushalt sein ließen und auf große Fahrt gingen. Und wenn es sich nur um die Besichtigung einer Kunststoffrohre-Fabrik handelte. Egal, immer noch besser als putzen. Sein Atem ging gleichmäßig, er schlief tief und fest.

Erst kurz vor Recklinghausen realisierte Margareta, dass das wahnsinnige Gegacker der Frau drei Reihen hinter ihr aus dem Munde ihrer Mutter Waltraud stammte. Was macht sie hier an Bord?, fragte sie sich und drehte sich ganz langsam um. Schuld an den Gackersalven war eindeutig Norbert Koslowski, der ihr irgendwelche magischen Worte zuflüsterte. Diese Ziege, schnaubte Margareta innerlich, gibt mir nicht mal Bescheid und fährt einfach mit. Was hat Waltraud mit der Bergmannsglücker Bürgerinitiative zu tun? Das hat sie bestimmt am Freitag mit Gisbert verhackstückt, war Margareta sich sicher. Und mich wollte er nicht dabei haben.

Obwohl Bommer mit Sicherheit der Waschläppchengeneration angehörte, ging kein übler Geruch von ihm aus, als sie sich über ihn beugte, um ihn aus purer Neugier zu beschnüffeln. Schlagartig wurde er wach. Margareta starrte gebannt in seine froschgrünen Augen. Sofort lehnte sie sich peinlich betreten zurück.

»Was starren Sie mich so an?«, fragte Bommer sie mürrisch.

»Entschuldigung, ich war nur so verwundert, dass Sie bei dem Krach schlafen können.«

»Blödes Gelaber. Überhaupt blöde Idee, diese Bude zu besichtigen«, murmelte der unrasierte Mann sich in den Bart.

»Aber die Teilnahme ist freiwillig. Sie hätten nicht mitfahren müssen.«

»Doch, ich muss. Muss wissen, was in den Köpfen meiner neunmalklugen Nachbarn vorgeht.«

»Aha«, meinte Margareta. Kleiner Dachschaden, diagnostizierte sie und lächelte ihn besser mal freundlich an. Bei Verrückten wusste man nie, wie sie ticken. Schlagartig wurde sie sich bewusst, dass es durchaus sein könnte, dass sich unter ihnen im Bus der Mörder befand.

»Warum fahren Sie mit? Sie wohnen doch gar nicht in Bergmannsglück. Nur Ihr Bruder, dieser arrogante Fatzke.«

»Erstens ist mein Bruder nicht arrogant und zweitens war es nicht Bedingung, in Bergmannsglück zu wohnen, wenn man an der Werksbesichtigung teilnehmen möchte.«

»Ich hasse Menschen, die ihre Nase in alles stecken. Meine Mutter hat immer gesagt …«

Mit lauter Stimme unterbrach Margareta seinen plötzlichen Redefluss. »Was interessiert mich Ihre Mutter, verschonen Sie mich mit deren Weisheiten.«

»Meine Mutter ist tot. Man spricht nicht schlecht über Tote.«

Margareta wunderte sich nicht, dass niemand sich neben ihn gesetzt hatte. Solch ein Stiesel. Sie sah ihn an und sagte nichts mehr, da sie es für zwecklos hielt.

Im rasanten Tempo zogen die Regenwolken vorbei und machten einem strahlend blauen Himmel Platz. Sie drehte sich um, ging ein wenig von ihrem Sitz hoch, um möglichst viel von dem zu erspähen, was sich hinter ihr im Bus abspielte. Die Blicke Waltrauds und Margaretas trafen sich. Schlagartig verging Waltraud das Lachen, als sie in das wütende Gesicht ihrer Tochter sah. Sie war sich bewusst, dass es kein guter Zug war, sich an ihrem Haus vorbeizuschleichen, mit dem Linienbus nach Hassel zu fahren und als Erste in dem Bus nach Dortmund zu sitzen, in welchem sie mit Koslowski verabredet war. Margareta dachte das gleiche und stempelte sie kurzerhand als falsche Schlange ab. Sie wollte sich auf ihr Vorhaben konzentrieren, nämlich Licht ins Dunkel zu bringen, was die Morde betraf. So ließ ihr Blick von ihrer Mutter ab. Sie taxierte Reihe für Reihe die Leute, von denen sie nur wenige kannte. In der letzten entdeckte sie Jürgen Löschke, diesen falschen Fuffziger. Immerhin hätte *er* ihr einen Platz frei halten können. Davor sein Vater und Annegret Thannhäuser, wie immer in ein Gespräch vertieft. Spielt sich auf wie die trauernde Unschuld vom Lande, dachte Margareta, als ihr Blick an Annegret hängenblieb. Wer weiß, ob sie nicht in der Mordsache involviert war?

Sie fasste ihre bisherigen Verdächtigen zusammen. An erster Stelle stand Udo Urbat. Dieses protzige Auto, welches einen Opel Astra ersetzte, war mehr als verdächtig. Astra-Fahrer – auch ehemalige – waren für sie sowieso höchst dubiose Typen, in jeder Hinsicht. Außerdem gefielen ihr sein Blick und seine demütige Haltung nicht. Mit Kevins Mord brachte sie ihn nicht in Verbindung. Stempel jedoch könnte auf sein Konto gehen. An zweiter Stelle kam Peter Wessel, dieser aalglatte Geschäftsmann, der für sein Bauvorhaben über Leichen ging. Sicherlich hatte er sich seine schönen Finger nicht selbst schmutzig gemacht. Dafür hatte er seinen Co., diesen schmierigen Fischer, den er wahrscheinlich beauftragt hatte, die hinteren Hallen einfach abzufackeln, um die Sache voranzutreiben. Und zwar in der Nacht, in der Kevin mit seinen Freunden den Schalke-Sieg feierte. Vielleicht hatte Kevin ihn zufällig entdeckt, es kam zum Streit und Fischer hatte ihm den Garaus gemacht? Drittens: Annegret Thannhäuser, diese verhuschte Maus. Das alte Zechengelände, besonders das Verwaltungsgebäude, lag ihr so sehr am Herzen, dass sie alles dafür tun würde, es vor dem Abriss zu bewahren. Wirklich alles? Wieso nicht? Jürgen Löschke folgte auf dem vierten Platz. Sein Motiv war ihr noch unklar, dass mit ihm jedoch etwas nicht stimmte, da war sie sich sicher.

Ihr Gedankenspiel fand ein jähes Ende, als der klapprige Bus auf dem Firmenparkplatz der Peter Wessel & Co. KG hielt. Von der Größe des trist aussehenden Betriebes war Margareta ein wenig enttäuscht. Sie hatte sich das ganze weitaus imposanter vorgestellt. Ein mehrgeschossiger Bürotrakt lag vor drei langen, trostlosen Hallen.

Das Empfangskomitee Wessel und Fischer, samt einer overstylten Blondine im grauen Kostüm, hieß das aus dem Bus strömende, Gelsenkirchener Volk überschwänglich willkommen. Margareta war eine der Letzten, die den Bus verließ. Waltraud war an ihrem Platz vorbeigehuscht, als wäre Margareta ihr unbekannt.

Als Wessel, in heller Leinenhose und aquablauem Hemd, endlich Margareta begrüßte, hielt er ihre Hand unnötig lange fest. Er verschlang sie fast mit seinen dunklen Augen.

»Ich hatte gehofft, dass Sie mich anrufen würden«, kam es selbstbewusst aus seinen wohlgeformten Lippen.

»Ach? Tatsächlich?«, erwiderte Margareta und ließ ihn stehen. Sie mochte Männer nicht, die sich für unwiderstehlich hielten.

Fischer, gehüllt in einem alten blauen Anzug, schwitzte aus allen Poren und tupfte sich verlegen mit einem dunklen Stofftaschentuch über seine Stirn.

Alles ging so verdammt schnell, dass Margareta das Gefühl hatte, sie würde die Übersicht verlieren, die Situation würde ihr entgleiten. Plötzlich hatte sie Löschke an ihrer Seite, der unentwegt auf sie einredete. Von vorne hörte sie ihre Mutter lachen und scherzen. Eine Stahltür wurde aufgerissen, gleichzeitig verteilte ein Herr im Blaumann Ohrenstöpsel, die sich alle in die Lauscher stopfen sollten. Margareta steckte ihre aus Angst, Wichtiges zu verpassen, in die Tasche. Als sie in der großen Halle stand und den ohrenbetäubenden Geräuschpegel wahrnahm, erkannte sie, wieso die Stöpsel verteilt worden waren. Der Rundgang lief im Schnelldurchlauf ab. Wessel selbst übernahm die Führung. An bestimmten Stellen bedeutete er, die Ohrenstopfen zu entfernen, da er Erklärungen zu irgendwelchen Gerätschaften abgeben wollte. Als würde er diese Führungen mehrmals täglich veranstalten, leierte er alles lustlos herunter.

Größtenteils unbekannte Ausdrücke flogen ihr um die Ohren: PVC, Marke FH, Standard ROHS für Versorgungsmaterialanlagen für Kalt- und Heißwasser in öffentlichen Gebäuden, elektronische industrielle Rohrleitungsnetze für das Transportieren aller Arten ätzender Flüssigkeit, Trinkwasser-Produktionssysteme für reines Wasser und Mineralwasser, Klimaanlagenrohrleitungen, komprimierte Erdgasleitungsnetze für Industrie, Rohrleitungsnetze für Swimmingpool, Rohrleitungsnetze für

Sonnenenergieanlage und so weiter und so weiter. Wie ein Schlagerbarde in Rente präsentierte der schöne Peter den ehrfürchtig dreinschauenden Leuten seine Firma und wuchs von Station zu Station. Klar, er wollte einen guten Eindruck hinterlassen, damit man ihm und seiner Firmenansiedlung auf Bergmannsglück wohlgesonnen war.

Als Margareta bereits das Gefühl hatte, ihre Ohren fallen gleich ab, verließen sie nach einer guten Stunde die letzte Halle und wurden in eine Art Konferenzraum geführt. Die Tische waren U-förmig angeordnet. Vor Kopf stand ein Flip-Chart, an der Wand hing eine Leinwand. Als passiere hier gleich was Tolles, stürzte sich die Truppe auf die Plätze wie bei dem ›Reise nach Jerusalem‹-Spiel, bloß verfügte man hier über ausreichend Stühle. Wie die Verrückten, dachte Margareta. Wieder war sie die Letzte, die ihren Platz einnahm. Wenigstens hatte ihr Löschke dieses Mal einen freigehalten.

In der Mitte der Tische standen Saftfläschchen und Gläser aufgereiht. Auf Tellern waren Kekse drapiert. An jedem Platz lagen ein Kugelschreiber mit dem Firmenlogo sowie ein kleines Kunststoffrohr, welches von jedem gleich in die Hand genommen und bestaunt wurde. Abfällig befühlte Margareta das graue Ding und fragte sich, was sie mit diesem Give-away machen sollte. Es erinnerte sie an die Penis-Umhüllung des Ureinwohners eines Indianerstammes am Amazonas. Wer weiß, vielleicht hatte der geschäftstüchtige Peter Wessel eine Marktlücke entdeckt und belieferte die Männer im Urwald bereits mit diesen Teilen. Nichts mehr mit selbst geflochtenem Penisschutz. Plastik war angesagt, selbst im Urwald.

Ratzeputz leer gefegt waren die Plätzchenteller, leer getrunken alle Saftflaschen, als sie nach einer Stunde der selbstherrlichen Präsentation des Peter Wessels den Raum endlich verlassen durften. Bevor Margareta den Bus bestieg, ließ sie sich von der kostümierten Schönheit zur Toilette begleiten. Als sie sich erfrischt hatte und den Raum verließ, war Madame verschwunden und Margareta schlenderte den schmalen Gang zum Ausgang entlang. An dessen Ende stand eine Tür halb offen. Neugierig schob sie diese auf, um einen Blick ins Innere des Raumes zu werfen. Der Busfahrer hupte bereits ungeduldig.

Irgendetwas, stark wie ein Magnet, zog Margareta in diese Kammer. Sie betätigte den Lichtschalter. Flackerndes Neonlicht ließ sie blinzeln. Es handelte sich um einen Abstellraum. Holzregale beherbergten Farbdosen und -eimer sowie Putzmittel jeglicher Art. Plötzlich gefror ihr das Blut in den Adern. Ganz hinten in der Ecke standen Kanister, die das gleiche Emblem trugen wie derjenige, der sich in Gisberts Stall befand. Ein gelbes P an der rechten unteren Ecke des dunkelgrünen Behälters.

Sie konnte ihren Herzschlag spüren. Sie war entsetzt. Im gleichen Augenblick vernahm sie Schritte. Die Tür flog auf und der schöne Peter betrat die Rumpelkammer. Sein Lächeln gefror zu einer Grimasse. Er war verärgert. Verunsichert und verärgert.

»Haben wir uns etwa verlaufen? Was gibt es hier Interessantes zu sehen?«, zischte er ihr zu.

Margareta hatte es die Sprache verschlagen, was äußerst selten vorkam. Auf zittrigen Beinen verließ sie den Raum. Während sie sich an dem gut duftenden Mann vorbeizwängte, konnte sie seinen Atem spüren. Gleich packt er dich und lässt dich verschwinden, dachte sie. Doch nichts dergleichen geschah. Wie betrunken torkelte sie durch den Gang nach draußen und steuerte auf den Bus zu. Als sie sich beim Einsteigen umblickte, konnte sie sehen, wie Wessel seine Assistentin zur Schnecke machte. Zur Toilette begleiten beinhaltete schließlich auch den Rückweg.

Kurz entschlossen wurde umdisponiert. Thannhäuser und Urbat hatten die glorreiche Idee, einen Abstecher zur Zeche Waltrop zu machen, was von den meisten Leuten jubelnd begrüßt wurde.

Der Busfahrer schien genervt, schaute nervös auf die Uhr. »Das war aber nicht abgemacht«, beschwerte er sich bei Rudi Thannhäuser. »Da sind wir ja erst um nach 18 Uhr zu Hause.«

»Komm', Manni, werd' nicht kleinlich. Ich geb' dir 'ne Portion Rippchen aus«, meinte Rudi versöhnlich und klopfte auf die Schultern des Busfahrers.

Die Zeche Waltrop wies Parallelen zur Zeche Bergmannsglück auf, wohl deshalb zog es sie dorthin. Noch vor wenigen Jahren war sie genau so marode wie ihr Bergmannsglücker Pendant. Durch liebevolle Restaurationsarbeit entstand daraus jedoch ein Vorzeigeobjekt.

»Im Jahre 1979 ist die Zeche Waltrop stillgelegt worden. 1988 wurden neun der elf noch erhaltenen Gebäude unter Denkmalschutz gestellt und das 38 Hektar große Gelände saniert. Die Restaurierung der verbliebenen Gebäude mit den wunderschönen Jugendstilfassaden gelang hervorragend. Die ehemalige Gleistrasse dient heute als neue Zufahrtsstraße. Alle Bauten des Geländes werden inzwischen gewerblich genutzt, unter anderem von den Firmen Manufactum, dazu von Ingenieurbüros, mittelständischen Handwerks- und Dienstleistungsbetrieben sowie einer Galerie.« Höchst interessant, was Thannhäuser da übers Mikro erzählte. Und nicht einmal vom Blatt abgelesen, stellte Margareta erstaunt fest.

»Da könnt ihr einen Eindruck bekommen, wie es eines Tages bei uns auf dem Zechengelände aussehen könnte«, endete er. Dabei wurde er fast von den Leuten überrollt, die aus dem Bus stürmten, kaum dass er angehalten hatte.

Margareta bestaunte die restaurierten Gebäude, die tatsächlich denselben Baustil aufwiesen wie auf der Bergmannsglücker Zeche. Die Frauen aus dem Bus, ihnen voran Waltraud, stürmten das Manufactum Warenhaus, als hätten sie noch nie einen Laden betreten. Manufactum bot Dinge – von Kosmetika bis Möbel – an, die man woanders nicht oder nicht mehr bekam. Naturbelassene, außergewöhnliche Stücke, teils von Hand hergestellt. Margareta hatte neulich einen Katalog bei einer Arbeitskollegin durchgeblättert, fand diese Besonderheiten für ihren Geldbeutel jedoch nicht gerade geeignet. Gleich gegenüber dem Warenhaus, welches sich in der ehemaligen Kaue befand, war ›brot&butter‹ angesiedelt, die Lebensmittel und Spirituosen aus speziellen Gegenden und ökologischem Anbau anboten und einem das Wasser im Munde zusammenlaufen ließen. Doch auch hier war nichts dabei, was sich eine Damenoberbekleidungsverkäuferin leisten konnte. Die Männer steuerten auf das Gasthaus in der alten Lohnhalle zu, welches sich gleich dahinter befand. Thannhäuser und Urbat hatten sich hier schon öfters den Bauch vollgeschlagen und machten den anderen die Münder wässrig.

Margareta rannte Gisbert hinterher. Sie musste ihm unbedingt von ihrer Entdeckung in der Abstellkammer bei Wessel berichten. Gisbert hingegen, der sich bereits auf der Treppe zum Lokal befand, war nicht gerade freundlich zu seiner Schwester. »Was ist denn Margareta? Wird Löschke dir zu langweilig?«

Sie ignorierte seine dämliche Frage. »Ich muss dich sprechen, es ist wichtig.«

»Nicht jetzt. Schlimm genug, dass unsere Mutter mir auf den Keks geht. Können wir das nicht nachher klären?«

»Wie du meinst. Ich wollte dir nur erzählen, dass ich ebensolche Kanister, wie den, den du in deinem Stall aufbewahrst, bei Wessel in der Firma gesehen habe. Du weißt, was das bedeutet?«

Kleine Schweißperlen bildeten sich auf Gisberts Stirn. Sein Adamsapfel führte einen nervösen Tanz auf. »Echt? Du meinst, der steckt tatsächlich dahinter? So was in der Art habe ich mir schon gedacht. Lass uns später reden, okay?« Verstört schaute er sie an, ging dann ins Lokal.

Um sich abzulenken betrat Margareta den Manufactum-Laden.

Waltraud und Koslowski wühlten in Pullovern, herrliche Qualität, Shetlandwolle und Alpaka, keiner unter 180 Euro zu haben, wie Margareta kopfschüttelnd feststellte, als sie sich zu ihnen gesellte. Die Beiden nahmen sie jedoch überhaupt nicht wahr. Zu sehr waren sie mit sich selbst beschäftigt. Gerade eben setzte Waltraud Norbert einen Borsalino Hasenhaarfilzhut auf den Kopf, mit dem er aussah wie ein Vollidiot. Mal davon abgesehen, dass er sich nie einen Hut für 279 Euro kaufen würde. Echt Hasenhaar hin oder her.

Im Gegenzug hielt Norbert ihr das Nachthemd an, Modell ›Amor Lux in Natur‹, was an ein Leichenhemd erinnerte. Dieses Ökoteil sollte 115 Euro kosten. Bei

Margareta klingelten sämtliche Alarmglocken. Sie erlebte soeben ein Déjà-vu. Vor gut einem Jahr ging ihre Mutter schon einmal mit einem wesentlich jüngeren Mann Wäsche einkaufen. Damals, als Margareta noch bei Hertie gearbeitet hatte. Auch er trauerte um einen nahen Angehörigen und die liebe Waltraud fühlte sich verpflichtet, ihm eine Stütze zu sein. Und was war aus ihnen geworden? Ein Liebespaar. Sie konnte nur beten, dass sie Koslowski in der Hinsicht in Ruhe ließ.

Während die Bergmannsglücker Hausfrauen weiterhin Schuhbürsten, Natursocken, Küchenutensilien und Kosmetikartikel zu Wahnsinnspreisen bestaunten, verließ Margareta den Laden. Wessel ging ihr einfach nicht aus dem Kopf. Sie war sich sicher, dass er mit Hilfe seines Compagnons die Hallen auf dem Zechengelände abfackeln wollte, um die Firmenansiedlung zu beschleunigen. Leider kam ihm Kevin in die Quere. Der Kanister blieb zurück. Wieso auch immer. Als es mit der Brandstiftung nicht geklappt hatte, kam Erpressung an die Reihe. Man wollte sich ein positives Urteil des Stadtplaners Heribert Stempel erkaufen. Was war dabei schiefgegangen?, fragte Margareta sich zum zigsten Male. Wieso wurde er ermordet? Sie brauchte unbedingt etwas Kühles zu trinken und betrat das Gasthaus Lohnhalle, das inzwischen fast voll besetzt war. Staunend blieb sie am Eingang stehen. Aus der ehemaligen Lohnhalle hatte man ein architektonisches Meisterwerk geschaffen, das beinahe unnatürlich schön aussah. Blickfang war der Treppenaufgang, der wie der Turm eines Märchenschlosses wirkte. Helle Farbe bildete einen tollen Kontrast zu den roten Backsteinen. Aufwändig restaurierte Sprossenfenster befanden sich sowohl in dem Türmchen, als auch in den Wänden. Die Inneneinrichtung bestand aus Lederbänken und hellen Holztischen auf mehreren Ebenen.

Löschke winkte aus der linken Ecke. Notgedrungen musste sie sich zu ihm, seinem Vater und Annegret Thannhäuser an den Tisch setzen.

Der alte Löschke hatte einen Teller mit appetitlich aussehenden Grillrippchen samt Kartoffelsalat vor sich stehen. Annegret hatte sich für eine Portion gekochtes Weideochsenrind mit Frankfurter Soße, Kartoffeln und Marktgemüse entschieden. Margareta schlug beim Anblick der köstlichen Speisen das Herz höher. Jürgen Löschke – wie konnte es anders sein – saß über einen Salatteller gebeugt und sortierte angestrengt einige Sorten aus. Margareta bestellte sich wie Annegret eine Portion Rindfleisch mit grüner Soße, dazu eine große Apfelschorle.

Das Lokal war beinahe restlos gefüllt, als die Frauen ihren Einkauf beendet hatten und ebenfalls speisen wollten. Waltraud suchte angestrengt nach Margareta. Als sie ihre Tochter entdeckt hatte, steuerte sie mit Koslowski im Schlepptau einen Platz in der anderen Ecke des Lokals an. Soll sie, sagte Margareta sich. Sie wird hoffentlich zur Vernunft kommen. Margareta konnte sich nicht erinnern, jemals so gut gegessen zu haben und das in einem wunderbaren Ambiente. Trotzdem musste sie an frühere Zeiten denken, als auf der Zeche Kohle gefördert wurde und wie hart die Männer hier früher auf dieser Schachtanlage malocht hatten. Klar, dass Urbat und Thannhäuser Bergmannsglück ebenfalls in eine Vorzeigebesucherzeche verwandeln wollten. Ob es ihnen gelingen würde?

Die Stimmung war ausgelassen und nur ungern wurden die Gläser ausgetrunken, als Urbat verkündete, dass der Bus in zehn Minuten abfahren würde.

Die Hausfrauen stürmten noch schnell den brot&butter-Laden, die Männer moserten, da die meisten ihrer besseren Hälften schon in dem Warenhaus mehr Geld gelassen hatten als geplant. Wozu gab es Scheckkarten?

Als Margareta das Lokal verließ und nach draußen trat, sah sie auf der einsamen Bank vor der Halle Bommer sitzen. Er aß Plätzchen, die er wohl in Wessels Firma hatte mitgehen lassen. Auch die kleinen Trinkfläschchen, die neben ihm auf der Bank standen, kamen ihr bekannt vor. Sie hatte Mitleid mit ihm, dass er sich nicht einmal eine Portion Rippchen leisten konnte.

Im Bus herrschte ein einziges Tütengeraschel. Zu den Warenhaustaschen gesellten sich die aus dem Feinkostladen. Man hatte zugeschlagen. Mohnkuchen schlesischer Art, Wurzelbrot, Schinken vom Husumer Protestschwein und Bergkäse aus Tirol wurden bestaunt, gekostet und verteilt. Eine Werbeverkaufsfahrt war nichts dagegen. Morgen, wenn die Köstlichkeiten verzehrt waren, würden sie ihre Wahnsinnsausgaben bereuen und Druck von ihrem Ernährer bekommen. Dazu zwei Wochen kein Taschengeld und eine gehörige Portion Verachtung.

Da Margareta sich mit Annegret Thannhäuser während des Essens gut unterhalten hatte, setzte sie sich im Bus, bevor der alte Löschke angetippelt kam, schnell neben sie. Margareta hoffte, dass Annegret ihr irgendwie nützlich sein könnte, Licht ins Dunkel zu bringen, was die beiden Morde betraf. Als Tatverdächtige rutschte sie auf ihrer Verdächtigenliste weit nach hinten. So sülzte Margareta Annegret während der Heimfahrt richtig voll. Diese war geblendet, fühlte sich geehrt, dass diese tolle Frau ihr ihre ganze Aufmerksamkeit schenkte. Was hatte sie denn sonst für Freundinnen? Die, die ihr etwas bedeutet hatten, waren weggezogen. Was blieb, waren ein paar nette Nachbarinnen, die ihre Interessen leider nicht teilten. Außer ihrem alten Chef Löschke hatte sie niemanden, dem sie vertrauen konnte.

Am Zechengelände angekommen – Annegret und sie hatten ihre Telefonnummern ausgetauscht –, suchte Margareta beim Aussteigen Gisbert. Sie wollte ihn unbedingt sprechen und hoffte, dass Waltraud ihr nicht in die Quere kommen würde. Leider musste das Benzinkanisterproblem warten, denn Norbert Koslowski hatte Waltraud, Gisbert und sie auf einen kleinen Umtrunk in seinem Garten eingeladen. Enttäuscht stieg Jürgen auf sein Rad. Er hatte gehofft, er könne mit Margareta irgendwo noch einen Schluck trinken. Margareta zog die Schultern hoch, rief ihm »wir telefonieren« zu und trottete ihrem Bruder hinterher, in der Hoffnung, es würde sich die Gelegenheit ergeben, ihn davon zu überzeugen, Blauländer von dem Benzinkanister zu erzählen.

15.

»450 Unterschriften haben nicht gereicht. Die Denkmalbehörde hat sich gegen die Torhäuser entschieden. Wenn man dann aus der Presse erfährt, dass der Bund von 1991 bis einschließlich 2010 knapp zwei Milliarden Euro für den Städtebaulichen Denkmalschutz bereitgestellt hat, hätte eigentlich für die beiden Torhäuser auch etwas übrig bleiben können. Erstaunlich ist, dass 1,9 Milliarden in die neuen Bundesländer gegangen sind und nur 60 Millionen in die alten. Man könnte direkt neidisch werden«, las Rudi Thannhäuser aus einem Internetforum über das Bergmannsglücker Zechengelände laut vor.

Udo Urbat schüttelte mit dem Kopf. »Pumpen die alles in den Osten und für uns bleibt nichts. Ist schon schade, dass man die Torhäuser abreißen will.«

»Kannst du laut sagen.«

Resigniert saßen die beiden in Rudis Arbeitszimmer. Von der Euphorie nach dem Ausflug war nichts mehr zu spüren. Auf Waltrop war es geglückt. Sie hatten ihre alte Zeche schon in ähnlichem Glanz erstrahlen sehen. Mindestens genauso schön wie die Waltroper Zeche sollte sie werden. Buntes, geschäftiges Treiben, ein ebensolches Gasthaus, Firmen, die durch ihre Ansiedlung zum Erhalt des Zechengeländes beitrugen. Doch bis auf die Peter Wessel KG gab es scheinbar keine weiteren Interessenten. Und ob eine mittelständige Kunststoffrohrfabrik für ein nobles Ambiente sorgen würde, bliebe dahingestellt.

Rudi schaute aus dem Fenster hinüber zum Verwaltungsgebäude. Ein Polizeiauto sowie der Wagen des Kommissars parkten vor dem Eingang.

»Was wollen die denn schon wieder da drüben? Gestern Abend habe ich übrigens Licht in der ersten Etage gesehen. Sah aus wie eine Taschenlampe. Es stand aber kein Wagen davor. Also wird es keiner von der RAG gewesen sein.«

»Und du hast dich nicht getäuscht?« Udo war aufgestanden und ebenfalls zum Fenster gegangen, um zu sehen, was gegenüber vor dem Verwaltungsgebäude los war. »Meinst du, es war der alte Löschke?«

»Nein, glaube ich nicht, so spät geht der nicht mehr raus, war schon nach 21 Uhr. Außerdem hat Löschke keinen Schlüssel mehr, sagt Annegret.« Rudi zupfte imaginäre Fusseln von seiner schwarzen Hose und setzte sich an seinen Schreibtisch. »Was wollen die um diese Uhrzeit hier? Es ist bereits 18 Uhr durch. Außerdem könnten sie langsam mal ein paar Ermittlungserfolge vorweisen.«

»Stimmt«, meinte Udo und setzte sich ihm gegenüber in den bequemen Sessel. »Sag mal, was hältst du eigentlich von dieser Sommerfeld? Ist ja ein steiler Zahn, die Schwester vom Gisbert, oder?«

»Irgendetwas gefällt mir nicht an der. Die mischt sich in alles ein. Sie soll schon einmal in eine Mordsache verwickelt gewesen sein. Anschließend hat man sie sogar entführt. Ich frage mich, was die hier dauernd in Bergmannsglück zu suchen hat, die Möchtegern-Kommissarin. Der junge Löschke soll mit ihr in der Kiste gelegen haben, erzählt man sich. Und seit gestern schwärmt nun auch noch Annegret mir die Ohren voll, was das für eine tolle Frau ist. Die Sommerfeld setzt ihr bloß Flausen in den Kopf.«

Urbat musste lachen. »Möchte wissen, woher du das alles weißt. Kann ich mir gut vorstellen, dass du diese Freundschaft nicht gerne sehen würdest, die Sommerfeld und deine Annegret. Wer weiß? Vielleicht kann Annegret von ihr noch was lernen?«

»Hör bloß auf.«

Rudi goss für beide einen Ouzo ein. Sie stießen an und schütteten sich die milchige Flüssigkeit in den Hals. Udos neues Auto wurde totgeschwiegen. Keiner der beiden hatte das leidige Thema noch einmal angeschnitten. Es wurmte Rudi sehr, nicht zu wissen, woher Udo das Geld dafür hatte. Insgeheim spürte er, dass an der Sache etwas faul war. Doch Udo war sein Freund. Er wird wissen, was er tut, sagte er sich.

Während die beiden Männer angeblich wichtige interne Dinge zu besprechen hatten, schaltete Annegret unten in der Küche das Radio ein und drehte die Musik lauter. Sie war gut gelaunt. Der gestrige Ausflug hatte ihr Spaß gemacht, besonders die Unterhaltung mit Margareta Sommerfeld. Morgen wollte sie bei ihr anrufen, einfach so. Vielleicht könnte man sich in der Stadt auf einen Kaffee treffen?

Sie räumte den Geschirrspüler aus, verstaute die sauberen Teile in die Schränke. Plötzlich wurde sie hellhörig und lauschte der Stimme des Nachrichtensprechers. Wie er berichtete, sollte das gesamte Zechengelände nochmals mit einer Hundertschaft abgesucht werden, da es noch keinen konkreten Hinweis bezüglich der beiden Morde gab.

Annegret sah den toten Stadtplaner Stempel vor sich und ihr wurde bewusst, wie stark diese Geschichte sie gefangen nahm. Sie musste unbedingt mit Hubertus sprechen. Sofort. Anstatt sich den Krimi im Fernsehen anzusehen, schnappte sie sich das Telefon und kündete ihrem alten Chef ihr Kommen an. Sie hielt es nicht für nötig, Rudi Bescheid zu geben, indem sie sich die wenigen Stufen nach oben bemühte. Ein Zettel auf dem Küchentisch, mit der Aufschrift ›Bin bei Hubertus‹ musste reichen. Sie schlüpfte in ihre Schuhe, zog sich eine Strickjacke an und war auch schon verschwunden.

Nun brauste er seit zehn Tagen mit der Nobelkarosse durch die Gegend und konnte nicht sagen, dass er sich besser fühlte. Klar, das war ein geiles Gefühl hinter diesem Lenkrad zu sitzen. Kein Vergleich zu seinem alten Astra. Doch glücklich machte es ihn nicht. Er fuhr auf der A 52 in Richtung Haltern. Nach dem Gespräch mit Rudi war er dermaßen unruhig gewesen, dass er sich entschloss, eine Spritztour zu unternehmen. Wie schön wäre es, jetzt eine Partnerin an meiner Seite zu haben, dachte er wehmütig. Eine liebe, verständnisvolle Frau, mit der er alle Sorgen teilen könnte. Wo war dieses Wesen? Gab es überhaupt patente alleinstehende Frauen in seinem Alter? Er wusste keine Antwort darauf. Annegret beispielsweise gefiel ihm. Sie war lieb und treu sorgend. Rudi wusste sie überhaupt nicht zu schätzen. Die Sommerfeld war ebenfalls nach seinem Geschmack. Sah klasse aus. Doch wie komme ich an sie heran? Bisher hat sie mich überhaupt nicht beachtet.

Udo unterdrückte einen Seufzer. Die Sache mit dem Kommissar lag ihm im Magen. Er hatte Rudi verschwiegen, dass Blauländer ihn gestern aufgesucht hatte. Was er genau wollte, konnte Udo nicht einmal sagen. Sehr freundlich war er, fragte ihn, ob ihm in den letzten Tagen etwas Verdächtiges aufgefallen sei, drüben im Verwaltungsgebäude, wo er doch direkt gegenüber wohne. Es wohnten andere ebenfalls direkt gegenüber, ging er zu denen auch? Er bot ihm einen Kaffee an. Blauländer hatte sich auf die abgewetzte Eckbank in seiner Küche gesetzt und neugierig umgeschaut.

»Sie brauchen nicht so zu schauen«, hatte Udo zu ihm gesagt. »Hier fehlt die Hand einer Frau, ich weiß. Ich arbeite Schicht und schaffe den großen Haushalt einfach nicht. Meine Frau ist auf und davon.«

»Jaja, die Frauen«, hatte Blauländer geantwortet und versonnen in die Luft gestarrt. Plötzlich war er jedoch wieder bei der Sache. »Sie fahren da ein tolles Auto. Brandneu, oder?«

Udo fragte sich, woher er das wusste. »Ja, der Audi ist neu. Man gönnt sich ja sonst nichts.«

»Verdient man als Schichtarbeiter so viel, dass man sich so ein Auto leisten kann? Was hat es gekostet?«

Udo war ärgerlich geworden. »Muss ich das sagen? Was soll das?«

Blauländer nervte seine Antwort sichtlich. Er hatte sich natürlich in der Nachbarschaft umgehört. Mehrfach wurde ihm versichert, dass Urbat eine arme Socke war, der seiner Frau eine ganze Stange Unterhalt zahlen musste. Den Rest würden seine Kinder erbetteln, totale Problemfälle mit finanziellen Schwierigkeiten. Blauländers Blick blieb an den alten, schäbigen Küchenmöbeln hängen, die mindestens 20 Jahre alt waren. Leineoptik mit Eichegriffschalen. Sein Outfit entsprach auch nicht der heutigen Mode. Woher hatte er das Geld für diesen Schlitten?

Urbat war aufgestanden und ruhelos in der Küche auf und ab gelaufen. Abrupt war er stehen geblieben und hatte sich vor dem Kommissar aufgebaut. »Warum lassen Sie mich nicht in Ruhe?«

»Natürlich müssen Sie mir nicht erzählen, wo Sie das Geld für Ihren Wagen her haben«, antwortete Blauländer seelenruhig. »Es ist nur eine lockere Befragung. Ich will Ihnen doch gar nichts. Vor was haben Sie Angst?«

»Ich habe keine Angst«, hatte Udo mit tränenerstickter Stimme leise geantwortet.

Dann war Blauländer gegangen. Hatte sich vorher noch etwas in seinem Notizbuch notiert. Schweiß trat auf Udos narbige Stirn. Er parkte auf dem kleinen Parkplatz beim

Jachthafen in Haltern und stieg aus seinem Wagen. Es war bereits dunkel. Trotzdem ging er den Weg am See entlang und erhoffte sich, so einen klaren Kopf zu bekommen. Ich hätte mit dem Wagen warten sollen, sagte er sich immer wieder. Warten, bis Gras über die Sache gewachsen war. Vielleicht hätte ich ihn nicht beim Autohändler Ossmann am Nordring kaufen sollen, sondern irgendwo in einer anderen Stadt. Blauländer wird Nachforschungen anstellen und schnell herausfinden, dass der Wagen bar bezahlt wurde. Wenn er das nicht längst wusste.

Es war bereits neun Uhr durch und sie saßen noch beim Frühstück, Rudi und Annegret. Sie wirkte ausgeglichen und zufrieden, war frisch geduscht und in einen roten Seidenhausmantel gehüllt. Angenehm fließender Stoff, der ihrer nackten Haut darunter schmeichelte, ein Geschenk von Rudi, einfach so. Sie fühlte sich kostbar und schön, wenn sie ihn trug. Sollte er sich tatsächlich geändert haben, fragte sie sich, während sie ihm Kaffee einschenkte. Verschmitzt lächelte er sie an. Er hatte nicht mal gemeckert, als sie gestern Abend erst gegen 22 Uhr von Löschke nach Hause kam. »Na, war es schön?«, hatte er sie gefragt und sie zärtlich in die Arme genommen. Anschließend hatten sie noch lange diskutiert, was wohl die Polizei drüben im Verwaltungsgebäude gesucht hatte. Auch Udos Auto war Gesprächsstoff, bevor sie gegen Mitternacht zu Bett gingen.

Gegen acht Uhr klingelte ihr Handy, gerade als sie unter der Dusche stand. Es war Margareta, die sich mit ihr in ihrer Mittagspause in der Buerschen Markthalle auf einen Kaffee treffen wollte. Ob sie Zeit habe. Annegret hätte vor Freude Luftsprünge machen können. Margareta war ihr zuvor gekommen. Also keine leeren Floskeln der Höflichkeit. Klar, sie habe Zeit und Lust, versicherte Annegret Margareta. Und Rudi war nicht einmal sauer, als sie ihm brühwarm davon berichtete.

»Ich kann dich hinfahren, dann brauchst du nicht den Bus zu nehmen«, schlug er wohlgelaunt vor.

Liebevoll strahlte sie ihn an. Doch kein Schlechter, dachte sie und ließ die letzte Nacht Revue passieren. Menschen können sich ändern. Rudi ist das beste Beispiel dafür. Wie fürsorglich er in der letzten Zeit war. Sie kannten sich jetzt über 20 Jahre und da war so viel, was sie verband. Und jeder verdient eine zweite Chance, sagte Annegret sich. Dass es mindestens die 35. war, die sie ihm gewährte, ignorierte sie eisern und klammerte sich an den Gedanken, dass alles gut werden würde. Für immer. Vielleicht hatte er endlich begriffen, was er an ihr hatte. Oder machte Liebe blind? Nun freute sie sich erst einmal auf das Treffen mit Margareta. Sie überlegte krampfhaft, was sie anziehen konnte und ging gedanklich ihren Kleiderschrank durch, in dem sich nicht wirklich etwas Modisches befand. Seit sie nicht mehr berufstätig war, legte Annegret weniger Wert auf ihre Kleidung. Das sollte sich jetzt ändern.

Margareta trug einen hauchdünnen, kurzärmligen Kaschmirpulli in Pink, einen eng anliegenden, knielangen Rock in Schwarz und flache Pumps, ebenfalls pinkfarben.

Annegret hatte sich für ein legeres Äußeres entschieden, Jeans und T-Shirt in dunkelblau. Ihre hellblauen Augen glänzten bei der Begrüßung.

Aus der kann man etwas machen, dachte Margareta, hässlich ist sie jedenfalls nicht. Diese Biederkeit, die sie umgibt, ließe sich mit Sicherheit abstreifen. In erster Linie war Margareta jedoch neugierig, was Annegret ihr an Insiderwissen zu berichten hatte, was sie über die Morde dachte und ob sie jemanden verdächtigte. Schließlich war sie dabei gewesen, als man den toten Stadtplaner gefunden hatte. Alles höchst interessant für Margareta.

Sie betraten die Markthalle, fuhren mit dem gläsernen Fahrstuhl in die erste Etage und suchten sich einen Fensterplatz im Lokal ›Mezzomar‹.

Annegret war mächtig stolz. So würde sie ihren Nachbarinnen endlich auch mal erzählen können, sie hätte mit einer Bekannten in Buer Kaffee getrunken. Bisher war das immer Wunschdenken gewesen.

Die Tür zur Terrasse stand offen, mit Blick auf den Park-, der gleichzeitig der Marktplatz war. Vier wohlbeleibte Männer hatten sich dort platziert, tranken Bier, aßen das Mittagsangebot und strunzten sich die Jacken voll.

»Was möchten Sie trinken? Ich lade Sie ein.« Freundlich lächelte Margareta die schüchterne Annegret an.

»Das müssen Sie nicht.«

»Ich nehme Apfelkuchen mit Sahne und einen Kaffee, auf was Deftiges habe ich keinen Appetit. Und Sie?«

»Ich nehme einen Tee und ebenfalls ein Stück Apfelkuchen. Wie lange geht denn Ihre Pause?«

»Genau eine Stunde haben wir Zeit. Schön, dass es mit unserem Treffen so schnell geklappt hat.« Margareta freute sich aufrichtig, mit Annegret hier zu sitzen. Mal nicht so eine überkandidelte Tusse, die nur auf den Putz klopft. Mal eine normale, etwas schüchterne Frau. Bevor das große Schweigen eintrat, kam Margareta gleich zur Sache.

»Wir sollten uns duzen, oder? Ich heiße Margareta«, schlug sie Annegret vor, die übers ganze Gesicht strahlte.

»Ja, eine gute Idee. Ich heiße Annegret.«

»Sag mal, hat Blauländer dich auch befragt? Wie findest du ihn eigentlich?« Wirf ihr einen Knochen hin, wenn nötig zwei. Bring sie zum Reden. Margaretas Knochen bestand aus der haargenauen Schilderung der beiden Treffen mit Kommissar Blauländer auf der Berger Schlossterrasse. Wie blöd er ihr gekommen war, von wegen Wessel verführen. Schonungslos berichtete sie ihrer neuen Freundin von den Marotten Blauländers, streifte kurz die Geschichte, woher sie ihn ursprünglich kannte.

Annegret war schwer beeindruckt, dass Margareta, diese tolle Frau, sie sofort ins Vertrauen zog und hielt es für ihre Pflicht, ihr auch Einiges zu bieten.

Margaretas Saat ging auf.

Es folgte die genaue Schilderung des Leichenfundes im Verwaltungsgebäude. Von dem Koffer mit den zwei Bündeln Euroscheinen berichtete sie ihr und dass Hubertus sie aus Rücksichtnahme nach Hause geschickt, bevor er die Polizei gerufen hatte. Inzwischen wusste allerdings die gesamte Siedlung, dass Annegret ihn begleitet hatte.

Margaretas Augen wurden größer und größer. Für so redselig hatte sie Annegret gar nicht gehalten. Dass sie selbst schon in dem Gebäude herumgegeistert war, verschwieg sie.

»Hast du einen Verdacht, wer den Stadtplaner umgebracht haben könnte?«

Vertrauensvoll schaute Annegret Margareta an. »Rudi meinte, Udo Urbat könnte etwas damit zu tun haben. Er hat sich ein teures Auto gekauft.«

»Du meinst, er hat den Stadtplaner erpresst? Traust du ihm das zu?«

»Nein, eigentlich nicht. Udo ist eine ehrliche Haut. Ich kenne ihn mein halbes Leben. Er ist unser Nachbar.«

»Und Kevin, kanntest du Kevin?« Margareta musste Annegrets Redseligkeit ausnutzen.

»Ja, Kevin und die Tochter unseres Nachbarn zur rechten haben zusammen in einem Büro gesessen. Kevin war im dritten Ausbildungsjahr zum Industriekaufmann. Ein wirklich netter Junge.« Annegret traten Tränen in die Augen bei dem Gedanken an Kevins Tod.

»Stimmt, Kevin war in Ordnung. Mein Bruder und Norbert Koslowski wohnen Tür an Tür. Er hat Kevin praktisch aufwachsen sehen. So kannte auch ich ihn ein wenig. Wirklich schade um den Jungen. Ob es der gleiche Täter war wie bei dem Stadtplaner?«

Reiß dich zusammen, sagte Margareta sich, du verhörst sie wie eine Kommissarin. Übertreibe es nicht. Obwohl sie Annegret eigentlich nur eingeladen hatte, um Neuigkeiten bezüglich der Morde zu erfahren, musste sie zugeben, dass sie ihr gefiel. Darum lud sie Annegret spontan ein, um ihr einige günstige Kleidungsstücke zu zeigen. Margaretas Pause war beinahe um und die Damenoberbekleidungsabteilung rief bereits nach ihr. Das Lokal war fast leer. Die vier geschwätzigen Anzugträger waren verschwunden, jedoch nicht ohne die beiden Frauen wohlwollend taxiert zu haben.

Annegret war von der Shopping-Idee begeistert. Sie tranken aus, bezahlten – Annegret bestand auf getrennte Rechnungen – und verließen die Markthalle, um im gegenüberliegenden Kaufhaus zu verschwinden. Annegret war hingerissen von Margareta und himmelte sie an. So würde sie auch gern sein. Single, selbstbewusst, mutig, braucht auf niemanden Rücksicht nehmen. Von ihr konnte sie viel lernen, da war sie sich sicher.

»Sag mal, kennst du den Jürgen Löschke gut?«, wagte sie, Margareta auf der Rolltreppe zu fragen.

»Ach, hat es sich also schon herumgesprochen, dass er mich bei diesem Bürgertreffen abgeschleppt hat?«, kam es wie selbstverständlich aus Margaretas Mund. Um noch eins draufzulegen, erzählte sie ihr einige pikante Details, unter anderem, dass sie am anderen Morgen ohne Slip von seiner Wohnung direkt zur Arbeit gegangen war. Annegret wurde rot bis über beide Ohren.

»Aber behalte es bitte für dich«, meinte Margareta, bevor sie sich auf einen der Ständer mit neuer Herbstware stürzte. So, nun habe ich der armen, unschuldigen Frau genug brisante Appetithäppchen hingeworfen. Das muss für den Anfang genügen. Mal sehen, ob etwas durchsickert und wie verlässlich sie ist, dachte Margareta, bevor sie Annegret die neue Saisonware präsentierte. Die meisten ihrer angeblichen Freundinnen waren bei dem ›Aber nichts verraten‹-Test durchgefallen, weshalb Margareta nur über wenige Freundinnen verfügte.

Geschmeichelt, ins Vertrauen gezogen worden zu sein, betrat Annegret am frühen Nachmittag mit drei riesigen Plastiktüten mit dem Kaufhauslogo ihr Zuhause. Um Rudi milde zu stimmen, hatte sie ihm zwei Frikadellen mit Kraut im Brötchen mitgebracht. Schließlich hatte sie ihm zum Mittagessen nur eine aufgetaute Erbsensuppe in einem Mikrowellentopf dagelassen, die er tatsächlich *alleine* angewärmt und verspeist hatte.

»Du kommst reichlich spät«, meinte er mit leisem Vorwurf in der Stimme, den Annegret angesichts ihrer guten Laune einfach überhörte.

Sie gab ihm einen Kuss und strahlte ihn an.

»Was hast du denn da alles eingekauft?«, wollte er mit einem Blick auf die prallen Tüten wissen. »Hat dir diese Sommerfeld etwa neue Klamotten aufgequatscht?«

»Wurde echt mal Zeit, dass ich mir etwas Neues zum Anziehen gegönnt habe. Ich habe Personalrabatt bekommen. Außerdem habe ich noch das Geld, das mir meine Mutter zum Geburtstag geschenkt hat.« Nimm ihm gleich den Wind aus den Segeln, sagte sie sich.

»Das wolltest du doch für die Fliesen im Keller dazugeben«, meinte Rudi enttäuscht.

»Du, das habe ich mir anders überlegt. Ich möchte auch mal was Schönes zum Anziehen besitzen. Es ist mein Geld, das zahle ich morgen auf unser Girokonto ein, dann ist es wieder ausgeglichen.«

Rudi sagte nichts mehr. Er wollte die Harmonie, die seit Tagen zwischen ihnen herrschte, nicht gleich zerstören, obwohl es ihm gegen den Strich ging, dass sie die Scheckkarte benutzt hatte, ohne ihn zu fragen. Die Kleidungsstücke, die sie ihm bei Kaffee und Keksen präsentierte, gefielen ihm jedoch. Eine modische Herbstjacke in Flieder, eine braune Stoffhose, zwei Blusen und hellbraune Lederstiefel sowie zwei passende Schals waren die Ausbeute. Nach dem Preis fragte Rudi gar nicht erst. Er war sich jedoch sicher, dass Annegrets Geburtstagsgeld niemals dafür ausgereicht hatte.

»Wirst du dich noch einmal mit der Sommerfeld treffen?« Missmutig schaute er sie an.

»Sprich nicht so abfällig von Margareta. Sie ist in Ordnung. Ja, wir werden uns in Zukunft öfters sehen.«

Das kann ja heiter werden, dachte Rudi, entschied sich jedoch zu schweigen, obwohl ihm gar nicht behagte, dass seine Frau sich mit so einer Abgeklärten – wie er sie nannte – angefreundet hatte. Er war überzeugt, dass sie von der Sommerfeld nichts Gutes lernen konnte.

16.

Margaretas Handy klingelte. Drangehen oder ignorieren, fragte sie sich, zog es aus der Hosentasche und schaute aufs Display. ›Teilnehmer unbekannt‹, zeigte es an. Ihre Neugier siegte. Vielleicht war es Annegret.

»Sommerfeld, hallo?«

Schweigen am anderen Ende der Leitung. Sie hörte jemanden atmen. Margareta wurde unheimlich. Hatte sie vielleicht jemand beobachtet, als sie vor gut zwanzig Minuten auf leisen Sohlen, an Hauswänden vorbeihuschend, das alte Verwaltungsgebäude betrat? Hatte Annegret sie dabei gesehen? Wollte sie mit von der Partie sein? Jetzt, wo Hubertus keinen Schlüssel zum Gebäude mehr hatte, sehnte sie sich bestimmt danach, mal wieder ihre alte Abteilung aufzusuchen. Schön war es heute Mittag gewesen, mit ihr in der Markthalle Kaffee zu trinken.

Gerade als die Erkennungsmelodie des Freitagskrimis ›Ein Fall für zwei‹ erklang, war Margareta auf die spontane Idee gekommen, sich das Hirschhornmesser aus dem Verwaltungsgebäude zu holen, welches sie bei ihrem letzten Besuch in der Büro-Kitchenette entdeckt hatte.

»Hallo, wer ist da?«

Wieder war nur ein Atmen zu hören. Sie hatte das Gefühl, dass der Anrufer in ihrer Nähe war. Befand er sich hier im Gebäude? Ihr Herz begann zu hämmern. Angstschweiß breitete sich über ihren ganzen Körper aus. Sie ging zum Fenster des Büros in der unteren Etage und schaute hinaus. Alles ruhig und friedlich. Die Dämmerung hatte bereits eingesetzt. Das Hirschhornmesser, welches sie von der Spüle der Kitchenette genommen hatte, befand sich bereits in einem Beutel. Gisbert und sie konnten bald eine eigene Asservatenkammer aufmachen. Ihr kamen jedoch langsam Zweifel, ob dieses Messer tatsächlich Jürgen Löschke gehörte. Es wird nicht das einzige Hirschhornmesser sein. Ein Massenprodukt, was wer weiß wem gehört haben könnte. Vielleicht einem passionierten Freizeitjäger, der sich hier auf seiner Arbeitsstelle damit seine Fleischwurst klein geschnitten hatte. Unerklärlich, wieso die Polizei es bisher übersehen hatte.

Gebannt hielt sie noch immer ihr Handy am Ohr und lauschte den Atemgeräuschen. Plötzlich vernahm sie eine tiefe Männerstimme.

»Na, was haben wir denn hier in dem alten Gebäude zu suchen? Ich schlage vor, Sie verschwinden ganz schnell. Oder soll man noch eine Leiche hier finden?«

Margaretas Hand begann zu zittern. Sie war sich nicht sicher, vermutete aber, dass Peter Wessel am anderen Ende der Leitung war.

»Wer sind Sie? Was wollen Sie von mir?«

Statt einer Antwort wurde die Verbindung unterbrochen. Wenn es Wessel war, woher hatte er meine Handynummer, fragte sie sich. Wo befand er sich? Hatte er sie beobachtet? Sie hatte auf der Bergmannsglückstraße kein Fahrzeug mit Dortmunder Kennzeichen wahrgenommen. Draußen war es fast dunkel. Das Scheinwerferlicht eines vorbeifahrenden Autos warf gespenstische Schatten an die Wand. Raus hier, bloß raus hier. Sie verließ das Büro, schaute rechts und links in den Gang und hastete die wenigen Treppen zum Ausgang hinunter. Doch die Tür war verschlossen. Sie rappelte wie eine Verrückte an dem Türgriff. Nichts. Das war's dann wohl.

Der Hintereingang, schoss ihr blitzartig ein Gedanke in den Kopf. Zurück, die wenigen Stufen ins Hochparterre, links den langen Gang entlang. Sie konnte kaum noch etwas sehen, wollte sich aber nicht ihrer Taschenlampe bedienen. Zum Glück kannte sie sich hier aus. Links die Abzweigung in den kleinen Flur, der zum Hintereingang führte. Vorbei an der verschlossenen Tür der Lohnbuchhaltung, wo man den toten Stadtplaner gefunden hatte. Auch die Hintertür war verschlossen. Am Bund befanden sich zwei weitere Schlüssel. Mit zitternden Händen versuchte Margareta, einen davon in das Türschloss zu stecken. Jetzt erst wurde ihr bewusst, dass sie einen Schlüssel für die Vordertür hatte und längst weg sein könnte. Sie hörte dumpfe Schritte, die näher kamen. Noch bevor sie jedoch die Tür öffnen konnte, packte sie jemand von hinten, indem er sie am Kragen ihrer Jeansjacke zog.

»Hey, wieso so eilig? Wo wollen wir denn hin?«

Peter Wessel. Seine Stimme hatte allerdings seinen wohlwollenden Klang verloren. Sie hörte sich rau und brutal an.

Mit aller Kraft schüttelte Margareta seine Hand ab und drehte sich um. Sie sah in ein wutverzerrtes Gesicht mit zwei kalten Augen, von denen sie in der Dämmerung das Weiße aufleuchten sah. Sein Haar hing ihm verschwitzt im Gesicht. Nichts mehr mit Topffrisur. Er trug einen dunklen Rollkragenpulli und eine Jeans und erinnerte eher an einen Möbelpacker als an den gestylten Firmenchef.

Wird er mich umbringen? Hat er die anderen beiden auch umgebracht, Kevin und den Stadtplaner Stempel?

»Was haben Sie hier zu suchen, Sommerfeld?« Wessels Stimme klang ein wenig freundlicher.

»Ist das nicht lächerlich? Das gleiche könnte ich Sie fragen.«

»Ich habe mir mein Gelände von außen angesehen und da sah ich Sie zufällig wieselflink ins Gebäude huschen. Da dachte ich mir, die Frau kennst du doch. Schau mal, was sie in dem alten Kasten zu suchen hat. Woher haben Sie einen Schlüssel zum Gebäude?«

»Das könnte ich Sie ebenfalls fragen. Sie waren es doch, der die Tür abgeschlossen hat, oder etwa nicht?«

Er lachte ein hämisches, ein ekliges Lachen. »Da hat die kleine Hobbykommissarin Angst bekommen, was?«

»Vor einem schmierigen Möchtegerngroß? Da lache ich doch. Außerdem gehört Ihnen das Gelände noch gar nicht. Nichts ist in trockenen Tüchern.«

Wütend stieß Wessel sie gegen die Tür. Obwohl Margareta vor Angst fast verging, versuchte sie äußerlich cool zu bleiben. Mit aller Kraft trat sie ihm gegen sein rechtes Knie. Er jaulte auf wie ein geprügelter Hund.

»Blöde Ziege. Was schnüffeln Sie hier herum? Vielleicht sollte ich Blauländer informieren.«

Margareta lachte. »Was wird er wohl dazu sagen, dass Sie einen Schlüssel zum Gebäude haben? Vielleicht hätte ich ihm einiges zu erzählen.«

Wessel musterte sie von oben bis unten. Er überlegte krampfhaft, was er mit ihr machen sollte.

»Was können Sie wissen, was für Blauländer von Interesse wäre?«

»Wie kam zum Beispiel ein Benzinkanister mit Ihrem

Firmenlogo aufs Zechengelände, direkt an die Stelle, wo man Kevin fand?« Bereits als sie die Worte ausgesprochen hatte, bereute Margareta sie bitter. Das war zu früh, ihn damit zu konfrontieren, viel zu früh.

Wessel kniff die Augen zusammen und starrte sie an. Damit hatte er nicht gerechnet. Es machte ihn unsicher.

»Ach, Sie haben den Kanister an sich genommen, den der Trottel von Fischer aus lauter Kopflosigkeit zurückgelassen hat? Mich hat schon gewundert, das die Kripo nichts davon erwähnt hat.«

»Nein, nicht ich habe ihn, sondern ein Mitwisser. Es nützt also gar nichts, mich zu beseitigen.«

»Wer sagt denn, dass ich Sie beseitigen will? Ich bin kein Mörder.«

»Ihr Co. hat sich also für Sie die Finger schmutzig gemacht. Auch nicht schlecht.«

»Er hat dem Jungen nichts getan. Als er das Gelände verließ, hat der Junge noch gelebt. Mit dem Mord an Stempel hat er ebenfalls nichts zu tun.«

»Sie wollten also die Hallen abfackeln lassen? Als das nicht geklappt hat, versuchten Sie es mit Erpressung. Leider ging auch das schief.«

»Unsinn. Die Erpressung und die beiden Morde gehen nicht auf mein Konto.«

Margareta machte einen Schritt zur Seite, wohl aus Angst, weil sie ahnte, dass Wessel gleich handgreiflich werden würde. Tatsächlich packte er ihren rechten Arm und drehte ihn ihr auf den Rücken, dass Margareta aufschrie.

»Los, du kommst jetzt mit«, zischte Wessel und schob sie vor sich her in Richtung Waschkaue. Schluss mit Höflichkeiten, aus dem ›Sie‹ wurde ein plumpes ›Du‹. Er kennt sich hier gut aus, dachte Margareta, während sie vor seinen Füßen herstolperte.

»Was wird das jetzt? Was haben Sie mit mir vor?«

»Gehen lassen kann ich dich jetzt nicht mehr. Ich denke, dass ich dich mitnehmen werde. Erst letztens hat sich eine Irre von einer Autobahnbrücke auf die A 2 gestürzt. Burn out soll sie gehabt haben.«

Sie hatten die alte Waschkaue erreicht. Eine feuchtkalte Luft schlug ihnen entgegen.

Wessel ließ sie los und gab ihr einen Schubs. Er setzte sich auf die schmale Bank vor einem der Spinde und schien zu überlegen, wie er weiter vorgehen sollte.

Margareta stellte sich mit dem Rücken an die gekachelte Wand und beobachtete ihn. Mit mir hat er nicht gerechnet, ich war nicht eingeplant, dachte sie. Nichts Schönes konnte sie mehr an ihm entdecken. Mit der rechten Hand griff sie in die Hosentasche und tastete nach der kleinen Dose Pfefferspray.

Es war inzwischen fast dunkel, Wessel bemerkte nicht, was sie tat. Er schaltete seine Taschenlampe an und hielt ihr den Lichtkegel direkt ins Gesicht.

»Was musst du auch hier aufkreuzen, du dumme Ziege.«

»Nur zur Information: Ich habe nicht vor, mich von irgendeiner Autobahnbrücke zu stürzen. Und unter Depressionen leide ich auch nicht, das wird jeder bestätigen können.«

»Da werde ich dich bestimmt um Erlaubnis fragen. Du stürzt von der Brücke und basta.«

»Wenn Sie mit den Morden nichts zu tun haben, wieso wollen Sie mich dann beseitigen? Nur weil Sie die Hallen in Brand setzen wollten, wird man Sie nicht gleich lebenslänglich einsperren.«

»Käme es heraus, würde es kein gutes Licht auf mich werfen. Wie soll ich dann noch mit meiner Firma hier Fuß fassen?«

Seelenruhig ging er auf Margareta zu und rieb sich die Hände. Die eingeschaltete Taschenlampe hatte er auf der Bank abgelegt. »Bringen wir es hinter uns.«

Aus Angst, er würde sie erwürgen, trat Margareta blitzschnell gegen sein rechtes Schienbein und schlug ihm gleichzeitig mit der Faust kräftig ins Gesicht. So hatte sie es in einem Selbstverteidigungskurs gelernt. Dann zog sie die Pfeffersprühdose aus der Hosentasche, hielt sie ihm direkt vor die Nase, kniff die Augen zusammen und sprühte los. Kaum drei Sekunden vergingen und sie spürte einen heftigen Faustschlag gegen ihr Kinn. Dieser Scheißkerl, war ihr letzter klarer Gedanke, bevor sie in sich zusammensackte.

Margareta träumte von einer Sommerwiese. Leicht wie eine Feder lief sie mit wehendem Kleid zwischen blühenden Blumen. Ein Meer aus roten, gelben und blauen Gewächsen. Das Gras auf der Wiese war kniehoch. Ein plätschernder Bach, singende Vögel. Die Sonne strahlte vom Himmel. Alles war leicht und einfach. Margareta fühlte sich glücklich. Sie lief weiter, immer weiter. Plötzlich wurden ihre Füße müde und schwer. Jemand zerrte an ihr, rief ihr zu: »Komm schon, wir müssen hier weg. Komm schon.«

Da war so ein komischer Geruch, der ihr bekannt vorkam. Krampfhaft versuchte sie, die Augen zu öffnen, doch es wollte ihr nicht gelingen, ihre Lider waren schwer wie Blei.

»Nun komm schon, uns darf keiner sehen«, hörte sie

eine ihr bekannte Stimme, die sie nicht zuordnen konnte, da sich ein dichter Nebel in ihrem Kopf befand. Immer wieder zog jemand an ihr, schleppte sie mit aller Kraft weiter.

»Ich kann nicht mehr«, hörte sie sich sagen. Ihre Augen ließen sich einen spaltbreit öffnen. Alles war verschwommen, sie konnte nur Umrisse erkennen. Wusste jedoch weder, wer die Person – es war ein Mann – an ihrer Seite war, der sie erbarmungslos mit sich zog, noch, wo sie sich befand.

Irgendwann blieb er stehen, lehnte sie gegen eine Wand, nestelte mit einem Schlüssel in einem Türschloss herum, stieß die Tür stöhnend auf und schleifte sie anschließend unter Mühen hinein. Sie nahm einen muffigen Geruch wahr. Etwas ruppig legte der Mann sie auf einem Sofa ab. Wieder versuchte sie die Augen zu öffnen, um mehr als Umrisse erkennen zu können. Der übel riechende Mann kam mit einem nassen Lappen zurück, mit dem er ihr mehrmals durchs Gesicht wischte und ihr Kinn kühlte. Sie versank jedoch gleich danach wieder in einen schlafähnlichen Zustand.

Es war bereits hell, als sie Stunden später mit starken Kopfschmerzen erwachte. Ihr Kiefer fühlte sich an, als wäre er zertrümmert worden. Erschrocken sah sie sich um. Wo bin ich? Ihr Erinnerungsvermögen setzte langsam ein. Wessel hatte sie von einer Autobahnbrücke werfen wollen. Befand sie sich etwa im Himmel? Langsam konnte sie Konturen erkennen. Sie befand sich in einer alten Wohnküche der 70er Jahre, vor Einfachheit sah alles fast schön aus. Lebt meine Oma etwa noch und ich befinde mich bei ihr auf dem alten Sofa in ihrer heimeligen Küche?, fragte Margareta sich. Das Muster der Wachstuchtischdecke auf dem alten Küchentisch kam ihr ebenso bekannt vor wie die großblumige Tapete. Statt ihrer geliebten Oma saß jedoch Fritz Bommer am Küchentisch, hielt einen Kaffeepott in der Hand und sah sie seelenruhig an. Sie wollte sich aufsetzen, gab ihr Vorhaben aber schnell auf und ließ sich ins bestickte Sofakissen zurücksinken. Ihr Kopf brummte, wie bei einem Kater der übelsten Sorte. Was habe ich bei Bommer verloren, fragte sie sich und sah ihn an. Grünes T-Shirt, Cargohose, strubbelige Haare, Trekkingsandalen.

»Wieso bin ich hier?«, fragte sie den wortkargen Mann.

»Was sollte ich sonst mit Ihnen machen?«

»Haben Sie mich vor diesem Schwein gerettet?«

»Wenn Sie es so nennen wollen.« Er stand wie ein alter Mann auf, schlurfte rüber zu seiner Anrichte und goss aus der Kanne der Kaffeemaschine einen Becher voll. Umständlich reichte er ihn an Margareta weiter, die erneut versuchte, ihren Kopf zu heben.

»Wieso wussten Sie, dass Wessel dort war? Was wollten Sie auf dem Gelände?«

»Hab' ich vom Schlafzimmerfenster aus beobachtet. Ich sitze da oft und schaue mit dem Fernglas aufs Zechengelände. Habe seinen Wagen gesehen. Er ist von der Biele aus auf das Gelände. Als er nach einer Stunde nicht wieder da war, bin ich ihm hinterher.«

»Wieso haben Sie nicht die Polizei gerufen?« Margareta hatte sich inzwischen aufgesetzt und trank einen Schluck des starken Kaffees aus der ollen Tasse.

»Scheiß Bullen! Was soll das bringen?«

»Sie sind ihm also hinterher und dann?«

»Bin ich von hinten in das Verwaltungsgebäude. Ich

habe Stimmen gehört, aus der Waschkaue. Und da habe ich ihn gesehen. Er wollte sie gerade wegschaffen. Er hat mich nicht gehört. Ich habe ihm mit meiner schweren Mag-Lite-Taschenlampe eins über die Rübe gezogen. Als das nichts nützte, noch eins. Da ist er stöhnend zusammengesackt. Keine Angst, er ist schon wieder auf und davon.«

»Und dann haben Sie mich hierher geschleppt?«

»Laufen konnten Sie ja kaum noch. 'Ne knappe Stunde habe ich gebraucht. Was hätte ich tun sollen? Zulassen, dass er Sie mitnimmt?«

»Die Polizei hätten Sie rufen sollen.«

»Und dann? Sie hätten Ärger bekommen. Und ich auch. Nee, nee.«

»Er hat gesagt, er wollte mich von einer Brücke werfen, direkt auf die Autobahn. Hat er geblufft?«

»Kann sein, kann nicht sein.«

»Was soll ich nun machen? Den Kommissar verständigen?«

»Dann reißen Sie mich mit rein und kriegen selbst auch 'ne Menge Ärger. Und ob das was bringt? Wer weiß, was der Kerl erzählt.«

Er strich ihr eine Scheibe Brot mit Schmierkäse, die ekeliger nicht hätte aussehen können. Doch der Hunger trieb es hinein. Sie war außerdem so voller Dankbarkeit, dass sie das Brot einfach essen musste, wenn sie ihn nicht kränken wollte. Fritz Bommer, den sie alle für einen durchgeknallten Stiesel hielten, hatte ihr geholfen und sie aus einer misslichen Lage befreit. Womöglich ihr Leben gerettet. Sie war voller Hochachtung vor diesem Mann.

Gesprochen wurde nicht viel. Jeder hing seinen Gedanken nach. Außerdem wusste Margareta, dass Bommer kein Mann großer Worte war.

»Herr Bommer, wie soll ich Ihnen bloß danken? Wie mache ich das wieder gut?«

»Ist schon in Ordnung. Wenn Sie mir einen Gefallen tun wollen, hängen Sie es nicht an die große Glocke. Ich will meine Ruhe haben.«

»Klar, ist okay. Ich gebe Ihnen mal meine Telefonnummer. Falls Sie etwas brauchen, rufen Sie mich einfach an.« Sie reichte ihm ihre Visitenkarte und sah ihn an. Eine Schönheit ist er wahrlich nicht. Ein wenig ungepflegt. Sein Häuschen war ein Meer voller Relikte aus längst vergangenen Tagen. Gern wäre sie mit einer Kamera durch jeden Raum gewandert, um alles festzuhalten. Diese Herberge der Bescheidenheit zog sie an, wie selten etwas in ihrem Leben. Ein großes Steinwaschbecken ersetzte die Spüle. Darunter ein Plastikvorhang, um Eimer und Haushaltsgegenstände zu verbergen. Weiße, einfache Küchenschränke mit zarten Griffen, die vor Altersschwäche beinahe auseinanderfielen. Nostalgische Stühle reihten sich um den großen Tisch. Gleich dahinter ein uralter weißer Küchenschrank mit Glasscheiben im Oberteil. Die Bilder an der Wand zeigten betende Hände und den lieben Gott mit einer Wallawalla-Frisur. Der Pegulanboden ließ ein abgewetztes Blumenmuster erkennen. Hier war seit Jahren nichts mehr verändert worden. Die Zeit war Anfang der 70er Jahre irgendwann stehen geblieben. Er zeigte ihr seinen Platz, von wo aus er das Zechengelände beobachten konnte, wozu ihn Margareta mit Engelszungen überreden musste.

Eigentlich sei das Schlafzimmer für Besucher tabu, meinte er. Doch als sie begeistert vom alten Zechengelände schwärmte, wurde er schwach und sie stiegen die enge Treppe ins Obergeschoss hinauf.

Welch ein Gestank, dachte Margareta und zog den altertümlichen Modergeruch des Treppenhauses in ihre Lungen ein. So wie es bei meiner Oma gerochen hat. Die hat auch noch mit Kohle geheizt. Das kleine Wohnzimmer und die große Wohnküche. Die Schlafräume waren unbeheizt. Eisblumen mit bizarrem Muster im Winter. Schon im Treppenaufgang schlug einem die Kälte entgegen. Als Kind bei Oma zu übernachten war eine echte Herausforderung. Die ersten fünf Minuten nach dem Zubettgehen waren die schlimmsten. Der kleine Körper zitterte, bis er endlich ein wenig der Körperwärme an das eiskalte Federbett abgegeben hatte und das Bibbern allmählich nachließ. Nie wieder schlafe ich bei Oma, erzählte sie am nächsten Tag ihrer Mutter. Und doch war der Wunsch bei ihr zu übernachten nach ein paar Tagen wieder da. Trotz Kälte, trotz Eisblumen, trotz Modergeruch.

Wie nicht anders erwartet, waren die Möbel im Schlafzimmer aus den 50er Jahren. Dunkle Eiche, beängstigend geformt, sargähnlich das breite Doppelbett. Über dem Bett ein Engelsbild, welches kitschiger nicht sein konnte. Vollgestaubte altrosa Übergardinen, die jahrelang keine Waschmaschine zu sehen bekommen hatten. Der Store vor dem Fenster hatte Mottenlöcher und fiel bald ab. Auf der Fensterbank lag ein Kissen, daneben stand das Fernglas. Ein alter Fernsehsessel war so ausgerichtet, dass Bommer direkt aufs Zechengelände schauen konnte.

Margareta war nach einem Blick durch den Feldstecher hingerissen, wie gut man alles erkennen konnte. Als wäre das Zechengelände nicht mehrere hundert, sondern nur zehn Meter entfernt.

»Sitzen Sie oft hier?«, wollte sie wissen.

»Ja, oft. Was soll ich sonst machen?«

»Und in der Nacht als Kevin ermordet wurde? Saßen

Sie da auch am Fenster? Haben Sie etwas gesehen? Oder bei Stempel? Hat sich da auch jemand von hinten aufs Gelände geschlichen?«

»Weiß nicht mehr«, sagte er nur, drehte sich um und schlich die Treppen hinunter in seine Küche. Sein Blick hatte ihr gesagt, dass es besser war, denn Mund zu halten und nicht weiter zu fragen. Verdirb es dir nicht mit ihm, sagte ihr warnend eine innere Stimme.

Als sie wieder am Küchentisch saßen, versuchte Margareta ein letztes Mal, überhaupt etwas von ihm zu erfahren. Angelangt bei der zigsten Tasse brauner Brühe bemühte sie sich, ein Gespräch anzufangen, fragte nach seiner Mutter, nach seiner Arbeit.

Auf seine Mutter angesprochen, weiteten sich seine Augen und seine Lachfältchen gruben sich tief in seine gegerbte Haut hinein. Sein Gesicht begann regelrecht zu glühen. Der Klang seiner Stimme veränderte sich. Der harte Ton hatte sich verflüchtigt und war einer weichen, angenehmen Stimme gewichen. Mutti war sein Thema. Wie schön die Jahre mit ihr waren, nachdem seine Frau viel zu früh verstorben war und er zum Witwer wurde. Immer war seine Mutter für ihn da gewesen. Hatte ihn verstanden, ihm zugehört, ihm Ratschläge erteilt. Eine Frau wie Mutti hatte er nie wieder gefunden. Seine verstorbene Frau, die war auch wie Mutti gewesen. Nun waren beide tot und er war allein. Als ahnte er, dass sie ihn nur aushorchen wollte, um über den Umweg Mutti andere Dinge von ihm zu erfahren, verhärtete sich sein Gesichtsausdruck plötzlich und er schwieg wieder wie zu Anfang.

Für Margareta war es nun Zeit zu gehen. Sie reichte ihm die Hand und bedankte sich noch einmal herzlich. Mit etwas wackeligen Beinen lief sie zu ihrem Wagen, der ein paar Straßen weiter geparkt stand. Eine Putzfrau müsste man ihm besorgen, dachte sie, als sie über eine Wiedergutmachung für Bommer nachdachte. Die würde jedoch mindestens 20 Stunden brauchen, um einigermaßen Grund in dieses Chaos zu bekommen. Sicherlich wäre er beleidigt, wenn sie ihm mit solch einem Präsent als Dank dafür, dass er sie aus den Händen von Wessel gerettet hatte, kommen würde.

Ihre Meinung über Fritz Bommer musste sie gründlich revidieren. Er konnte nicht schlecht sein, schließlich hatte er sie aus den Fängen dieses schmierigen Wessel befreit. Der Beobachtungsposten von Bommers Schlafzimmerfenster ging ihr nicht aus dem Kopf. Wenn er Tag und Nacht mit dem Feldstecher dort hockte, muss er beobachtet haben, dass Kevin mit seinen Freunden auf dem Gelände gefeiert hatte. Wusste Bommer, wer der Mörder war? Ich muss ihm noch einmal auf den Zahn fühlen, nahm Margareta sich vor. Ich werde ihm jetzt öfter einen Besuch abstatten. Mal ein Blümchen vorbeibringen, mal ein Stück Kuchen. Schließlich bin ich ihm zu Dank verpflichtet. Vielleicht erzählt er mir, wieso er seine Arbeit verloren hat.

Ob sie allerdings tatsächlich über diesen nächtlichen Vorfall Stillschweigen wahren würde, konnte sie zu diesem Zeitpunkt noch nicht sagen.

17.

Wieder hatte Margareta ein Déjà-vu. Genau vor drei Wochen saß sie ebenfalls in Gisberts kleinem Garten. Fast identische Personen um sie herum, das gleiche herrliche Sonnenwetter. Und doch war alles anders. Margareta hatte sich damals nicht wie vom Trecker überfahren gefühlt, so wie heute. Kevin sowie der Stadtplaner Stempel befanden sich noch unter den Lebenden. Friedliche kleine Bergmannsglücker Siedungswelt vor drei Wochen. Was war inzwischen alles geschehen?, fragte Margareta sich. Viel zu viel für drei stinknormale Wochen. Kevin und der Stadtplaner Stempel tot, ich habe Löschke kennengelernt und mich von ihm abschleppen lassen, zwei Mal mit Blauländer auf der Schlossterrasse Kaffee getrunken, das alte Verwaltungsgebäude inspiziert, einmal mit fast tödlichem Ausgang, von Bommer gerettet worden, Werksbesichtigung bei einem arroganten Schnösel, der Dreck am Stecken hat und mich umbringen wollte, Bürgertreffen und -versammlungen, Menschen kennengelernt und letztendlich eine neue Freundin gefunden. Annegret war zwar zehn Jahre älter, aber das störte Margareta nicht. Fazit: So viel erleben andere Leute nicht in einem ganzen Jahr.

Völlig fertig war sie gegen Mittag nach Hause gekommen und hatte sich erst einmal eine Stunde unter die Dusche gestellt, um richtig wach zu werden. Danach kroch die Angst wieder in ihr hoch. Wie ein unruhiges wildes Tier, das man in einen Käfig gesperrt hatte, war sie durch ihre Wohnung getigert. Rufe ich Blauländer an oder nicht, hatte sie sich laufend gefragt. Würde sie sich strafbar machen, wenn sie den nächtlichen Vorfall nicht anzeigte? Wer weiß, ob Wessel sie in Ruhe ließe. Etliche Male hatte sie ihr Handy in der Hand. Dann sagte sie sich wieder: Du hast Bommer versprochen, es nicht zu tun. Wut stieg in ihr hoch und sie wollte Wessel anrufen. Auch das verwarf sie. Ihr nächtliches Erlebnis Gisbert zu erzählen, ließ sie ebenfalls.

Nun saß sie in einem Campingsessel in Gisberts Garten, mit Weitblick auf das Zechengelände, bis hin zur Ruhr-Öl-Chemie, genau wie vor drei Wochen. Bettina Malecki war wieder da, mischte ordentlich mit, als wäre sie nie weg gewesen. Dabei hatte es sie zwischenzeitlich zurück zu ihrem treulosen Ehemann gezogen, um ihm die 173. Chance zu geben. Die Versöhnung hielt genau eine Woche. So lange, bis sie ihn mit der neuen Nachbarin in der Waschküche erwischt hatte.

Wieder gab es auf Bettinas Wunsch hin mageres Grillgut, was Norbert Koslowskis Stirn arg in Falten zog. Putensteaks und Rindermedallions waren eben nicht seins. Er stand mehr auf Nackenkoteletts und Schweinsbratwürste. In den Tupperschüsseln befanden sich Salate, die nicht nur Norbert eigenartig fand. Fenchelsalat mit Nüssen und Ingwerstücken und Rucola mit Brennnesselblättern stimmten sogar Margareta nachdenklich. Sie fragte sich, mit was – um Himmels willen – Bettina ihrem Bruder den Kopf verdrehte, dass er das hinnahm.

Und noch etwas hatte sich geändert. Norbert war nicht mehr auf Margareta fixiert, sondern hängte sich – wie schon die letzten Tage – an Waltrauds Rockzipfel, die es sichtlich genoss. Sie war halt eine Kümmerin, die immer jemanden brauchte, den sie umsorgen konnte.

»Was bist du heute so still?«, wollte Gisbert von seiner Schwester wissen.

»Ach, mir geht es nicht gut. Ich habe schlecht geschlafen.« Am liebsten hätte sie dazugesetzt: »Man hat mich k. o. geschlagen, wollte mich von einer Autobahnbrücke schmeißen. Zum Glück kam Bommer und hat mich gerettet.« Sie schwieg jedoch. Ob das besser war, als allen zu erzählen, was ihr Wessel angetan hatte, wusste sie selbst nicht.

»Du hast dich mit Annegret Thannhäuser angefreundet?« Er grinste hämisch, als würde es sich bei Annegret um eine Aussätzige handeln.

»Wer hat dir das erzählt?« Bergmannsglück ist ein echtes Dorf, dachte Margareta.

»Kollegen von mir haben dich mit ihr in Buer gesehen.«

»Na und? Was ist schlimm daran? Wieso sollte ich mich nicht mit ihr anfreunden?«

»Sie ist eigenartig. Was versprichst du dir davon?« Gisbert ließ einfach nicht locker.

»Wieso sollte ich mir davon was versprechen? Sie ist nett und es hat sich halt ergeben.«

»Ich kenne dich. Du führst doch was im Schilde.«

»Du spinnst, lieber Bruder. Ich mag sie eben, mehr nicht. Außerdem bin ich alt genug, mir meine Freunde selbst auszusuchen.« So langsam reichte es Margareta. Sie fragte ihn ja auch nicht, was er an seiner Rathauskollegin Bettina fand.

»Du musst wissen, was du tust«, meinte Gisbert und wendete mit Hingabe seine Putensteaks auf dem Grill.

»Ich hoffe, Du weisst es auch«, meinte Margareta mit einem Blick zu Bettina.

»Hey, hört auf euch zu streiten. Datt Leben is zu kurz, um et sich schwer zu machen«, meinte Norbert und hisste die Schalke-Fahne.

»Du wolltest sie doch nicht raushängen«, meinte Waltraud.

»Kevin hättet so gewollt«, meinte Norbert mit Tränen in den Augen und schaltete sein altes Kofferradio an.

Margaretas Gedanken schweiften andauernd ab. Sie ging im Geiste ihre To-do- und Verdächtigenliste durch, Punkt für Punkt. Dabei säbelte sie lustlos an dem steinharten Rindersteak herum.

»Schmeckt es dir nicht?«, fragte Bettina mit spitzer Zunge.

»Nein, das Rindfleisch ist zäh wie Leder.«

»Dann nimm ein Putensteak«, meinte Bettina beleidigt.

»Bin ich verrückt? Putenfleisch hört sich zwar mager und gesund an. Doch jeder, der einigermaßen Grips in der Birne hat, weiß, dass es aus Massentierhaltung stammt, weder besonders mager noch reich an Eisen ist. Ein Abfallprodukt sozusagen, mehr nicht. Und mit diesem Grünzeug hast du ebenfalls den Vogel abgeschossen. Das kriegt ja keiner durch den Hals.« Margareta ließ richtig Dampf ab.

Bettina stellte weinend ihren Teller auf den wackeligen Campingtisch und lief mit ihren hochhackigen Schuhen eilig ins Haus, soweit es ihr enger Rock zuließ. Auf der Treppe wäre sie fast gestolpert.

»Sag mal, hast du einen Knall?« Gisbert lief rot an.
»Wieso beleidigst du Bettina?«

»Ich habe niemanden beleidigt. Ich habe lediglich die Wahrheit gesagt. Spielt euch hier ja nicht so auf! Auch ihr würdet lieber was Deftiges essen, traut euch aber nicht, den Mund aufzumachen.«

»Wo 'se recht hat, hat 'se recht«, meinte Norbert mit leiser Stimme und grinste vor sich hin.

Es folgte minutenlanges Schweigen. Margareta hatte nicht die Spur eines schlechten Gewissens, als Bettina auch nach etlichen Minuten nicht wieder auf der Bildfläche erschien. Viel zu sehr war sie mit ihrer Liste beschäftigt, die ihr im Kopf herumkreiste. In Gedanken aktualisierte sie noch einmal Punkt für Punkt:

1. Gisbert nach Bommer fragen. Konnte sie getrost abhaken. Was wusste er über Bommer, was sie nicht schon längst wusste, gerade nach der Rettungsaktion und der liebevollen Fürsorge dieses Mannes
2. Wessel scharf beobachten kam auch nicht mehr infrage. Wie sie da weiter vorgehen sollte, musste sie sich noch überlegen. Eher unwahrscheinlich, dass er nur die Brandstiftung und die Erpressung bei seinem Co. in Auftrag gegeben hatte und mit den Morden nichts zu tun haben wollte
3. Neuanschaffungen der Leute beobachten: hier fiel ihr Udo Urbat und sein neues Auto ein. Und an Urbat würde sie sicherlich über Annegret herankommen. Hatte sie erst einen Fuß in Urbats Tür, war das schon die halbe Miete
4. Löschke Junior: schob sie erst einmal weit nach hinten, da sie wenig Lust verspürte, Kontakt zu ihm aufzunehmen
5. Thannhäuser würde sie jetzt ebenfalls durch Annegret näher kommen. Da wird sich bestimmt die Gelegenheit ergeben, ihm ordentlich auf den Zahn zu fühlen
6. Udo Urbat: hatte sich mit Punkt 3 erledigt
7. Löschke nach Messer fragen: hatte sich mit Punkt 4 erledigt
8. Wessel anrufen: hat sich mit Punkt 2 erledigt

9. Verwaltungsgebäude ein weiteres Mal durchsuchen: hatte gestern bereits stattgefunden
10. Fritz Bommer: würde bald in Angriff genommen, in Form von Blümchen und Kuchen etc. vorbeibringen

Also, morgen neue Liste anfertigen. Margareta lehnte sich zufrieden in ihrem Stuhl zurück. Wie gut, dass sie alles in ihrem Kopf abgespeichert hatte.

Bettina kam mit verweinten Augen die Treppe zum Hof hinunter und schmiss sich Gisbert weinend an den Hals. Die böse Schwester aber auch. Wie ein Kind wollte Bettina getröstet und zum Bleiben überredet werden. Margareta war überzeugt, dass sie gar nicht vorhatte, zu gehen. Alles bloß Show.

Ansonsten herrschte eisige Stille, bis auf das nervtötende Gezwitscher irgendwelcher Vögel, die sich wohl um einen Wurm zankten. Wie anders war es vor drei Wochen gewesen. Da war Leben um sie herum, ausgelassene Stimmung, alle hatten gleichzeitig geredet. Heute ging jeder dem anderen auf den Keks, alle waren gereizt.

Margareta riskierte einen Blick zu Bettina, die sich mittlerweile wieder auf ihren Platz gesetzt hatte und wie ein Vögelchen an ihrem Wasserglas nippte. Diese Schlange, dachte Margareta, macht einen auf Unschuldslamm. Bin ich denn die Einzige, die ihre Masche durchschaut? Der ist alles zuzutrauen. Stehlen, betrügen, Akten manipulieren. Das erledigt die im Rathaus noch vor dem Frühstück. Die würde bis zum Letzten gehen, um ein Ziel zu erreichen. Vielleicht hing sie in der Mordsache mit drin? Mord, Erpressung, alles traute sie ihr zu. Von je her hatte Margareta die neue Freundin ihres Bruders für eine Spionin gehalten und nun erwartete ihr ach so toller Bruder tatsächlich, dass Margareta sich bei ihr entschuldigte.

Nachdem Gisbert Margareta ein Glas Weinschorle eingeschüttet hatte, welches sie in einem Zug leerte, fuhr ihr Gedankenexpress gemächlicher durch ihre Gehirnwindungen und blieb abrupt bei Entschuldigung Bettina stehen.

»Ich hab es nicht so gemeint, Bettina, tut mir leid«, heuchelte Margareta flüsternd mit gesenktem Kopf. »Du hast dir so viel Mühe gegeben und kannst ja auch nichts dafür, dass Putenfleisch heutzutage ...« Weiter kam sie nicht, da ihr Bruder ihr Einhalt gebot. »Es langt, Margareta. Lass gut sein.«

Norbert Koslowski grinste, sagte jedoch nichts. Waltraud, die meinte, etwas sagen zu müssen, suchte krampfhaft nach den richtigen Worten. »Ja, Bettina, so frische Salate sind nicht jedermanns Sache. Hättest du vielleicht einen Kartoffelsalat gemacht ...«

Wieder betretenes Schweigen.

Koslowski sprang von der Treppe auf. Ein Tor war gefallen. 1:0 für Schalke. »Na sach' ich doch, datt die heute gewinnen tun«, freute er sich bescheiden. Noch vor drei Wochen war er bei einem Tor der Knappen wie ein Irrer durch den Garten gesprungen.

Margareta wunderte sich darüber, dass Koslowski so einen Bohei um ein Freundschaftsspiel machte, als ihr Handy klingelte. Welch angenehme Abwechslung. Sie nahm das Gespräch an. Es war Annegret, die Margareta spontan zum Grillen einlud.

»Nur wenn du Zeit hast, ganz zwanglos. Wir sitzen hier mit unserem Nachbarn Udo und mit Hubertus Löschke zusammen. Es ist noch so schön draußen. Möchtest du zu uns kommen?«

Und wie Margareta wollte. Annegret errettete sie aus diesem Trauerkloßidyll. Außerdem hoffte sie, dort eventuell etwas Herzhafteres auf die Gabel zu bekommen. Angesichts ihres bisherigen Weinkonsums würde sie ihren Wagen stehen lassen.

»Gisbert, du hast hoffentlich nichts dagegen, wenn ich mein Auto über Nacht stehen lasse? Ich muss noch mal weg.« Hastig sprang Margareta auf und war schon fast am Gartentor, als ihr Waltraud entrüstet nachrief: »Und wie komme ich nach Hause?«

»Was weiß ich«, zuckte Margareta nur die Schultern und hörte gerade noch, wie Norbert ihrer Mutter vorschlug, bei ihm zu übernachten und Gisbert in die Runde rief: »Die geht zu der Thannhäuser, jede Wette.«

Margareta fühlte sich nicht dazu verpflichtet, ihre Mutter nach Hause zu fahren. Waltraud war schließlich alleine hergekommen, ohne sie überhaupt von ihrem Besuch bei Gisbert in Kenntnis gesetzt zu haben.

Während Margareta durch die Körnerstraße lief, vorbei an Bommers Häuschen, seufzte sie und dachte, dass sie alle machen sollten, wie sie lustig sind. Sollte Waltraud doch bei Koslowski übernachten und ihr Bruder sauer sein, dass sie sich mit Annegret angefreundet hatte. Wen juckte es?

Etwas mulmig war ihr schon, als sie Annegrets Haus betrat und von ihr auf die Terrasse geführt wurde. Das ging ja wie geschmiert, freute sie sich jedoch gleichzeitig. Schneller als erwartet, würde sie Thannhäuser und Urbat näher in Augenschein nehmen können.

Sie merkte gleich, dass Rudi ihr nicht wohlgesonnen war. Er begrüßte sie frostig, bot ihr allerdings wenig später gespielt höflich etwas zu trinken und zu essen an.

Udo Urbat schien sich zu freuen, die gefürchtete Margareta Sommerfeld endlich kennenzulernen. Er zog seinen Stuhl nah an den ihren heran und löcherte sie sogleich mit Fragen jeglicher Art, ohne aufdringlich zu wirken.

Auch Hubertus Löschke schien nichts gegen ihre Anwesenheit zu haben. Annegret platzte vor Stolz, endlich eine Freundin präsentieren zu können.

Das Essen konnte sich sehen lassen. Nicht so ein gesunder Grünfraß, wie er ihr in Gisberts Garten serviert worden war. Guter alter Kartoffelsalat mit Ei und Fleischwurst sowie Nudelsalat ließen Margaretas Herz höher schlagen. Frikadellen und knackige Würstchen vom Grill passten hervorragend dazu. Auch der Wein schien ihr zu munden. Einzige Wermutstropfen waren Rudis Blicke, die sie regelrecht durchbohrten. Margareta freute sich jedoch, dass Annegret sich durchgesetzt hatte und sie nun hier saß.

Udo Urbat sah aus der Nähe gar nicht schlecht aus, musste Margareta feststellen. Er schaute sie lächelnd aus grünen Augen an. Seine Augenschatten fielen bei dem Dämmerlicht kaum auf. Er roch gut, irgendwie nach herben Veilchen, assoziierte Margareta. Gelbes Poloshirt und Jeans waren in Ordnung.

Nie hätte sie für möglich gehalten, wie gut Urbat Small Talk beherrschte. Du hast jetzt und hier die Chance, ihm auf den Zahn zu fühlen, nutze sie, sagte sie sich und lächelte ihr charmantestes Lächeln. Komisch, von Weitem wirkte er unscheinbar und nichtssagend. Aus der Nähe hingegen wies er durchaus einige Pluspunkte auf.

Eine Stunde verging und eine weitere folgte. Margareta und Udo unterhielten sich, als würden sie sich schon jahrelang kennen. Allerlei Themen wurden angeschnitten und durchgekaut. Natürlich sprach man auch über die Mordopfer, die man auf dem Zechengelände gefunden hatte. Urbat schien erschüttert, dass in seiner unmittelbaren Nachbarschaft so etwas geschehen musste. Nein, er ist kein Mörder, stand für sie nach kurzer Zeit fest, streiche ihn von deiner Liste. Nicht so voreilig, sprach die Warnstimme dagegen, möglicherweise war er ein guter Schauspieler.

Annegret schien es nichts auszumachen, dass ihre neue Freundin sich kaum mit ihr unterhielt. Sie freute sich für Udo, dass er endlich wieder in den Genuss kam, sich mit einer netten Frau zu unterhalten. Rudi hingegen blieb skeptisch. Für ihn war die Sommerfeld nach wie vor ein rotes Tuch und mit Vorsicht zu genießen.

Der Abend endete viel zu schnell und Udo Urbat bot Margareta an, sie nach Hause zu fahren, was sie gerne annahm.

Eine letzte Umarmung für Annegret, die ihr das Versprechen abnahm, sie bald wieder zu besuchen und schon konnte die Fahrt in dem schönen Audi losgehen.

Als sie vor Margaretas Haus hielten, bedankte sie sich höflich für die Heimfahrt und stieg aus, bevor ihr leicht angetrunkenes Hirn ihrem Mund Worte entgleiten ließ, wie z. B. ›Ach, kommen Sie doch noch mit rauf‹ oder ›Wie wäre es mit einem kleinen Absacker?‹. Sie wollte für den heutigen Abend einfach nur weg von Urbat, den sie als durchaus angenehm empfand. Diese Ruhe, die er ausstrahlte, und sein liebes Wesen hatten sie in den wenigen Stunden in seinen Bann gezogen. Mit strahlenden Augen haucht er ihr ein »Gute Nacht, war schön, Sie kennengelernt zu haben« zu.

»Ja, war ein schöner Abend«, entgegnete sie und schmiss die Beifahrertür seines tollen Wagens zu.

Mit zitternden Fingern schloss sie die Haustür auf und schalt sich, während sie die Treppen nach oben stieg, eine Närrin. Nach Löschke nun Udo Urbat, oder wie? Du hast eine tolle Ermittlungstechnik, blöde Gans.

18.

Wieder ging er seiner Lieblingsbeschäftigung nach. Er saß auf seinen alten Sessel am Schlafzimmerfenster und schaute hinaus. Die dunklen, altmodischen Möbel um ihn herum verbreiteten trotz des sonnigen Wetters eine düstere Atmosphäre. Bommer hatte jedoch nicht die Kraft, irgendetwas an seiner Wohnsituation zu ändern. Die verstaubten Möbelstücke, die verklebten Häkeldeckchen und Kunstblumen-Gestecke, einst von seiner Mutter mit Freude angeschafft, verschlimmerten alles. Das Ehebett mit der altrosafarbenen Satintagesdecke, auf der sich die Paradekissen türmten, wirkte ebenfalls irreal. Immerhin hatte Fritz die Betten gemacht. Die Nachttischlampen mit den kitschigen dunkelgrünen Plastikschirmchen schafften eine zusätzliche Trauerhallenstimmung. Toter ging es nicht mehr. Das ganze Zimmer ein einziger Albtraum, was er selbst natürlich nicht so wahrnahm.

Dieses Mal hatte er mit seinem Fernglas Gisbert Sommerfelds Garten im Visier. Noch vor ein paar Stunden lag Margareta wie tot auf meiner Couch und nun saß sie gestylt, als wäre nichts geschehen, im Garten ihres Bruders, dachte Fritz Bommer und schüttelte den Kopf. Diese

Weiber. Wieso habe ich ihr überhaupt geholfen?, fragte er sich zum wiederholten Male. Hätte ich zulassen sollen, dass dieser feine Schnösel sie mitnahm? Hätte er sie tatsächlich von einer Autobahnbrücke gestoßen? Er kratzte sich sein unrasiertes Kinn und starrte weiter in den kleinen Garten. Koslowski hat sich wieder ganz gut erholt nach seinem Schicksalsschlag, dachte er. Trinkt Bier und vertilgt Grillfleisch.

Bommer konnte sich einfach nicht erklären, wieso er Margareta mit zu sich geschleift und sie wie ein Vögelchen aufgepäppelt hatte. Eigentlich war es gar nicht seine Art, sich um seine Mitmenschen zu bemühen, seit man ihm damals auf der Zeche so übel mitgespielt hatte. Nach dem schmerzlichen Verlust seiner Arbeitsstelle hatte er sich geschworen, nie wieder jemandem in einer schwierigen Situation zu helfen. Hat mir irgendein Kollege beigestanden, als ich von den anderen regelrecht gequält wurde? Mobbing nennt man das heute. Den Begriff gab es damals noch nicht. Für alles muss ein tolles englisches Wort her. Fertig gemacht haben sie mich, ganz einfach fertig gemacht, diese miese Bande. Der schlimmste Sprücheklopfer war Koslowski gewesen, schon unter Tage fing alles an. Später in der Schlosserei ging es weiter. Alle fanden es lustig. Fritz Bommer hingegen nicht. Ihn machten die Sticheleien fertig. Sogar als seine Frau gestorben war, machten sie Witze. Hast du es ihr nicht oft genug besorgt?, hatten sie ihn gefragt. Sicherlich ist sie vor Langeweile eingegangen, meinten sie. Keiner von den Kollegen hatte an der Beerdigung teilgenommen. Einen Tag danach meinten sie, dass er doch nun zu seiner Mutti ziehen könne. Als er dann tatsächlich Unterschlupf bei seiner Mutter suchte, fingen die Hetzparolen erst richtig an. Morgens auf dem

Weg zur Arbeit krampfte sich sein Magen zusammen und er wünschte sich, dass die Schicht schon vorbei wäre. Ist alles nur Spaß, meinten sie oft. Unter Spaß verstand Fritz Bommer jedoch etwas anderes.

Wie war er voller Hoffnung, als er – kaum 14 Jahre alt – eine Bergmannslehre auf der Zeche anfing. Sein Vater, selbst Bergmann, hatte es so bestimmt. Keine Widerrede. Oft war Fritz das Herz in die Hose gerutscht. Die Schwerstarbeit in der Grube, bei schlechter Luft. Er hatte geholfen, den Kohlewagen zu befüllen. Noch als halbes Kind hatte er da unten einiges zu sehen bekommen: Knochenbrüche, abgerissene Finger, zerquetschte Glieder. Der Förderkorb sauste unermüdlich den Schacht hinunter. So schnell, dass ihm oft schwindelig wurde. Hier im Schacht werde ich nicht heimisch, sagte er sich immerzu, weinte sich abends bei seiner Mutter aus. Wäre ich doch lieber Förster geworden, meinte er. Da hättest du in der Schule besser aufpassen müssen, hielt die Mutter dagegen. Seine Geschwister hatten allesamt bessere Berufe. Ob sie in der Schule fleißiger waren, vermochte er nicht zu sagen.

Dann zu Weihnachten. Ein Glas Eingemachtes aus dem Keller, eine lange Mettwurst und eine Flasche Zuckerrübenschnaps gab seine Mutter ihm mit, da jeder der Kumpel etwas zur Untertagefeier beisteuern sollte. Man machte sich jedoch lustig über ihn und seine Mitbringsel. Und er sagte nichts, schwieg und ließ es sich gefallen. Bis zum Knappen hatte er es gebracht, dann wurde der Untertagebetrieb eingestellt und er wechselte in die Schlosserei. Bommer hatte aufgeatmet, nun nicht mehr einfahren zu müssen. Nicht mehr eine ganze Schicht in dieser elenden Dunkelheit auszuharren. Alles würde anders werden, hoffte er. Es änderte sich jedoch nichts. Die gleichen dummen Kollegen hatte er an seiner Seite, allen voran Koslowski, und weiterhin war er der Prügelknabe, der Fußabtreter für alle.

Hätte er deshalb der Sommerfeld nicht helfen und sie diesem blöden Wessel überlassen sollen? Nein, das hätte er nicht fertig gebracht. Irgendwie mochte er die Frau. Er konnte nicht einmal genau sagen, wieso sie ihm gefiel. Wegen der großen Klappe? Weil sie sich nichts gefallen ließ? Weil ihre Zunge Messer werfen konnte? Zweifelsohne war sie sexy. Und sie war klug. Sie nahm ihn für voll, hörte ihm zu. Das gefiel ihm. Schon im Bus auf der Fahrt zur Werksbesichtigung hatte er sich gefreut, dass sie neben ihm saß.

Schließlich war sie irgendwann aus dem Garten verschwunden. Gab es etwa Ärger? Er war enttäuscht, dass er sie nicht mehr beobachten konnte und verließ seinen Posten, ging hinunter in die Küche, um sich sein Abendessen zuzubereiten. Von dem inzwischen hart gewordenen Brotlaib schnitt er zwei Scheiben herunter, bestrich sie zuerst mit Margarine und anschließend mit Leberwurst aus einem Glas, dessen Inhalt nicht mehr taufrisch aussah. Er schaltete den Fernseher ein. ›Aktuelle Stunde‹ im WDR. Gerade berichtete man über die Morde auf dem Bergmannsglücker Zechengelände und dass die Kripo noch immer im Dunkeln tappen würde. Sie hielten eine Pressekonferenz nach der anderen und man erfuhr einfach nichts Neues, dachte Fritz. Diese Idioten. Wozu waren sie zur Polizeischule gegangen? Muss erst ein dritter Mord geschehen, bevor sie aus den Pötten kamen? Diesen Wessel hätten sie längst verhaften sollen. Immerhin wollte er die Hallen auf dem Zechengelände abfackeln lassen, das hatte auch die Sommerfeld erzählt. Und was ich gesehen habe, habe ich gesehen. Die Bestechung ging ebenfalls auf sein Konto. Das war schon mal ein Ansatz.

Lustlos setzte er sich an den Küchentisch mit Blick auf den Fernseher und aß seine lieblos zubereiteten Brote. Wieder schüttelte er den Kopf. Kaum war das Wetter schön, holten alle ihren Grill heraus und brieten sich ihr Fleisch draußen. Grillen! Auch etwas, was sie von den Amis übernommen hatten. Diese Herdentiere! Einer machte es vor, die anderen folgten schnell. Brauchte er nicht, so etwas, dachte Bommer und biss gierig in sein Brot.

Wieder richtete er den Blick auf den flackernden Fernsehbildschirm.

19.

»Diese Scheißziege war plötzlich da. Huschte durch die Gänge des alten Kabachels. Was sollte ich denn machen?« Wessel starrte Fischer mit irrem Blick an.

»Du hättest verschwinden und dich nicht zu erkennen geben sollen. Was sollte dieses bescheuerte Katz- und Mausspiel? Bist du noch immer scharf auf sie, oder was?«

Das Blatt hatte sich gewendet, Fischer hatte heute die Oberhand.

»Die hätte eine ordentliche Abreibung verdient. Mischt sich in alles ein.« Mit nervösen Händen spielte er mit seinem Brieföffner herum, benutzte ihn wie einen Degen und stieß damit imaginäre Löcher in die Luft.

»Was hättest du denn mit ihr gemacht? Sie tatsächlich von einer Autobahnbrücke geworfen, wie du es ihr angedroht hast?« Raimund Fischer war sichtlich genervt. Ungern wurde er sonntags zu Hause gestört. Sie saßen gerade beim Kaffeetrinken, als das Telefon klingelte, seine Frau und seine beiden Kinder. Besuch war gekommen, seine Schwiegereltern. Gerade sonntags, wo auf heile Welt gemacht wurde, musste er weg. Dringender Vorfall in der Firma, hatte er erzählt. Nachher würde seine Frau ihn löchern, was denn genau gewesen war, und er müsste einen lückenlosen Bericht abgeben. Wie er das hasste.

»Natürlich nicht. Ich hätte sie irgendwo in einem Wald abgelegt. Da hätte sie drüber nachdenken können, ob es Sinn macht, sich in alles einzumischen.«

»Wie bescheuert wäre das denn gewesen? Toll, sie hätte sofort die Kripo gerufen und sie hätten dich längst eingelocht. Wie klug. Du siehst übrigens Spitze aus mit der Riesenmacke am Kopf. Da hat der Kerl richtig gut zugeschlagen. Hast du ihn erkannt?«

»Wo der auf einmal herkam, ist mir ein Rätsel. Muss irgendeiner aus der Nachbarschaft gewesen sein. Bei der Werksbesichtigung war er auch dabei, dieser alte Knacker.«

»Und du meinst, die Sommerfeld hält die Klappe und geht nicht zur Polizei?«

»Ich denke nicht, dass sie was unternimmt. Dann würde sie ebenfalls Ärger bekommen. Man würde sie fragen, was sie auf dem Gelände zu suchen hatte. Ist mir sowieso ein Rätsel, wieso die überall präsent ist. Den Kommissar scheint sie gut zu kennen. Vielleicht ist sie eine verdeckte

Ermittlerin.« Von Raimund keine Antwort erwartend, befühlte Wessel seine Wunde und verzog dabei schmerzverzerrt sein Gesicht. Wochen würde es dauern, bis sein schönes Antlitz wieder vorzeigbar war, was den Perfektionisten Wessel, der großen Wert auf sein Äußeres legte, hart traf.

»Was wolltest du eigentlich auf dem Gelände?« Fischer stand aus seinem Sessel auf, schaute auf seine Armbanduhr und ging zum Fenster. Er blickte in den Westfalenpark, der an einem warmen Sonntag von Besuchern übervölkert war.

»Ja, was wollte ich da? Ich weiß es selbst nicht genau. Vielleicht habe ich irgendwie geahnt, dass die Sommerfeld auftaucht.«

»Geahnt oder gehofft?«

Wessel zog die Schultern hoch und starrte vor sich hin.

Er wirkte, als stünde er unter Drogen. Oder hatte der Schlag auf den Kopf ihm etwa sein Gehirn vernebelt?, fragte Fischer sich. »Ich denke, wir beenden das Gespräch für heute. Ich habe Besuch und muss nach Hause. Wir können morgen weiterreden.« Selten traute er sich, so mit Wessel zu sprechen, der normalerweise den Ton vorgab.

Dieser lachte hämisch auf. »Du hast Angst vor deiner Alten. Gleich setzt es was. Sie wird dich löchern, was du in der Firma zu suchen hattest. Stimmt's? Lass mich raten. Deine Schwiegeralten fressen sich bei dir mit Kuchen voll. Na, na, na, wenn die dir nicht den Geldhahn abdrehen.«

Wessels hämisches Lachen drang tief in Fischers Bewusstsein. Er war wütend. »Pass du lieber auf, dass man dir nicht gleich alles abdreht. Wenn die Sommerfeld von dem Benzinkanister weiß und sogar einen Mitwisser hat, wird man dir bald auf die Schliche kommen. Dann ist Schluss mit Firmenansiedlung auf dem Zechengelände.«

»Du hängst genauso mit drin, mein Lieber. In dieser Woche werden übrigens die Verträge unterschrieben, da geht nichts mehr schief. Der zweite Firmensitz der Peter Wessel & Co. KG wird bald Gelsenkirchen sein, verlass dich drauf. Und nun fahr schön nach Hause.«

Als Raimund Fischer das Büro seines Chefs verließ, vernahm er das dreckige Lachen Wessels. Der ist total durchgeknallt, dachte er. Ich hätte mich niemals mit dem einlassen sollen.

Auf der Heimfahrt überlegte er, ob er den Kommissar anrufen und sich stellen sollte. So viel würde es für versuchte Brandstiftung und Erpressung nicht geben. Er war schließlich nur die ausführende Hand gewesen, von Wessel beauftragt, der ihn unter Druck gesetzt hatte. Regelrecht bedroht hatte er ihn. Das würde man sicherlich strafmildernd berücksichtigen. Mit dem Morden habe ich schließlich nichts zu tun, sagte er sich andauernd.

Er zweifelte lange Zeit an der angeblichen Unschuld seines Chefs. Ob er vielleicht nachgearbeitet hatte? War er ihm damals nachgeschlichen und hatte die beiden umgebracht? Woher hatte er eigentlich die Schlüssel zu dem alten Verwaltungsgebäude?

In der Nacht wachte er schweißgebadet auf und nahm sich vor, gleich am nächsten Morgen zur Polizei zu gehen. Er war der Überzeugung, dass es keine andere Lösung gab. Er dachte an seine Kinder. Sie hätten einen vorbestraften Vater. Was würden seine sittenstrengen Schwiegereltern dazu sagen? Niemals würde der Herr Obergerichtsrat a. D. zu ihm halten. Er würde von seiner Tochter verlangen, dass sie sich scheiden ließe. Vielleicht war es besser, erst einmal abzuwarten, bis die Kripo den Mörder gefunden hatte. Möglicherweise würden seine Vergehen unentdeckt bleiben. Wunder gab es schließlich immer wieder.

20.

Am Montag stand Margareta wieder in der Damenoberbekleidungsabteilung des großen Kaufhauses am Buerschen Marktplatz und beriet seit einer halben Stunde eine ältere Dame beim Kauf eines Wintermantels. Obwohl sie sich den ganzen Sonntag auf die faule Haut gelegt hatte, fühlte sie sich matt und erschlagen. Dank eines gut deckenden Make-ups sah man ihrem Kinn den Schlag nicht mehr an. Vieles spukte ihr im Kopf herum. Vor allem die Angst vor Wessel machte ihr zu schaffen. Würde er noch einmal versuchen, sich ihr zu nähern? Gestern Abend hatte Jürgen Löschke angerufen und sie aus ihren trüben Gedanken gerissen. Er schaffte es tatsächlich, sie mit den News der Pro-Biber-Gruppe aufzuheitern. Dafür musste sie ihm versprechen, heute in ihrer Mittagspause mit ihm essen zu gehen. Über einen Anruf von Udo Urbat hätte sie sich bei Weitem mehr gefreut, musste sie zugeben. Trotzdem dachte sie nur: Das ist kein Kerl für dich, dieser unscheinbare Schichtarbeiter. Mag er auch noch so viel Wärme ausstrahlen.

Die zitterige Alte konnte sich nicht zwischen einem grünen Lodenmantel und einem beigefarbenen Kammgarnmantel entscheiden. Immer wieder probierte sie beide Mäntel an, fiel dabei vor Schwäche fast in den Ständer. Wankend drehte sie sich vor dem Spiegel nach links, dann wieder nach rechts. Margaretas Geduld war am Ende und sie fragte sich, ob dieses Mütterchen keine Tochter hatte, die sie zum Einkaufen begleiten könnte. Sich bei 28 Grad im Schatten einen Wintermantel zu kaufen, hielt sie sowieso für Wahnsinn. Das sagte sie der alten Frau natürlich nicht. In beiden Mänteln sah das Mütterchen total daneben aus. Da der Lodenmantel wesentlich leichter war, versuchte Margareta, ihr diesen schmackhaft zu machen. Die alte Dame nahm das Preisschild in die Hand und schüttelte den Kopf. »280 Euro ist ja ganz schön teuer.«

Margareta hatte es aufgegeben, sie von der guten Qualität des Stückes zu überzeugen, denn auf diesem Ohr schien sie taub zu sein.

»Dann gehen sie doch schräg gegenüber zu *kik*, dort sind die Mäntel billiger«, lag ihr auf der Zunge, sie lächelte jedoch nur und machte eine Faust hinter dem Rücken, wie ihr Chef ihr im Umgang mit schwierigen Kunden geraten hatte.

»Meinen Sie nicht, dass der hellere Mantel mich besser kleidet?«, kam es abermals aus dem Plisseemund der alten Dame.

»Och, eigentlich stehen ihnen beide Mäntel ausgezeichnet«, säuselte Margareta honigsüß und verabscheute sich dafür, die alte Dame anzulügen. Rausgeschmissenes Geld war es ihrer Meinung nach, denn so wie die Oma aussah, würde sie den Winter gar nicht mehr erleben. Doch konnte sie ihr das sagen? Ehrlichkeit war in ihrem Job nicht drin. Der Rubel musste schließlich rollen.

Nach einer geschlagenen Stunde kaufte die Greisin den in eine Plastiktüte gestopften Lodenmantel und schob taumelnd ab, sodass Margareta endlich in die wohlverdiente Pause gehen konnte.

Als sie das Kaufhaus verließ, sah sie Löschke schräg gegenüber vor dem Grillhähnchenwagen stehen. Margareta zuckte zusammen. Das durfte nicht wahr sein. Mit ›zusammen zu Mittag essen‹ meinte Löschke doch wohl nicht, dass ich diesem verschwitzten Zwerg Nase, der sich zwischen seinen Stangen mit sich in der Hitze drehenden Hähnchen abschuftete, eins von seinen verseuchten Teilen abkaufen soll, um es gleich hier an dem Stehtisch zu verspeisen?

Strahlend kam Löschke auf sie zu und umarmte sie herzlich. Rotes T-Shirt und Jeans waren in Ordnung. Seine langen Haare hatte er zu einem Zopf zusammengebunden.

Zwerg Nase aus dem Grillwagen tropfte der Schweiß von seinem Zinken, als er wie ein Wilder die Hähnchen zerschnitt und in vorbereite Tüten stopfte.

Löschke hatte zum Glück nicht vor, sie auf ein Federvieh einzuladen und Margareta atmete auf. Was er dann vorschlug, war allerdings nicht besser. Er gedachte, vom Fischwagen einen Backfisch mit Kartoffelsalat zu kaufen und sich damit am gegenüberliegenden Busbahnhof auf eine Bank zu setzen. Margareta rollte mit Augen und sagte sich: So ist er eben, der Herr Bio-Lehrer. Freundlich nickte sie ihm zu und steuerte auf besagten Fischwagen zu. Vielleicht besser Fisch mit Kartoffelsalat als eine verkohlte Salmonellenschleuder von Zwerg Nase.

Sie entspannte sich, als sie auf der Bank in dem kleinen Park saß, der sich direkt dem Busbahnhof anschloss, und ihren Fisch verzehrte. Es fiel ihr schwer, Löschke nicht von ihrem schlimmen Erlebnis der Freitagnacht zu erzählen. Niemandem hatte sie sich bisher anvertraut. Das Schweigen machte ihr schwer zu schaffen. Während Löschke auf sie einredete, dachte sie an den väterlichen Blauländer und überlegte, ob es nicht sinnvoll wäre, ihn ins Vertrauen zu ziehen. Gleichzeitig war ihr bewusst, dass sie damit eine Mine lostreten würde. Ihr wurde schlagartig klar, wie schlimm es war, keine Menschenseele zu haben, der man sich anvertrauen konnte. Die berühmte Schulter zum Anlehnen fehlte ihr.

Bezüglich der Morde wusste Löschke auch nichts Neues zu berichten. Von wegen Insiderwissen, über das er verfügen würde. Alles bloß Blabla. Sein Vater hatte ihm erzählt, dass sie bei Annegret im Garten zum Grillen gewesen sei, was ihm gar nicht in den Kram zu passen schien.

»Wenn ich dich anrufe, um mich mit dir zu verabreden, hast du nie Zeit, schützt dauernd Termine vor«, beklagte er sich kauend. »Und dann gehst du zu den Thannhäusers? Lässt dich sogar von Urbat nach Hause fahren?«

Er war sehr gut informiert, musste sie grinsend feststellen. Trotzdem ging ihr sein Verhalten zu weit.

»Also hör mal, was spielst du dich so auf? Ich kann meine Freizeit verbringen, mit wem ich will. Sind wir verheiratet oder was? Außerdem besitzt Urbat wenigstens ein Auto, womit er mich heimfahren konnte. Wie hättest du mich denn nach Hause gebracht? Vorne auf der Stange deines Rades?«

Erst die anstrengende Alte mit dem Lodenmantel, jetzt Vorhaltungen von Löschke. So langsam reichte es Margareta. Grußlos stand sie auf und ging eiligen Schrittes zurück zum Kaufhaus. Den jammernden Löschke ignorierte sie.

Mehrmals las sie den Artikel in der BAZ von heute.

**Mehrere Unternehmen wollen sich auf Bergmanns-
glück niederlassen.**

Nachdem es lange Zeit um die Neuansiedlungspläne der Peter Wessel & Co. KG ruhig geworden war, ist es jetzt offiziell: Auf dem ehemaligen Zechengelände Bergmannsglück wird sich das in Dortmund ansässige und auf Kunststoffrohre spezialisierte Unternehmen mit einem Zweitbetrieb ansiedeln. Drei Handwerks-Zentren aus dem Ruhrgebiet verlagern ihren Firmensitz ebenfalls nach Hassel. Das sei, so die Stadtverwaltung, »eine Perspektive für die Zukunft«.

Die Wessel KG, die zurzeit außergewöhnlich stark expandiert, wird die südlich der E.ON-Grünfläche gelegenen Hallen in den nächsten Tagen übernehmen. Die anderen Unternehmen werden folgen. Durch die Ansiedlung sollen über 600 Arbeitsplätze geschaffen werden.

Die Bergmannsglücker Nachbarn werden in der Prüfhalle eine neue Bleibe finden. Das Fördermaschinenhaus bleibt ebenfalls erhalten.

Hatte dieser Verbrecher es tatsächlich geschafft und den Vertrag bereits in der Tasche? Das durfte nicht wahr sein. Sie musste Blauländer mitteilen, dass Wessel versucht hatte, die Hallen abzufackeln, um die Angelegenheit zu beschleunigen und dass er den Stadtplaner erpresst hatte. Wenn er nun doch sein Mörder war und auch Kevin auf dem Gewissen hatte? So einen Menschen konnte man schließlich hier nicht dulden. Margareta war ziemlich aufgebracht, rannte in ihrem Wohnzimmer auf und ab, blieb schließlich am Fenster stehen und starrte hinaus in die Dunkelheit. Da erhielt er tatsächlich den Zuschlag für das Gelände und mit ihm noch drei weitere Firmen.

Lange Zeit hielt sie ihr Handy fest und überlegte, ob sie Blauländer so spät am Abend anrufen sollte oder besser nicht. Sie musste einfach mit jemanden darüber reden. Die Angelegenheit wurde ihr zu brenzlig. Wessel war unberechenbar. Jetzt, wo er Oberwasser hatte, würde er nicht mit der Wimper zucken und sie beiseite schaffen, wenn sie Zicken machen würde. Sie musste Blauländer einschalten. Ihr blieb gar keine andere Wahl. Da konnten weder ihre Mutter Waltraud noch Udo Urbat weiterhelfen.

Sie wählte seine Nummer und lauschte dem Freizeichen. Vielleicht lag er um 22 Uhr schon in den Federn und kuschelte sich an das Nachthemd seiner Anni.

»Blauländer«, vernahm sie nach einigen Sekunden seine recht wache Stimme.

»Ich bin es, Margareta Sommerfeld«, kam es kleinlaut von ihr.

»Ach nee, gibt es Sie auch noch?«, fragte er sie überrascht. Er stellte diese Frage so mitfühlend, dass Margareta auf der Stelle in Tränen ausbrach.

»Aber Mädchen, was ist denn los?«, fragte er mit seiner gütigen Santa Claus Stimme.

»Es ist alles so schrecklich«, sprudelte es aus ihr heraus. »Wessel hat mich k. o. geschlagen und wollte mich von der Autobahnbrücke schmeißen und nun hat er den Zuschlag für das Zechengelände bekommen. Dabei wollte er die Hallen abfackeln und hat den Stadtplaner bestochen. Solch einen Mann kann man doch nicht auf das Gelände lassen.«

»Nun mal langsam. Wo sind Sie?«, sprach er beruhigend auf sie ein und unterbrach ihren Redeschwall.

»Zu Hause. Ich habe Angst, dass er mir etwas antun wird.« Margareta weinte noch immer, konnte sich überhaupt nicht beruhigen.

»Bleiben Sie ganz ruhig, ich komme zu Ihnen.« Der Beschützerinstinkt Blauländers war erwacht.

Unter heftigem Schluchzen nannte sie ihm noch mal ihre Anschrift und beendete das Gespräch.

Wenige Minuten später – Margareta hatte sich inzwischen beruhigt – klingelte es an ihrer Wohnungstür.

Obwohl sie Bommer versprochen hatte, es für sich zu behalten, wog die Bürde dieses Geheimnisses so schwer, dass sie es Blauländer einfach mitteilen musste.

Skeptisch zuckten seine grünen Augen hintern den Gläsern seiner modernen Brille hin und her, als er eintrat und sich neugierig umschaute. Nach einer herzlichen Begrüßung setzte er sich unaufgefordert auf das Sofa, Margareta ihm gegenüber in den Sessel. Wieder schossen ihr Tränen in die Augen und sie sprudelte sofort los, als sie den väterlich warmen Blick Blauländers sah. Was sollte er von ihr denken? Wo war die toughe Frau, die coole, die sich alles traute?

Fast nichts ließ sie aus, sie erzählte ihm von ihrer illegalen Besichtigung des Verwaltungsgebäudes und dem plötzlichen Auftauchen Wessels, von der Androhung, sie von einer Autobahnbrücke zu stoßen, und dass er sie niederschlug. Ihren ersten Besuch in dem alten Gebäude sowie die Herkunft des Schlüssels verschwieg sie. Dann kam Bommer ins Spiel, der rettende Engel. Margareta war des Lobes voll über den Mann, den alle für einen verschrobenen Nachbarn hielten. Vergessen war das schofelige Verhalten Blauländers bei ihrem letzten Treffen. Auch, dass sie ihn mehrmals innerlich als kleingeistige Beamtenseele beschimpft hatte. Sie sah den liebenswert helfenden Kommissar in ihm, einen Alphamann, der wissen würde, was zu tun war.

Als Margareta mit ihrem Bericht geendet hatte, kratzte sich Blauländer nachdenklich sein Kinn. Zwei Knöpfe seines überdimensional großen Poloshirts hatte er geöffnet, um seinen dunkelblonden Brustpelz zu zeigen, in dem jetzt zwei seiner Finger verschwanden, um darin herumzuwühlen.

»Das ist echt harter Tobak. Ich muss schon sagen. Wieso haben Sie mich nicht sofort gerufen?«

»Ich hatte Bommer versprochen, es für mich zu behalten. Er hat Angst vor der Polizei, will seine Ruhe haben. Doch dann wurde es mir zu brenzlig. Ich bekam immer größeren Bammel vor Wessel. Und als ich vorhin in der Zeitung las, dass er den Zuschlag für die Firmenansiedlung auf dem Zechengelände bekommen hat, da musste ich Sie einfach anrufen. Das geht doch nicht, dass so ein Verbrecher ein Unternehmen eröffnet.«

»Bommer, Bommer, Rücksicht auf Bommer«, nuschelte der Kommissar sich in den Bart und nahm seine Brille ab. »Wir kommen mit unseren Ermittlungen, was die Morde betrifft, einfach nicht weiter. Etliche Spuren, denen wir nachgehen, einige Verdächtige. Dass Wessel hinter der Erpressung des Stadtplaners steckt, ist uns inzwischen klar. Wie kommen Sie darauf, dass er das Gelände abfackeln wollte?«

Nun musste Margareta Farbe bekennen und beichtete die Sache mit dem Kanister, obwohl sie Gisbert bereits vor ihrem inneren Augen toben sah.

»Wieso hat Ihr Bruder den Fund nicht gemeldet? Macht denn hier jeder was er will? Das ist Unterschlagung von Beweismaterial.« Blauländer war sichtlich verärgert. »Wie sollen wir denn da weiterkommen, wenn jeder Beweismittel zurückhält?«

»Gisbert wollte nicht, dass das Ansehen Kevins beschmutzt würde. Nur deshalb hat er den Kanister nicht abgeliefert.«

»Hm«, grunzte Blauländer und rieb sich seine müden Augen. Selten war er so unentschlossen, was nun zu tun sei. Diese Frau machte ihn fertig.

»Kamen Ihnen denn nicht Zweifel, wieso dieser komische Nachbar plötzlich in dem Gebäude erschienen ist? Das ist doch nicht normal«, wechselte er das Thema.

»Bommer ist ein einsamer Mann, dem das Leben übel mitgespielt hat. Er hat einen Beobachtungsposten an seinem Schlafzimmerfenster und hat am Freitagabend Wessel von hinten auf das Gelände gehen sehen. Da wollte er nachschauen. Das klang für mich plausibel.«

»Hm.« Vollkommene Unentschlossenheit bei Blauländer.

»Sie sprachen von Tatverdächtigen. Sind es also mehrere, die infrage kommen?« Margareta war neugierig geworden. Vergessen war die Angst vor Peter Wessel.

»Das darf ich Ihnen natürlich nicht erzählen. Ich rede heute sowieso viel zu viel.« Er schaute sie lange Zeit an bevor er weitersprach. »Die Rechtsmedizin hat mir endlich die Untersuchungsergebnisse mitgeteilt: Kevin Koslowski sowie Heribert Stempel sind beide mit einem stumpfen Gegenstand erschlagen worden. Bei Stempel wurde allerdings noch einmal nachgefasst – ebenso bei Kevin. Der erste Schlag war nicht tödlich. Ich nehme an, dass der erste von demjenigen ausgeführt wurde, der sich an dem fehlenden Geld bereichert hat. Der Mörder schlug erst später zu.«

Margareta hatte inzwischen Kaffee und Kekse serviert. Es war bereits nach 23 Uhr, was Blauländer aber nicht davon abhielt, sich ordentlich mit Gebäck vollzustopfen und Kaffee in sich hineinzugießen.

Margareta, die Amateurdetektivin, schmolz vor Bewunderung dahin und hing an Blauländers Lippen, in der Hoffnung, mehr Insiderwissen von ihm zu erfahren.

Gütig wie ein Vater klopfte er auf das Polster neben sich. »Nun setzen Sie sich mal zu mir, Sie sind ja völlig fertig.« Dabei ging es ihr schon viel besser.

Margareta stand aus ihrem Sessel auf und setzte sich tatsächlich neben den Kommissar, um sich ihm anschließend an den Hals zu werfen und vor Erleichterung an seiner Schulter ein paar Tränen herauszupressen. Tröstend klopfte er ihr auf den Rücken und sprach beruhigende Worte, wie zu einem Kind, das sich wehgetan hatte.

Darf er das eigentlich, fragte sich Margareta wenig später, als sie sich von ihm gelöst hatte. Solche Vertraulichkeiten gehörten sicherlich nicht zu den Vernehmungsmethoden der Polizei.

Sichtlich stolz räusperte Blauländer sich, schob sich ein Waffelröllchen in den kurzen Hals und überlegte, was er tun sollte. Nie zuvor war er in einer solchen Situation gewesen. Er fühlte sich befangen. Margareta hingegen war schon wieder voll auf ihrem Ermittlertrip.

»Wer könnte Stempel den ersten Schlag versetzt und sich das Geld angeeignet haben?« Margareta musste an Urbat denken, verwarf den Gedanken allerdings sofort. Nein, das traute sie Udo nicht zu.

Eine halbe Stunde später verabschiedete der Kommissar sich von Margareta, mit dem Versprechen, alles Weitere zu regeln. Sie könne nun beruhigt schlafen, alles läge in seiner Hand. Konnte sie ihm wirklich vertrauen?

Erst im Treppenhaus erzählte sie ihm von dem Hirschhornmesser, welches sie in dem Verwaltungsgebäude gefunden hatte, das sich nun aber in Wessels Besitz befinden müsse. Dass Löschke mit solch einem Messer herumgespielt hatte, verschwieg sie. Der arme Kommissar. Bekam nur Halbwahrheiten und Häppchen serviert, woraus er sich etwas Brauchbares stricken musste. Sie schämte sich, sagte sich jedoch, dass sie niemanden unnötig in die Angelegenheit hineinziehen dürfe.

Aufgewühlt lag sie gegen Mitternacht endlich in den Federn. Welch ein aufregender Tag.

Mensch, war es kalt, bitterkalt. Margareta fror, sie war benommen, wie gelähmt, kaum rühren konnte sie sich. Ein ekeliger Geruch stieg ihr in die Nase, der Geruch von Doornkaat. Die Stille in dem Raum war gespenstisch. Kein Uhrticken, kein Geräusch von draußen, nichts. Wo befinde ich mich, fragte sie sich abermals und sah sich um. Du bist nicht in deinem Schlafzimmer und nicht in deinem Bett. Wo bin ich? Der Doornkaatmief brachte sie fast um. Hinzu gesellte sich der Geruch von Schweiß und kaltem Rauch. Allmählich lichtete sich der Nebel in ihrem Kopf. Jemand hatte ihr einen Lappen auf Mund und Nase gedrückt. Das war das Letzte, an was sie sich erinnern konnte.

Sie versuchte sich aufzurichten, was ihr misslang. Die Bettwäsche unter ihr klebte und roch muffig. Was um Himmels willen war das für ein Raum? Durch eklige braune

Vorhänge drang ein wenig Tageslicht und sie konnte das Interieur erkennen. Es erinnerte sie an ein Stundenhotel. War sie in einem Puff gelandet? Sie geriet in Panik. Peter Wessel fiel ihr ein. Dieser widerliche Schönling. Hat er mich etwa verkauft? Sie berührte vorsichtig ihren Körper. Ich bin zum Glück nicht nackt, ich trage mein blaues Nachthemd. Hat er mich also von zu Hause entführt? Wie war er in meine Wohnung gelangt? Fragen über Fragen. Die Angst in ihr wuchs. Wieso roch es hier nach Alkohol? Hatte man sie mit irgendwelchem Fusel abgefüllt, um sie gefügig zu machen? Würde gleich die Tür aufgehen und eine Horde Kerle über sie herfallen? Ich werde mich wehren, soweit ich dazu in der Lage bin, nahm sie sich vor. Ich werde um mich treten, kratzen und beißen.

Die Tür öffnete sich knarrend und Wessel stand plötzlich im Türrahmen. Er trug eine Jeans, sein Oberkörper war nackt. Er wirkte alles andere als sexy. Als er an das Bett trat, stellte Margareta fest, dass der fiese Alkoholgeruch aus seinem Mund kam. Außerdem stank er widerlich nach Schweiß. Er schaltete die Nachttischlampe ein und sie erschrak. Seine rot umränderten Augen und sein verzerrter Gesichtsausdruck ließen ihr Herz noch mehr rasen. Der Kerl war zu allem fähig. Er stand eindeutig unter Drogen. Seine verklebten Haare hingen ihm tief ins Gesicht.

»Was wollen Sie von mir? Wo befinde ich mich?«

Er lachte und sagte nichts. Sein starrer Blick blieb an ihrem Busen hängen. Er zog ein Messer aus seiner Hosentasche und begann, ihr Nachthemd am Ausschnitt aufzuschlitzen. Seine Fingernägel waren schmutzig, was untypisch für ihn war.

Margareta begann gellend zu schreien. Er ließ sich jedoch nicht beirren, klappte das verklebte Oberbett zurück und fuhr seelenruhig fort, ihr Nachthemd aufzuschneiden. Sie zitterte wie Espenlaub. Vor Kälte und vor Angst.

»Hören Sie auf damit!«, sagte sie, wehrte sich jedoch nicht.

Er grinste und starrte sie, nachdem er das aufgeschnittene Nachthemd beiseite gestreift hatte, unentwegt an.

»Was soll das?«, fragte sie ihn schluchzend.

Wieder keine Antwort. Ganz langsam steckte er das Messer in seine Tasche und legte beide Hände um ihren Hals. Dann drückte er feste zu. Margareta rang nach Luft, die immer knapper wurde. Und er drückte erbarmungslos zu, bis sie ihr Bewusstsein verlor.

Schweißgebadet wachte sie auf. Ein Albtraum, ein fürchterlicher Albtraum, realisierte sie nach wenigen Sekunden. Bis sie sich einigermaßen beruhigt hatte, verging eine halbe Stunde. Ein Blick auf ihren Wecker sagte ihr, dass es sich um kurz nach fünf nicht mehr lohne, sich noch einmal umzudrehen. So quälte sie sich aus dem Bett und wankte ins Bad. Blauländer wird ihn verhaften, ganz bestimmt, beruhigte sie sich.

21.

Die Einrichtung seines Wohnzimmers entsprach eher der eines alten Ehepaares als eines Mannes Ende 40. Altdeutscher Schrank Eiche rustikal mit riesiger Mittelvitrine, in der sich jede Menge Schnickschnack befand. Güldene Sammeltäschchen, schnörkelige Bilderrahmen mit Horrorfotos, auf denen sich seicht grinsende Eheleute anhimmelten, Kinder im bunten 80er-Jahre-Look, mit Pisspottpony und Zahnspange, gekünstelt lachend. Auf dem passenden Sideboard, welches auf der linken Seite stand, lagen 150 Häkeldeckchen in den schrillsten Farben. Verstaubte Kunstblumengestecke in verklebten Vasen machten alles noch schlimmer. Das Kaufhausölgemälde über dem riesigen Sofa zeigte den berühmten Hirschen vor Traumkulisse. Margareta starrte auf das Muster der barocken Polstergarnitur und hatte das Gefühl, ihre Augen beißen sich in dem grünen Blumenmotiv fest. Hatte Annegret ihr nicht erzählt, Udos Frau, die gute Ingrid, hätte den größten Teil der Möbel mitgenommen, als sie ihn verließ? Da hatte sie dem armen Mann den Schrott dagelassen und sich wahrscheinlich das Beste ausgesucht.

Er bot ihr einen Platz auf dem Sofa an, setzte sich ihr schräg gegenüber in einen Sessel, in dem er regelrecht versank, und sprang gleich wieder auf, um in die Küche zu laufen. Die Polstergarnitur war wirklich überdimensional groß und scheußlich wie die Nacht. Vier mit braunem Kunstleder bezogene Stühle und ein Holztisch mit zerfurchter Oberfläche bildeten den Essbereich, direkt unter dem Fenster mit dem vergilbten Grobstore. Auf den Stühlen lag eine dicke Staubschicht und Margareta war froh, sich nicht mit ihrem engen schwarzen Rock dort hingesetzt zu haben.

Mit flinken Schritten kam Udo über die Schlingenauslegware gehuscht und stellte zwei Cola-Gläser auf den Nussbaumcouchtisch. Nussbaum und Eiche, eine irre Kombination. In der Mitte des Tisches, auf einem mit Stiefmütterchen bestickten Läufer, stand eine Etagere mit Keksen und Schokolade. Alles nicht mehr taufrisch, also konnte Margareta sich beherrschen, davon zu naschen.

»Schön, es ist so schön, dass Sie gekommen sind«, meinte Udo Urbat fast flüsternd und sah sie lächelnd an.

Was hat mich da bloß geritten?, fragte Margareta sich. Sie wollte nicht einsam sein, das war es. Da kam ihr der Anruf Urbats gerade recht. Erst hatten sie minutenlang Belanglosigkeiten ausgetauscht, bevor er sich traute, sie zu sich nach Hause einzuladen. Das Haus zeigen, später ein wenig durch die Gegend fahren, irgendwo eine Kleinigkeit essen, meinte er. Da Margareta einen erbärmlichen Arbeitstag hinter sich hatte und nicht alleine sein wollte, sagte sie zu, ging unter die Dusche, schmiss sich in ihre besten Klamotten und fuhr Richtung Bergmannsglück. Zu Hause fiel ihr die Decke auf den Kopf. Die Angst vor Wessel, in Kombination mit ihrem bösen Traum, saß ihr im Nacken. So war sie glücklich, flüchten zu können, und stand um kurz nach 19 Uhr bei Urbat auf der Matte. Blauländer hatte sich den ganzen Tag nicht gemeldet und sie wusste nicht, ob das ein gutes Zeichen war oder nicht. Ob er Wessels Verhaftung bereits veranlasst hatte? Vielleicht war er noch gar nicht aktiv geworden und der Schönling konnte weiterhin sein Unwesen treiben. Auch von Gisbert nur Schweigen, was sie allerdings als positives Zeichen wertete, denn wenn die Kripo bei ihm vor der Tür gestanden und die Herausgabe des Kanisters gefordert hätte, hätte ihr Bruder sich mit Sicherheit gemeldet.

»Ja, es war eine gute Idee, mich anzurufen. Mein Tag war dermaßen blöd, dass mir ein wenig Abwechslung echt gelegen kommt.«

Haus zeigen fiel aus, Urbat stammelte nervös herum,

bevor er vorschlug, man möge sich duzen, womit Margareta einverstanden war. Mit ihm per Du zu sein bedeutete ja nicht, gleich mit ihm in die Kiste zu steigen. Trotz seines nicht gerade attraktiven Aussehens und seiner unbeholfenen Art mochte sie ihn. Als hätte er es plötzlich eilig, drängte er zum Aufbruch.

Fünf Minuten später saß sie neben Urbat in seinem tollen Wagen und kam sich vor wie Gräfin Koks. Seinen eher zarten linken Ellbogen aus dem Fenster hängend, dabei verwegen grinsend, chauffierte er Margareta auf der A 52 Richtung Haltern. Ein längerer Seitenblick verriet ihr, dass sein gelbes Polohemd unzählige Fusselknötchen aufwies. Immerhin war die Jeans okay. Sein schütteres blondes Haar wehte im Fahrtwind. Margareta entspannte sich. Jedoch nur so lange, bis er das Thema Zeitungsartikel in der gestrigen BAZ anschnitt. Stolz berichtete er ihr von dem Begegnungszentrum, welches bereits in sechs Monaten fertig sein sollte, und wie sehr die Bürgerinitiative sich freuen würde, dass nun beides klappte, Ansiedlung von Firmen und zukünftiger Siedlungstreffpunkt. Traurig war er hingegen, dass das schöne Verwaltungsgebäude sowie einige andere der historischen Gebäude abgerissen werden würden.

»Ist ja alles schön und gut«, meinte Margareta. »Doch hat das Ganze schon einen bitteren Beigeschmack, oder nicht?«

»Weil der oder die Mörder noch nicht gefasst sind, meinst du?« Urbat riskierte einen kurzen Seitenblick. Seine Miene verdüsterte sich.

»Zum einen. Dann dieser Wessel. Dass der den Zuschlag für seine Firmenansiedlung hat, stößt mir bitter auf. Der ist doch nicht ganz koscher. Mir macht er Angst.«

»Meinst du, der hat mit den Morden etwas zu tun?«

»Mit den Morden vielleicht nicht, aber bestimmt mit der Bestechung.«

»Weist du Näheres?« Urbat wurde sichtlich unruhig, rutschte auf seinem Sitz hin und her.

»Nein«, log Margareta, die es für viel zu früh hielt, ihn ins Vertrauen zu ziehen.

Misstrauisch sah Udo sie von der Seite an, wechselte dann geschickt das Thema und schwärmte vom ach so tollen Begegnungszentrum Bergmannsglück. Wahrscheinlich sah er sich bereits an der Theke stehend Bier für seine Nachbarn zapfen.

Als der Wagen auf dem Parkplatz des Seehofs hielt und Margareta aus dem Auto stieg, stieß sie Entzückungsschreie aus. Der See direkt vor dem Hotel, die Boote mit ihren schneeweißen Segeln, die ihre Abendrunden auf dem Halterner Stausee drehten, die langsam untergehende Sonne sowie die ausgelassene Stimmung auf der Terrasse des Hotels faszinierten sie.

Sie fanden einen traumhaften Platz mit direktem Seeblick, Udo ließ die Abendkarte bringen und bestellte für beide einen Portugieser Weißherbst.

Da er Margareta direkt gegenüber saß, blieb es nicht aus, dass ihr Blick des Öfteren an seinem mit Knoten übersäten, zitrusgelben Poloshirt hängen blieb. Schickes Auto und so einen Lump am Leib. Sie fragte sich, wie das zusammenpasste.

Beim Thema Annegret Thannhäuser biss er sich schließlich fest, ließ nicht enden wollende Lobeshymnen über sie erklingen. Lieber hätte Margareta etwas über Rudi Thannhäusers dunkle Seite erfahren und über das Verhältnis der Eheleute untereinander. Null Chance. Sie musste sich nach einer halben Stunde eingestehen, dass sie gegen Annegret nicht anstinken konnte und dass Udo Urbat seit je her ein Auge auf sie geworfen hatte.

Seine Essenseinladung war jedoch vom Feinsten. Als Vorspeise servierte man Lachs-Tartar auf Reibeplätzchen, Medaillons vom Schweinefilet an Pilzrahmsoße zur Hauptspeise und als Nachtisch Käseauswahl mit Pumpernickel. Also da konnte Löschke Junior einpacken. Pommes mit Currywurst und Backfisch mit Kartoffelsalat, beides noch nicht einmal am Tisch serviert, war mit diesem Essen in der tollen Atmosphäre überhaupt nicht zu vergleichen.

Nachdem das Thema Annegret durch war, folgten Anekdoten aus seinem Schichtarbeiterleben bei der Ruhr-Öl-AG. Immer wieder fragte er sie jedoch zwischendurch nach ihrer Arbeit. Margareta hörte Udo Urbat gerne zu und genoss es, nicht ununterbrochen reden zu müssen. Ein wirklich netter Mann, viel zu gut für diese Welt, stand für sie nach zwei Stunden fest.

»Wieso gibt es keinen Mann in deinem Leben?«, traute er sich nach einem weiteren Glas Weißherbst zu fragen.

Tja, wieso eigentlich nicht?, fragte Margareta sich und blickte verträumt auf den See hinaus. Die Sonne war bereits hinter den angrenzenden Wäldern verschwunden. Auf den Tischen brannten Windlichter im Dämmerlicht, die eine romantische Stimmung zauberten.

Der Wein löste ihre Zunge. Sie erzählte ihm von Bertl und vom schönen Karol, der sie mies betrogen hatte. Gebannt hörte er ihr zu.

»Und was ist mit Jürgen Löschke?«, fragte er irgendwann, woraufhin Margareta lauthals zu lachen anfing. Sie konnte sich gar nicht mehr beruhigen. Tränen liefen ihr die Wangen hinunter. »Löschke, diese Lachnummer.

Du meinst doch nicht ernsthaft, dass dieser verschrobene Biolehrer für mich infrage käme?« Sie hatte sich wieder beruhigt und schaute ihn amüsiert an. »Was erzählt man sich denn über Löschke und mich?«

»Och, nichts Besonderes. Nach dieser Bürgerversammlung bist du mit ihm verschwunden. Seither spekuliert man, ob du was mit ihm hast oder nicht.«

»Nein, ich habe nichts mit ihm«, konnte Margareta Udo beruhigen. Stimmt ja auch, dachte sie, ich habe nichts mit ihm. Die einmalige Angelegenheit hatte sie unter Dummheiten verbucht und alles, an was sie sich noch erinnern konnte, aus ihrem Gedächtnis bereits gestrichen.

Als hätte er nur darauf gewartet, nach seiner Frau gefragt zu werden, sprudelte sein Mund drauf los und ließ den ganzen Frust heraus, der sich in den letzten Jahren bei ihm angestaut hatte. Dieser miese Tiefkühlkost-Verkaufsfahrer, der Ingrid den Kopf verdreht hatte und bei dem sie letztendlich einzog, machte ihm immer noch schwer zu schaffen. Er fragte sich, was an diesem Frostfutzi Besonderes war, über das er nicht verfügte.

Um 23 Uhr schaute Margareta das letzte Mal auf ihre Armbanduhr. Es versetzte ihr jedoch keinen Schock, als sie daran dachte, dass am anderen Morgen daheim um sieben Uhr ihr Wecker klingelte und ihr Chef erwartete, dass sie um neun Uhr pünktlich auf der Matte des Kaufhauses stehen würde. Ihr war es schlichtweg egal. Selten hatte sie sich so entspannt gefühlt. Nach einem tiefen Blick in Udo Urbats Augen, der im Schein der Kerze viel besser aussah als bei Tageslicht (was wahrscheinlich auch Margaretas Weinkonsum zuzuschreiben war, dass sie so empfand), folgte einer ihrer legendären Filmrisse. Blackout. Total.

Als der Film weiterlief, fand sie sich in einem wunderschönen Hotelzimmer wieder, in einem herrlich bequemen Bett mit wohlig weicher Bettwäsche. Die gelben Vorhänge waren nicht geschlossen. Sie hob ihren Kopf ein wenig an und hatte – Seeblick. Kein Segelboot zu sehen, alles ruhig und friedlich, in morgendliches Sonnenlicht getaucht. Wie spät mag es sein, fragte sie sich und schaute auf die Uhr. Hm, neun Uhr, registrierte sie wohlgelaunt, ohne in Panik zu geraten. Jetzt wird mein Chef wie ein Irrer durch die Abteilung laufen und jede meiner Kolleginnen nach meinem Verbleib befragen.

Wieso habe ich keinen dicken Kopf? Der Wein muss gut gewesen sein. Sie schaute nach links, auf einen fleischigen, mit Hautunreinheiten übersäten Rücken. Hier hätte eine Kosmetikerin stundenlang zu tun, dachte sie und wünschte sich das Dämmerlicht vom Vorabend zurück. Dem Rücken schloss sich ein weißer praller Hintern an. Sie fasste ihn leicht an die Schulter. Ängstlich erwartete sie, nachdem sie ein Grunzen vernahm, dass er sich umdrehte und sie vor Schreck in Ohnmacht fallen würde. Der Schock hielt sich jedoch in Grenzen. Sein Anblick war nicht so schlimm, wie sie gedacht hatte. Ein halbes Dutzend Besenreißer, viertausend winzige Mitesser und dunkle Schatten unter den Augen wurden durch ein liebevolles Lächeln kolossal minimiert. Mit seinem von riesigen Impfnarben gezeichneten linken Arm zog er sie verliebt an sich. Er hauchte ihr einen Kuss auf die Stirn. »Guten Morgen, Liebes«, begrüßte er sie freundlich.

Er duftete gut, registrierte sie, irgendwie nach Zitrone. Hatte er etwa gestern Abend noch geduscht? Die Erinnerungen an die Nacht lagen im tiefen Nebel. Da es ihr jedoch so gut ging und sie sich frisch und ausgeruht fühlte, musste in der Nacht Positives passiert sein, war sie sich sicher. Seine prallen Lippen, die kindlich wirkten, luden sie dazu ein, ihn zu küssen.

»Hey, alles klar?« Klügeres wollte ihr nicht einfallen. Sie war noch völlig perplex. Ein normaler Durchschnittsmann mit Ecken und Kanten, dafür mit tollem Auto, versetzte sie in eine so gute Stimmung. Das war neu für Margareta, die ihre Messlatte bezüglich des Aussehens eines Mannes meistens sehr hoch ansetzte. Sie richtete sich in ihrem Bett auf und sah sich im Zimmer um.

»Was kostet eine Übernachtung?«, fragte sie Udo, der splitternackt aus dem Bett stieg und über den flauschigen Veloursboden ins Bad tippelte.

»Sie haben uns einen Sonderpreis gemacht. Mit Frühstück 99 Euro. Ist doch okay, oder? Ich lade dich natürlich ein«, meinte er grinsend. »Übrigens ein Komfortzimmer«, setzte er hinzu.

Er verschwand hinter der mit Blumenornamenten verzierten Glasschiebetür. Kurz danach hörte sie das Duschwasser rauschen und Udo Arien trällern.

Udo wusste nicht, wann er sich das letzte Mal so wohl gefühlt hatte.

Das Zimmer war groß und freundlich, mit hellen Möbeln eingerichtet. Die Wände waren in Gelb gehalten. Vor dem Fenster stand ein Tisch, auf dem sich eine prallgefüllte Obstschale befand. Rechts daneben an der Wand ein Fernsehgerät. Dahinter eine hellblaue Couchgarnitur. Schönes Zimmer, dachte Margareta, während sie aus dem Bett stieg und nur im Slip auf den Balkon hinaustrat. Die Geräuschkulisse war bei geöffneter Tür beachtlich. Hupende Autos, die vorbeifuhren, zuschlagende Autotüren auf dem Parkplatz sowie das Gebabbel eines Pulks Anzugträger am Hoteleingang. Ein Haufen Möchtegerngroße auf dem Weg zu irgendeinem Seminar, welches die Firma viel Geld kostete und die Köpfe der Mitarbeiter meistens leerer hinterließ als zuvor. Gestern Abend war es um einiges romantischer, musste sie zugeben. Sie atmete tief durch, kramte ihr Handy aus der Tasche und rief ihren Chef an. Bringen wir es hinter uns, dachte sie während des Freizeichens, und wühlte in ihrem Hirn nach einem plausibel klingenden Grund, der ihr heutiges Nichterscheinen entschuldigte. So erzählte sie ihrem mehr als unfreundlich klingenden Vorgesetzten kurz und schmerzlos, dass ihr was völlig Unerwartetes dazwischen gekommen sei und sie unbedingt um einen Urlaubstag bitten müsse. Normalerweise beantrage man Urlaub vorher, meinte er maulend und legte auf. Ich habe nicht einmal gelogen, stellte sie frivol grinsend fest.

Beim Frühstück war die Stimmung eher gedrückt. Von Udos Verliebtheit war nur noch wenig zu spüren, was Margareta sich nicht erklären konnte. Während er sich Rührei mit Bacon in den Mund stopfte, schaute er sie immerzu an.

»Was ist los? Bereust du die Nacht etwa? Oder warum bist du plötzlich so bedrückt?« Eben noch begeistert von diesem einfachen Mann, der die leise Hoffnung in ihr aufkeimen ließ, dass gerade die zweite Wahl nicht die schlechteste sein musste, kamen ihr erste Zweifel.

»Bist du verrückt? Nein!«, antwortete er entsetzt.

»Was ist es dann, dass dich schweigen lässt?«, bohrte sie weiter.

»Ich muss dich was fragen. Ich weiß allerdings nicht, ob die Zeit schon reif dafür ist.«

»Häh? Sag mal, was redest du da? Also, wenn du mir einen Heiratsantrag machen willst, ist die Zeit mit Sicherheit nicht reif dafür.«

Jetzt musste er lachen. Bedächtig öffnete er eine Käseecke Salami von Milkana und bestrich damit eine Brötchenhälfte.

»Nein, wo denkst du hin? Ich meine nur ...« Er hielt inne und starrte sie an.

»Komm', erzähl schon, was los ist«, versuchte sie ihm Mut zu machen. Sie war neugierig, was er ihr zu beichten hatte. Als ahne sie, dass sie gleich etwas Unangenehmes zu hören bekommen würde, wäre sie am liebsten aufgesprungen und gegangen. Hoffentlich macht er den schönen Abend und die tolle Nacht nicht kaputt, dachte sie, bevor er stockend weitersprach.

»Bin ich für dich nur eine kurze Affäre oder könntest du dir vorstellen, dass aus uns mal etwas werden könnte?«

Margareta wurde langsam ungeduldig. »Was soll diese Frage? Willst du mich beleidigen? Meinst du, ich steige mir nichts, dir nichts mit einem Kerl ins Bett und anschließend folgt der nächste?«

»Nein, natürlich nicht. Was ich wissen will, ist, ob ich dir vertrauen kann.«

»Ja, wenn du das nicht weißt, kann ich dir auch nicht helfen«, erwiderte sie beleidigt.

»Margareta, ich mag dich. Sehr sogar, und ich vertraue dir. Deshalb muss ich etwas loswerden, was mir auf der Seele liegt und was bisher niemand weiß.«

Kerl, macht der es spannend. Margareta wurde unruhig. Es fiel ihr schwer, auf ihrem Stuhl sitzen zu bleiben. Vergessen waren Brötchen und Rührei. Ihr Herz begann zu rasen, als würde ihre Ahnung langsam zur Gewissheit, bevor er die Katze aus dem Sack ließ. Wollte er ihr etwa einen Mord gestehen? Hatte er mit den Toten auf dem Zechengelände was zu tun?

»Erzähl schon«, forderte sie ihn ungeduldig auf.

»Ich habe das Geld aus dem Koffer genommen und mir davon das Auto gekauft.« Seine Gesichtszüge entspannten sich, als sei er froh, es endlich jemandem mitgeteilt zu haben. Man konnte regelrecht spüren, dass für ihn eine wochenlange Qual zu Ende ging.

Margareta war geschockt. In was für eine Lage bringt dieser Kerl mich?, fragte sie sich entsetzt. Das war ein hoher Preis für einen schönen Abend und ein bisschen Sex. Ich will keine Mitwisserin sein, begehrte alles in ihr auf. Wieso zieht er mich da mit hinein?, fragte sie sich.

»Aber mit den Morden hast du nichts zu tun?«

»Sag mal, für wen hältst du mich? Du traust mir einen Mord zu?«

Sie beendeten ihr Frühstück, verließen den Speisesaal und unternahmen einen Spaziergang. An einer einsamen Bank machten sie Rast. Den Blick auf den Waldboden gerichtet, begann Udo Urbat zu erzählen.

»Ich kam von der Schicht, es war gegen 16 Uhr. Gerade als ich ins Haus gehen wollte, sah ich Stempels Wagen auf dem Parkplatz vor dem Verwaltungsgebäude stehen. Ich dachte: Was will der denn so spät noch da? Irgendetwas zog mich regelrecht ins Gebäude. Die Tür stand offen und ich bin hinein. Alles war still und ich fragte mich, wo der Kerl sich herumtrieb und ob er allein war. Ich schlich durch die Gänge. Als ich durchs Fenster in den Hof schaute, sah ich, dass die gegenüberliegende Hintertür vom Trakt, in dem sich das Lohnbüro befindet, offenstand. Da wollte ich nachschauen. Mir war unheimlich. Ich betrat den Zwischengang. Die Tür zum Lohnbüro stand auf, doch nichts war zu hören. Ich schaute hinein und sah Stempel, am Boden hockend über einen Koffer mit Geldscheinen gebeugt. Er hat mich nicht bemerkt. Leise grunzend zählte er die Bündel nach. So viel Geld hatte ich noch nie gesehen. Einen Tag zuvor kam eine Mahnung von der Sparkasse, ich möge mein Girokonto ausgleichen. Mein Auto musste in die Werkstatt. Der hatte schon über 300.000 runter, der alte Astra. Ingrid forderte mehr Unterhalt. Alles wuchs mir über den Kopf. Nur ein paar Bündel von dem Geld und ich wäre meine Sorgen los, schoss es mir durch den Kopf. Ich schaute mich um und entdeckte dieses Stuhlbein, welches direkt vor meinen Füßen lag. Ich hob es auf, trat hinter Stempel und schlug ihm damit eins über die Rübe. Er sackte stöhnend mit dem Oberkörper nach vorne. Rieb sich mit der Hand den Hinterkopf. Ich grapschte wie ein Irrer nach dem Geld, stopfte mir kopflos einige Bündel in die Jackentaschen. Alles ging so schnell. Auf dem Boden lag eine Plastiktüte. Da packte ich auch noch Geld hinein. Stempel kam wieder zu sich, wollte sich gerade umdrehen, da war ich schon zur Tür hinaus. Ich hörte noch, wie er mit leiser Stimme rief: ›Wer sind Sie? Stehen bleiben!‹ Mein Herz hämmerte, der Angstschweiß tropfte mir von der Stirn. Ich rannte wie ein Verrückter aus dem Gebäude, überquerte die Straße und verschwand in meinem Haus. Zum Glück hatte mich niemand gesehen. Es war diesiges Wetter, später fing es an zu regnen. Auf der Straße war alles wie ausgestorben. Knapp zwei Stunden später hat man den Stadtplaner gefunden. Tot. Erschlagen. Es muss ihm nach mir jemand den Garaus gemacht haben.«

Schweißgebadet verbarg Udo sein Gesicht in beiden Händen und fing vornübergebeugt bitterlich an zu weinen. »Ich weiß nicht, was mich geritten hat. Als ich das Geld erblickt habe, war mein Verstand wie ausgeschaltet. Dabei kann ich sonst keiner Fliege was zu Leide tun.«

Margareta war geschockt, starrte in die Heidelandschaft, die sich dem Waldgebiet anschloss, und wusste nicht, was sie sagen sollte. War nicht alles kompliziert genug? Was würde Blauländer sagen, wenn sie ihm damit kommen würde? Durfte sie Udo verraten? Fragen über Fragen fluteten ihr ohnehin überreiztes Gehirn. Noch vor einer Stunde ging es ihr richtig gut. Wieso musste der blöde Kerl ihr sein Herz ausschütten? Sie sah ihn an. In sein verweintes, verzweifeltes Gesicht. Es war nicht nur Mitleid, was sie für ihn empfand. Nein, da war mehr. Wieso gerate ich immer an solche Problemfälle?, fragte sie sich, während sie Udo tröstend übers Haar strich.

»Der Mörder muss mich beobachtet und anschließend Stempel den Todesstoß versetzt haben.«

Hatte Blauländer nicht erzählt, die Obduktion hätte ergeben, dass Stempel gleich zwei Verletzungen von zwei verschiedenen Gewalteinwirkungen am Kopf gehabt hatte? Sagte Udo Urbat die Wahrheit?

»Wer? Wer kann ihn erschlagen haben?«

»Ich weiß es nicht.« Udo zog die Schultern hoch. »Vielleicht Rudi, vielleicht der alte Löschke.«

»Dein Freund Rudi? Das glaubst du nicht ernsthaft. Und wieso der alte Löschke?« Margareta schaute ihn an, als wäre er nicht bei Sinnen.

»Beide sind gegen die Firmenansiedlung. Stempel war dafür.«

»Hm.« Margareta wusste nicht, was sie zu den Anschuldigungen sagen sollte. Löschke hatte den Toten gefunden. Wie passte das zusammen?

Zärtlich zog Udo sie an sich und küsste sie auf den Mund. »Wirst du mir helfen, den Mörder zu finden?« Aus verzweifelten Augen sah er sie an.

»Wieso gerade ich? Bin ich bei der Kripo?« Margareta musste schmunzeln.

»Nein, das nicht. Aber du hast nun mal den Ruf einer Hobbykommissarin weg. Außerdem bist du ebenfalls daran interessiert. Oder wieso warst du wenige Tage später abends in dem Verwaltungsgebäude unterwegs?«

»Du hast mich gesehen?« Verwundert schaute sie ihn an.

»Ja, ich habe dich oben in der ersten Etage am Fenster gesehen. Ganz schön mutig, die Frau, habe ich gedacht.«

»Hast du es jemandem erzählt? Vielleicht deinem Freund Rudi?«

»Für wie blöd hältst du mich?«

Während Margareta mit Udo zurück zum Hotel ging, war sie sich noch sicher, ihm zu helfen und sein Geheimnis für sich zu behalten. Wenige Stunden später, zu Hause in ihrer Wohnung, kamen ihr Zweifel. Sie wurde von Gewissensbissen regelrecht gepeinigt. Mehrmals war sie kurz davor, Blauländer anzurufen, um ihn von Udos Tat in Kenntnis zu setzen. Sie schüttelte den Kopf. Wegen knapp 100.000 Euro schlug er einen Mann nieder, um seine Schulden los zu sein. Wie oft hatte sie in der Zeitung gelesen, dass schon für ein paar lumpige Euros Menschen getötet wurden. Doch war das eine Entschuldigung? Wenig später war ihr klar, dass sie so einen Mann nicht haben wollte. Weder für eine kurze Affäre, noch als Dauerfreund. Dann lieber Single bleiben, sagte sie sich und überlegte krampfhaft, wie sie aus der Urbat-Nummer möglichst unbeschadet heraus kam.

22.

Gereizte Stimmung in Blauländers Büro der Dienststelle KK 11 im dritten Obergeschoss des Polizeipräsidiums in Gelsenkirchen Buer.

»Ich weiß wirklich nicht, was das alles hier soll. Sie verschwenden Ihre Zeit, guter Mann.«

Nur wenig Tageslicht, durch ein kleines Dachfenster, erreichte den winzigen Raum mit den schrägen Wänden, in den man ihn gebracht hatte. Das Licht der Neonröhren an der Decke ließ die Gesichter der anwesenden Personen ungewöhnlich blass erscheinen. Draußen schien derweil die Sonne, ein herrlicher Sommertag, und abermals wurde er verhört. Peter Wessel war voller Wut. Seine funkelnden braunen Augen sahen Blauländer drohend an. Am liebsten hätte er ihn kräftig geschüttelt, diesen dicken arroganten Typen. So starrköpfig und uneinsichtig konnte ein Mensch doch gar nicht sein, fand er.

»Sie sind stur, Wessel. Sie würden uns die Sache leichter machen, wenn Sie endlich gestehen würden.« Blauländer konnte seinem Blick nicht standhalten. Er wusste, dass Wessels Festnahme auf tönernen Füßen stand. Es fehlten schlichtweg die wirklich stichhaltigen Beweise.

»Ich kann nicht etwas gestehen, was ich nicht getan

habe. Ich habe weder den Jungen noch Stempel umgebracht. Ich hatte überhaupt keinen Grund dafür.« Nervös fuhr Wessel sich durch sein dichtes Haar. Seine Wut auf Blauländer steigerte sich.

»Hätten Sie von Anfang an die Wahrheit gesagt, hätten Sie uns einiges erspart. Natürlich haben Sie sich die Hände nicht selbst schmutzig gemacht. Dafür hatten sie Raimund Fischer.«

»Auch Fischer ist kein Mörder. Und dieser blöde Kanister mit dem Firmenlogo kann dieser Sommerfeld wer weiß woher haben. Wer sagt denn, dass er ihn überhaupt auf dem Zechengelände gefunden hat?«

»Dafür gibt es Zeugen.«

»Wen denn, seine mannstolle Schwester vielleicht?«

»Ja, genau die. Der haben sie das Leben ganz schön schwer gemacht. Sind ihr ins Verwaltungsgebäude gefolgt und haben sie niedergeschlagen. Wäre Bommer ihr nicht zu Hilfe gekommen, wer weiß, was Sie mit ihr gemacht hätten.«

»Was hat sie auch da herumgeschnüffelt!«

»Das Gleiche könnte ich Sie fragen.«

Blauländer war bald mit seinem Latein am Ende. Stundenlange Verhöre, man drehte sich im Kreis. Dass Margareta keine Strafanzeige gegen Wessel gestellt hatte, ärgerte ihn.

»Ja, glauben Sie mal schön, was diese notgeile Kuh ihnen erzählt hat.«

»Wieso reden Sie schlecht über Frau Sommerfeld? Weil Sie bei ihr nicht landen konnten? Außerdem steht das Thema Margareta Sommerfeld hier nicht zur Debatte. Es geht um die Morde an Kevin Koslowski sowie an Heribert Stempel.«

Blauländer wurde sichtlich nervöser. Als er Wessel zu Beginn des Verhörs vorschlug, er könne seinen Anwalt hinzuziehen, lehnte dieser kategorisch ab. Worüber Blauländer eigentlich froh war, denn er wusste, dass ein Anwalt dem hier schnell ein Ende bereiten würde.

»Hören Sie, ich will nicht noch eine Nacht hinter Gittern verbringen. Ich habe mit den Morden nichts zu tun. Sie vergeuden Ihre Zeit, wenn Sie mich festhalten. Der Mörder sucht sich wahrscheinlich schon sein nächstes Opfer.«

Blauländer kaute auf seiner wulstigen Unterlippe und sah Wessel nachdenklich an. Vielleicht hatte er recht, dachte er. Doch auch wenn er an den Morden nicht beteiligt gewesen war, blieben immer noch versuchte Brandstiftung und Bestechung.

»Mit der Erpressung haben Sie also nichts zu tun, ebenso wenig mit der versuchten Brandstiftung an den Lagerhallen, wo Sie von Kevin Koslowski überrascht wurden? Wessel, für wie dumm halten Sie mich?«

»Sagen Sie, Herr Blauländer, wie sind Sie eigentlich an Ihren Hauptkommissar gekommen? Auf dem Rummel geschossen?«

Blauländer ignorierte Wessels blöde Frage, die vor Sarkasmus triefte.

Das mit Wessels Festnahme war wirklich ein Schnellschuss gewesen. Er sah zu Kornblum herüber, der den beiden schräg gegenüber saß, und registrierte sein hämisches Grinsen. Vielleicht hätte er nur ein einziges Mal auf seinen neunmalklugen Kollegen hören sollen. Aber er wollte unbedingt Fakten schaffen. Wessel war eindeutig der Überlegene.

»Und falls Sie mich jetzt nicht sofort gehen lassen, will ich doch meinen Anwalt sprechen.«

»Das wird Ihnen nicht viel nützen. Da wären, wie bereits erwähnt, noch die versuchte Brandstiftung sowie die Erpressung zu klären. Beide Taten hatten Sie gestern schon so gut wie gestanden.«

»Noch lange kein Grund, mich einzusperren wie einen Schwerverbrecher.«

»Wie ich bereits sagte, waren wir gestern schon weiter. Machen Sie es uns nicht unnötig schwer. Ich sage Ihnen, wie es sich zugetragen hat. Ihr Co. Fischer bekam von Ihnen den Auftrag, die hinteren Lagerhallen, die zur Körnerstraße liegen, abzufackeln. Dabei kam ihm der Junge in den Weg, den er dann kurzerhand erschlagen hat. Gehen Sie davon aus, dass Fischer die Tat bereits gestanden hat.«

Es ist ein Versuch wert, ihm dieses Märchen aufzutischen, dachte Blauländer.

»Der Junge lebte noch, als Fischer verschwand. Er war nicht tot.« Mit weit aufgerissen Augen schrie Wessel durch das muffige Büro. Wer sagt es denn, freute sich Blauländer, er ist darauf hereingefallen.

»Also bekam Fischer von Ihnen den Auftrag, die Hallen abzufackeln. War es so?«

»Ja, wer denkt denn, dass dabei ein Junge zu Tode kommt? Ich wollte die Sache ein wenig vorantreiben, habe einen Großauftrag unterschrieben, muss endlich mit der Produktion von bestimmten Spezialrohren beginnen, sonst bin ich mehr als pleite.«

»Was war mit Stempel? Wieso haben Sie ihn bestochen? Oder hat das auch Fischer übernommen?«

»Fischer steht in meiner Schuld, hat einiges gut zu machen.«

»Wieso boten Sie dem Stadtplaner Stempel so viel Geld?«

»Damit er ein Gefälligkeitsgutachten erstellt. Ist das so schwer zu verstehen? Als Fischer ihm den Koffer übergeben hat, war der Kerl noch quietschlebendig.«

»So ein Haufen Geld für ein Gutachten?« Blauländer schaute ihn misstrauisch an.

»Ist mir klar, dass ein Beamter wie sie, wenn auch gehobener Dienst, das nicht versteht. Bei mir geht es um ein 10.000.000 Projekt. Was sind da schon läppische 100.000 Euro?«

»Und Sie wollen mir weismachen, nachdem Fischer verschwunden war, kam hier ebenfalls der große Unbekannte und erschlug ihn?« Nach Obduktionsbericht wurde allerdings gleich zwei Mal zugeschlagen, rief Blauländer sich ins Gedächtnis.

»Ich brauche Ihnen nichts weiszumachen. Finden Sie es heraus. Ich habe mit den Morden nichts zu tun und möchte jetzt gehen.«

»Morgen, Wessel, vielleicht morgen.«

Blauländer wusste, dass er ihn nicht *vielleicht* morgen gehen lassen würde, sondern ganz bestimmt. Schaffte er bis morgen keine neuen Beweise heran, musste er ihn laufen lassen. Wieso meldete sich die Sommerfeld nicht? Schon zwei Tage hatte er versucht, sie zu erreichen. Vergeblich.

23.

Margareta wusste, dass es nicht gut kommen würde, wenn sie sich krankschreiben ließ, nachdem sie gestern einen Urlaubstag genommen hatte – ohne ihn vorher zu beantragen. Trotzdem sah sie sich heute Morgen nicht in der Lage aufzustehen. Die Sache mit Urbat ging ihr einfach nicht aus dem Kopf, hatte sich in ihrem Gehirn eingenistet wie eine Dauerbewohnerin, die niemals gedacht, dort wieder zu verschwinden.

Am Abend zuvor hatten sie noch zusammen telefoniert. Udo war furchtbar enttäuscht, dass er sie nicht besuchen durfte, weil sie 1.000 Ausflüchte erfand.

Dachte er doch nach dieser einmalig schönen Nacht, er hätte Margareta erobert und es wäre der Auftakt einer glücklichen Beziehung. Hatte er ihr seine Kurzschlusstat zu früh gebeichtet? Er war voller Zweifel. Hätte ich schweigen sollen? Wieso zeigt sie so wenig Verständnis für mich?, fragte er sich.

Einen Mann niederzuschlagen und sich knapp 100.000 Euro unter den Nagel zu reißen war kein Kavaliersdelikt, aber das wollte er nicht einsehen.

Unendlich traurig verbrachte er den Abend vor dem Fernseher und dachte an Margareta, fragte sich, wieso sie plötzlich so anders war.

Für Margareta stand am Morgen definitiv fest, dass eine Verbindung mit Udo Urbat für sie niemals infrage käme. Es sprach zwar für ihn, dass er ihr sein Geheimnis anvertraut hatte und somit von Anfang an mit offenen Karten spielte. Sie wollte jedoch keinen Partner, der wegen ein paar Euros einen Mann mit einem Stuhlbein niedergeschlagen hatte. Seine finanzielle Misere war noch lange kein Grund dafür gewesen. Wer fragt mich denn, wie es mir finanziell geht?, dachte sie empört, bevor sie sich notdürftig herrichtete, um zu ihrem Hausarzt zu fahren. Unterwegs im Auto summte ihr Handy gnadenlos vor sich hin. Erneut Blauländer. Er gab einfach nicht auf. Müllte sie mit Anrufen und SMS zu. Sie sah sich nicht in der Lage, die Gespräche anzunehmen, aus Angst, sie würde ihm von Udos Geheimnis berichten. Dabei war sie schon neugierig, ob Wessel verhaftet worden war oder nicht. Gisbert hatte sie gestern Nachmittag am Telefon zur Schnecke gemacht, da Kripobeamte den Kanister abgeholt hatten. Was sie sich denn dabei gedacht hätte, ihn anzuschwärzen? Alles wäre ganz anders, sie könne ihm alles erklären, versuchte sie ihn zu beschwichtigen, woraufhin er eine Krisensitzung am heutigen Abend in seinem Garten einberufen hatte. Sie nahm sich fest vor, ihm nichts von Udos Offenbarung zu erzählen. Ebenso wenig würde ihr Bruder erfahren, dass sie die Nacht mit Urbat im Seehof in Haltern verbracht hatte. Allerdings würde ihr wohl nichts anderes übrigbleiben, als endlich ihre Ausflüge ins Verwaltungsgebäude, einschließlich des Aufeinandertreffens mit Wessel, zu beichten. Noch nicht sicher war sie sich, ob sie ihren Retter Bommer preisgeben wollte. Ich sollte mir eine Liste machen, in der ich festhalten kann, wem ich was gesagt habe, was ich noch sagen werde und wer was absolut nicht erfahren durfte, dachte sie schmunzelnd.

Ihr sonst mitfühlender Arzt hatte an diesem Morgen wenig Zeit, wirkte gehetzt, hörte ihr kaum zu und nuschelte sich während der Sprechstunde etwas in seinen nicht vorhandenen Bart. Schon stand sie wieder vor dem Ärztehaus in der Frankampstraße. In der rechten Hand hielt sie ein Rezept über ein homöopathisches Sedativum, welches sie nicht vorhatte einzulösen, und in der linken eine Arbeitsunfähigkeitsbescheinigung mit der Diagnose ›F 45.1‹. F 45.1? Was sollte denn das bedeuten? Wozu hatte man ein tolles Handy mit Internetfunktion, sagte sie sich, setzte sich ins Auto und suchte nach der Bedeutung des Diagnoseschlüssels F 45.1. ›Undifferenzierte Somatisierungsstörung‹ bekam sie kurz darauf zu lesen. Was um Himmels willen war denn eine Somatisierungsstörung? Sie wäre am liebsten hinein in die Praxis gerannt, um den Arzt ihres Vertrauens danach zu fragen. Mehr fand sie leider nicht heraus, ihr Akku machte schlapp.

Somatisierungsstörung hörte sich an wie: totaler Sockenschuss, nicht alle Tassen im Schrank oder ganz einfach Faulfieber. Dabei hatte sie ihm ihre Beschwerden genauestens geschildert. Dieses Ausgebranntsein, der Schwindel, die hartnäckigen Kopfschmerzen, die nächtlichen Schweißausbrüche, wenn sie denn überhaupt mal in den Schlaf fand.

Daraufhin hatte er gefragt: »Wie lange?«

»Wie lange was?«, wollte Margareta wissen.

»Wie lange sie aussetzen wollen?«, kam es ein wenig gereizt.

Margaretas Augen begannen daraufhin zu leuchten. Sie war davon ausgegangen, dass er sie für einen einzigen Tag aus dem Verkehr ziehen würde. Die Aussicht, mehrere Tage nicht arbeiten zu müssen, war äußerst verlockend. Sie überlegte. Wohl zu lange, denn ihr Arzt fragte: »Reicht's bis zum Wochenende?« Keine Antwort abwartend, verließ er das Behandlungszimmer mit den Worten: »Rezept und AU-Bescheinigung bekommen Sie an der Anmeldung.« Schon viel beschwingter verließ sie die Praxis.

Kopfschüttelnd las Margareta den Artikel der heutigen BAZ ein zweites Mal, während ihr Kaffee kalt wurde.

Hier wächst ein Stück Zukunft

Bergmannsglück: Arbeiten auf dem Gelände haben begonnen

„Hier wächst ein Stück Zukunft!" Mit weit ausholender Handbewegung zeigt Raimund Fischer, Peter Wessels Companion, auf die 60.000 Quadratmeter große Zechenbrache, während mit Bauschutt beladene Lkw das Gelände in Richtung Bergmannsglückstraße verlassen.

Die Vorbereitungen zur Firmenansiedlung sind angelaufen. Auf das Gelände der vor Jahrzehnten stillgelegten Schachtanlage Bergmannsglück ist das Leben zurückgekehrt. Das Gelände und die verbliebenen Hallen müssen in den nächsten Wochen und Monaten aufgeräumt und hergerichtet werden.

„Bis das erste Rohr die Fertigungsstraße verlässt, wird es wohl noch einige Zeit dauern", sagt Fischer, der die Errichtung des zweiten Stützpunktes der Peter Wessel & Co. KG in Hassel betreut. Knapp 200 Arbeitsplätze sollen auf Bergmannsglück entstehen.

Das Gelände und die Hallen müssen vor dem Umzug den Bedürfnissen des Unternehmens angepasst werden. Wasser- und Stromleitungen müssen erneuert, Datenkabel und Löschwasserleitungen verlegt, Heizungen und Brandmelder eingebaut werden.

Die Ansiedlung wird von den Anwohnern der Bergmannsglückstraße mit Sorge beobachtet. Sie befürchten Lärmbelästigungen durch den zu erwartenden Lkw-Verkehr. Fischer winkt ab: „Es wird nicht lauter werden als früher." Der Manager erinnert daran, dass vor Jahren auch Schwertransporter das Zentrallager angesteuert haben.

Margareta konnte es nicht fassen und schimpfte lauthals vor sich hin. »Pah, diese elenden Verbrecher. Das darf doch alles nicht wahr sein. Wenn die Leute wüssten, mit welchen Mitteln die arbeiten. Die gehen über Leichen.«

Am Nachmittag drehte sie sich auf ihrem Sofa noch einmal auf die andere Seite und wollte, bevor sie zu Gisbert aufbrach, ein wenig weiter dusseln. An Schlaf war kaum zu denken, da ihr Kopf mit der Gedankenflut erst fertig werden musste. Unbegreiflich war für sie, dass alles so schnell ging und Wessel sich blitzartig mit seiner Firma auf dem Bergmannsglücker Gelände ausbreitete. Dann die Sache mit Udo Urbat. Hatte sie richtig gehandelt, indem sie ihn einfach fallen ließ? Ihre Gefühle für ihn ließen sich trotz seines Mankos nicht einfach abschütteln. Vielleicht bringen mich meine buckligen Verwandten auf andere Gedanken, hoffte sie seufzend, und stand vom Sofa auf, weil Waltraud bereits ungeduldig an der Tür läutete. Auf nach Hassel, Gisbert und Koslowski warteten. Krisensitzung in der Körnerstraße. Was gab es Schöneres, als im Kreise seiner Lieben an einem warmen Sommerabend etwas zu trinken und sich eventuell eine Bratwurst einzuverleiben? Margareta hoffte inständig, nicht auf Bettina zu stoßen, die mit irgendwelchen kalorienarmen Salaten aufwarten würde.

Während der Fahrt nach Hassel an diesem lauen Juliabend plapperte Waltraud wild drauf los, ließ alles heraus, was sich in den Tagen, an denen sie ihre Tochter nicht gesehen hatte, bei ihr angestaut hatte. Viele Norbert-Erlebnisse, Gisbert-Prophezeiungen und Bettina-Warnungen waren darunter und Margareta hätte am liebsten geschrien, sie möge endlich die Klappe halten. Nicht ein Mal kam von Waltraud die Frage, wie es ihrer Tochter denn in den letzten Tagen ergangen sei. Nein, immer nur ich, ich, ich, dachte Margareta verärgert. Wie nicht anders erwartet, setzte das große Gejammer ein, als sie den Buer'schen Marktplatz passierten. Die arme Waltraud! Das Leben sei für sie kein Zuckerschlecken. Bleibe cool, ermahnte Margareta sich. Im Tierreich hatte schließlich auch alles eine Existenzberechtigung. Es gab Würgeschlangen, Klammeraffen, Elefanten und ihre Mutter, Waltraud.

Im Gisbert'schen Garten herrschte eitel Sonnenschein. Der Grill war bereits entzündet, Stühle zurechtgestellt und der Tisch notdürftig gedeckt. Bettina Malecki war zur Freude Margaretas nicht anwesend. Gisberts versiffte Kaffeemaschine stand auf der obersten Treppe zur Küche und gab kötzelnde Geräusche von sich. Wahrscheinlich nie entkalkt worden das Ding. Gisbert war ein echter Kaffeejunkie. Wenn er sich mal in die Finger schnitt, flösse Jacobs Krönung aus seinen Adern, da war Margareta sich sicher.

Waltraud umarmte Norbert Koslowski, als hätten sie sich jahrelang nicht gesehen. Es war ihm sichtlich peinlich.

»Hey, hey, nun lass man gut sein, Walli.« Sachte schob er sie von sich und gab Margareta ganz förmlich die Hand.

»Du nennst meine Mutter, die vom Alter her auch deine sein könnte, Walli? Seit wann denn das?«, prustete sie vor

Lachen los. »Ihr scheint euch ganz schön nahe gekommen zu sein. Habe ich was verpasst?« Margareta fiel eine andere Walli ein. Walli, die aufblasbare Gummipuppe ihres verklemmten Arbeitskollegen Gerd Förster, der massive Probleme mit Frauen hatte und von den Kollegen diese Puppe zu Weihnachten bekommen hatte.

»Kümmere du dich mal um deinen eigenen Dreck, liebe Schwester«, mischte sich Gisbert ein. »Mir die Kripo auf den Hals zu hetzen, ist auch nicht gerade die feine Art. Was erzählst du dem Blauländer denn von dem Kanister?« Böse schaute er seine Schwester an, der das Lachen schlagartig vergangen war.

»Das hat sich so ergeben. Ich musste es ihm sagen.« Margareta konnte sich kaum beherrschen. Am liebsten hätte sie alles gebeichtet: Die Geschichte mit Wessel, dass sie sich bei Blauländer ausgeheult hatte und die Sache mit Udo Urbat, einschließlich seines Geständnisses. Sie zwang sich jedoch, den Mund zu halten, was Udo Urbat betraf.

»Wieso auf einmal?« Gisbert packte Würstchen auf den Grill, während Norbert ein Paket Kartoffelsalat aufriss.

»Muss heut' ma so gehn. Schmeckt ja auch ni schlecht. Näh, Walli?«

»Ach Norbert, hättest du angerufen, hätte ich doch Kartoffelsalat gemacht.« Waltraud war mit ihren Gedanken allerdings ganz woanders, wollte unbedingt mitbekommen, was ihre Kinder da erzählten.

»Wessel wollte mich umbringen. Er hat mir aufgelauert, Freitagabend, im alten Verwaltungsgebäude«, ließ Margareta eine ihrer Bomben platzen. Sie zeigte Wirkung. Allen Dreien stand der Mund offen.

»Was wolltest du dort?«, wollte Gisbert wissen.

»Warste allein?«, kam von Norbert.

»Wie bist du dort hineingekommen?«, war Waltrauds größte Sorge.

Es blieb Margareta nichts anderes übrig, als genauestens zu berichten, wie Wessel sie k. o. geschlagen und ihr angedroht hatte, sie von einer Autobahnbrücke zu schmeißen. Den Part mit Bommer ließ sie wohlweißlich weg, erzählte stattdessen, sie wäre später in der Waschkaue wach geworden und fast auf allen Vieren zu ihrem Auto gekrochen. Erleichtert lehnte sie sich, nachdem sie dieses belastende Erlebnis erzählt hatte, in dem Campingsessel zurück und genoss ein klein wenig die Aufmerksamkeit der Anwesenden.

»Ich habe wahnsinnige Angst bekommen. Am Sonntag habe ich es nicht mehr ausgehalten und Blauländer angerufen und ihm alles erzählt.« Alles, was ich für wichtig hielt, wollte sie hinzusetzen, verkniff es sich aber.

Plötzlich war Gisbert wie verwandelt, sorgte sich um seine Schwester, löcherte sie mit Fragen, die sie nicht beantworten konnte oder wollte.

»Inne Zeitung stand, datt der Wessel jetz schonn allet angelaiat hat mit seine Firma aufm Zechengelände.« Norbert nahm einen kräftigen Schluck aus seiner Bierflasche und biss in seine soeben fertig gewordene Grillwurst.

Margareta wunderte sich, dass er heute nicht im Doppelripp erschienen war, sondern ein kariertes Holzfällerhemd trug. Die kurzen Shorts mit dem Weitblick hatte er gegen eine uralte graue Stoffhose getauscht. Alles für Walli.

»Ich glaube, wenn jemand was anleiert, werden es seine Leute sein. Er selbst soll in Untersuchungshaft sitzen.« Gisbert genoss es, etwas zu wissen, was den anderen noch nicht zu Ohren gekommen war.

»Woher weißt du das?« Margareta hätte sich ohrfeigen

können, dass sie nicht ans Handy gegangen war, um mit Blauländer zu sprechen. Dann wäre sie jetzt voll im Thema.

»Bettina hat es mir vorhin erzählt.«

»Woher will sie das wissen?« Margareta hatte eins ihrer Aha-Erlebnisse. Schon immer hatte sie Bettina für eine Spionin gehalten, was sich jetzt zu bestätigen schien.

»Geh einfach davon aus, dass sie es weiß.« Gisbert kam sich unheimlich schlau vor.

Eine heiße Diskussionen begann und fast jeder wurde verdächtigt, beschuldigt und kräftig durch den Kakao gezogen: Peter Wessel, sein Co. Raimund Fischer, Rudi Thannhäuser, Annegret Thannhäuser, Udo Urbat, Hubertus Löschke, Sohn Löschke sowie sämtliche unbescholtene Nachbarn.

Jetzt ist es soweit, jetzt drehen sie ganz durch, dachte Margareta und schloss für einen Moment die Augen.

»Armes Kind, was du aber auch alles mitmachen musst«, sinnierte Waltraud, voll des Mitleids für ihre Tochter Margareta.

»Wieso muss sie? Sie bringt sich doch immer selbst in die unmöglichen Situationen. Keiner hat sie gezwungen, ihre Nase in alles zu stecken«, giftete Gisbert seine Mutter an. »Weißt du, was die Spatzen von den Dächern pfeifen, liebe Schwester? Du sollst was mit Urbat haben. Du sollst sogar schon die Nächte mit ihm verbringen«, wandte er sich nun an Margareta.«

»Du spinnst, lieber Bruder. Da scheinen die Spatzen mehr zu wissen als ich.« Uns kann niemand gesehen haben, war Margareta überzeugt. Und Urbat selbst wird nicht so blöd sein, es herumzuerzählen. Zu viel stand für ihn auf dem Spiel.

»Annegret hat es Heinzi von gegenüber erzählt.«

»Was hat Annegret erzählt?« Jetzt wurde Margareta neugierig. Neugierig und gleichzeitig wütend. War Udo echt so blöd, es Annegret zu berichten?

»Als Heinzi mit seinem Urmel vorgestern abends Gassi ging, traf er am Picksmühleteich Annegret mit Filou, dem Hund von Udo. Udo hätte sie angerufen, da er die Nacht woanders verbringen würde und sie gebeten, seinen Hund zu versorgen.«

Margareta überlegte krampfhaft, wann Udo am besagten Abend in Haltern mit Annegret telefoniert haben könnte.

»Was habe ich denn damit zu tun, wenn Urbat seine Nächte woanders verbringt und Annegret deshalb mit seinem Hund Gassi gehen muss?«

»Komm, tu nicht so, der war bestimmt bei dir!« Gisbert starrte sie hämisch grinsend an.

»Nein, das kann gar nicht sein«, mischte sich Waltraud ein. »Als ich vorgestern von der Chorprobe kam, habe ich bei Margareta geklingelt. Sie war nicht zu Hause. Es war schon fast 22 Uhr und es brannte kein Licht.«

Margareta hätte laut lachen können. Was war meine Mutter doch für eine Schnüfflerin. Sie kann es einfach nicht lassen. In der Wohnung alles dunkel und niemand, der die Tür geöffnet hat. Das war noch lange kein Alibi, nicht zu Hause gewesen zu sein.

»Nur weil Annegret Urbats Hund zum Pinkeln ausführt, weil er die Nacht irgendwo verbringt, muss das nicht bedeuten, dass er bei mir war. Oder hat Annegret das behauptet?«

»Nein, so direkt nicht«, stotterte Gisbert.

»Also nein.«

»Die Thannhäuser, datt olle Blesshuhn«, meinte Norbert, der da wohl etwas völlig falsch verstanden hatte.

Schweigen. Alles war gesagt, der Verdacht blieb allerdings, dass Margareta nicht die Wahrheit sagte. Norbert, Waltraud und Gisbert sahen sie an, als zweifelten sie an ihrer Behauptung. Wütend schnaubte Margareta vor sich hin. »Und wenn es so wäre, dann wäre es einzig und allein meine persönliche Sache. Bin ich etwa minderjährig oder was?«

Immer noch betretenes Schweigen.

Was für bescheuerte Zufälle es gab, dachte Margareta. Da traf Annegret, die den Hund des Nachbarn ausführte, auf diesen dämlichen Heinzi, der mit seinem Urmel ebenfalls eine Abendrunde drehte. Sie kamen ins Gespräch und schon schlussfolgerte ihr blöder Bruder, dass sie es gewesen sein musste, mit der Urbat die Nacht verbracht hatte. Das Witzige daran war, dass es tatsächlich zutraf.

Trotzdem war Margareta verstimmt. Alles hätte so schön sein können mit Udo, wenn dieser blöde Kerl nicht urplötzlich auf die Idee gekommen wäre, sein Gewissen zu erleichtern. Was, wenn er nicht nur das Geld genommen, sondern tatsächlich den Stadtplaner Heribert Stempel erschlagen hatte? Dann hätte ich Sex mit einem Mörder gehabt. Wie abscheulich. Ich muss mich mal wieder bei Annegret melden, nahm sie sich vor. Vielleicht hatte Udo vor lauter Kummer auch ihr sein Herz ausgeschüttet.

Margareta stocherte lustlos in dem ekeligen Päckchensalat herum, verdrückte eine weitere Wurst, trank ihre Cola aus und machte sich auf den Heimweg. Die schnuckelige Walli wollte bei ihrem Sohn übernachten. Hoffentlich landete sie nicht in Koslowskis Bett, dachte Margareta schmunzelnd.

24.

Mit verzerrtem Gesicht standen sie da und schauten hinüber zum alten Verwaltungsgebäude: Rudi Thannhäuser, Udo Urbat, Annegret Thannhäuser, Hubertus Löschke sowie sämtliche Anhänger der Bergmannglücker Bürgerinitiative. Bis zum Schluss hatten sie gehofft, dass es nicht so weit kommen würde, der alte Kasten doch noch unter Denkmalschutz gestellt werden würde.

Nun war der Tag da. Plötzlich und unerwartet. Der knallrote Abrissbagger schlug laut und gnadenlos zu. Sein langer Arm schwebte hoch hinaus über dem Dach des Gebäudes, fast bis in den wolkenlosen Himmel. Wie das Maul eines Raubtieres biss sich der Zweischalengreifer am oberen Ende des Baggerarms Stück für Stück von der Eindeckung und vom Mauerwerk ab, um es anschließend seitlich neigend loszulassen, regelrecht auszuspucken. Immer wenn so ein Riesenteil laut krachend niederfiel, versuchten Männer mit Schläuchen, aus denen das Wasser mit heftigem Druck sprudelte, der Staubwolken Herr zu werden, die das gesamte Wohngebiet vernebelten.

»Es tut so weh.« Annegret schluchzte auf und warf sich ihrem alten Chef an die Brust, was Rudi sehr ungern sah, schließlich fühlte er sich für das Trösten seiner Ehefrau zuständig.

»Dass es so schnell geht, hätte ich nicht gedacht«, meinte Udo Urbat, der seinen freien Tag auf dem Bürgersteig vor seinem Haus verbrachte, um diesem Schauspiel beizuwohnen. Ein klein wenig war er erleichtert, dass nun letzte Spuren seiner Tat für immer verwischt werden würden.

»Und, bist du froh?« Rudi schaute ihn zweifelnd an, als ahne er, dass Udo den Abriss mit einem lachenden und einem weinenden Auge sah.

»Bist du verrückt? Wieso sollte ich?« Kopfschüttelnd sah er seinen Kumpel Rudi an.

»Ich dachte nur. Auch, wenn das Gebäude nicht mehr ist: Die Spuren der Tat sind gesichert und festgehalten«, musste Rudi loswerden.

»Wieso sagst du mir das?«

Rudi zuckte mit den Schultern. »Nur so.«

»Wir haben gekämpft und verloren«, meinte Annegret theatralisch.

»So ein Unsinn. Es ist doch viel erreicht worden. Einige der alten Gebäude bleiben erhalten. Ihr bekommt sogar euer Begegnungszentrum. Was wollt ihr mehr? Man muss an die Zukunft denken, neue Arbeitsplätze schaffen.« Gisbert wurde richtig böse. Er hatte sich extra aus dem Rathaus davongestohlen, um live dabei zu sein. An seiner Seite seine Kollegin Bettina Malecki. In ihrem Business-Outfit waren beide völlig fehl am Platz. Soeben wurden sie von einer Staubwolke eingehüllt. Angewidert wischte Bettina sich über ihre rote Kostümjacke, als hätte sie Angst, ihr gutes Stück würde bleibende Schäden davontragen.

»Man kann nicht alles haben«, setzte Gisbert noch hinzu.

»Trotzdem ist es traurig. Schade, dass wir es nicht verhindern konnten.«

Annegret und Löschke klammerten sich aneinander, als hätte ihre letzte Stunde geschlagen. Als ständen sie auf dem Deck der soeben versinkenden Titanic und nahmen für immer Abschied voneinander.

»Ihr seid echt verrückt. Seht doch mal die Tatsachen.

Woher sollte das Geld kommen, um den alten Kasten zu sanieren? Das Leben geht weiter. Man muss in die Zukunft schauen. Wieso habt ihr euch heute Morgen nicht an den Abrissbagger ketten lassen? Das hätte euch ein wenig Aufschub gebracht. Nicht zu vergessen die gute Presse.«

»Ach, halt doch den Mund«, meinte Annegret und verfolgte weiterhin das Schauspiel. Einen Gebäudeabriss bekam man schließlich nicht alle Tage zu sehen. So laut und gewaltig hatte sie es sich nicht vorgestellt. Was seit 1907 hier gestanden hatte, wurde nun in kürzester Zeit zerstört. Für sie unbegreiflich.

Einige Meter weiter links beweinten Anwohner die kleinen Torhäuser, die ebenfalls Opfer des Abrissbaggers werden sollten, nachdem man festgestellt hatte, dass die Bausubstanz zu marode und eine Restaurierung unmöglich war. Unter ihnen Fritz Bommer, der mit finsterer Miene der Unterhaltung der Nachbarn lauschte. Keiner beachtete ihn und fragte ihn nach seiner Meinung, also hielt er den Mund.

Das sonnige Wetter und der strahlend blaue Himmel passten nicht zu dieser Aktion. Graues Regenwetter wäre der trostlosen Situation angemessen gewesen. Obwohl es genügend Anwesende gab, die der Zukunft auf Bergmannsglück positiv entgegensahen. Unter ihnen städtische Angestellte, wie Gisbert und Bettina, Mitarbeiter der Firmen, die sich hier ansiedeln würden. Auch Margareta wäre liebend gerne dabei gewesen, allein aus mordermittlungstechnischen Gründen, doch blieb sie wegen Udo Urbat dem Spektakel fern. Sie wollte weder falsche Hoffnungen in ihm wecken noch sich rechtfertigen müssen, wieso sie nichts mehr von ihm wissen wollte. Sie hoffte, Gisbert und Norbert würden ihr später Bericht erstatten.

Eine Stunde später war das Dach auf der linken Seite des Gebäudes fast abgetragen und der Abbruchgreifer knabberte bereits an den Wänden der oberen Büroetage. Die ersten zwei Schlafwagenabteile dieses Stockwerks hatten schon keine Außenwand mehr und wirkten wie eine Puppenstube. Die Seiten- und Rückwände standen noch. Man konnte die Einbauschränke erkennen, Tapeten und aus den Wänden ragende Kabel. Aus sicherer Entfernung beobachteten die Anwohner noch immer das Geschehen. Annegret weinte vor sich hin, hing jedoch nicht mehr am Halse ihres Chefs, dem das lange Stehen bereits zur Qual wurde. Die Nachbarn wurden unruhig, liefen hin und her. Männer stießen mit Bierflaschen an und trösteten sich, indem sie dem Gerstensaft zusprachen. Einige besorgten sich etwas zu essen. Gisbert und Bettina saßen längst wieder in ihrem heimeligen Büro des Rathauses. Norbert Koslowski wurde alles zu viel. Die Erinnerung an Kevin machte ihn depressiv. Mit müdem Gang begab er sich auf den Heimweg.

Rudi und Udo harrten aus. Schließlich war Rudi der Vorsitzende der Bürgerinitiative und fühlte sich dazu verpflichtet, anwesend zu sein. Auf der kleinen Mauer sitzend, die die Vorgärten der Häuser, in denen sie wohnten, vom Bürgersteig trennte, war ihr Blick weiterhin auf das versehrte Gebäude gerichtet.

Nachdem Hubertus davongetrippelt war, gesellte sich Annegret zu ihnen.

»Du hast mir noch immer nicht erzählt, wo und mit wem du von Montag auf Dienstag die Nacht verbracht hast«, wandte sie sich neugierig an Udo.

»Ach, ist ja auch egal«, meinte Udo frustriert.

»Du warst so guter Dinge, als du am Dienstag Filou

bei mir abgeholt hast. Hast du jemanden kennengelernt?«
Annegret ließ nicht locker. Sie hatte sich so für Udo gefreut, hatte gehofft, dass er endlich eine Frau gefunden hatte, die zu ihm passte. Es musste ja keine Schönheit sein, Hauptsache, er wäre nicht mehr allein gewesen. Besser eine Zweite-Wahl-Taube in der Hand als einen Sexy-Spatz auf dem Dach, hatte sie sich gesagt.

»Nachdem die Sommerfeld Montagabend bei dir war, denke ich, du warst mit ihr unterwegs«, stellte Rudi grinsend fest.

»Wieso weiß ich nichts davon? Warum hast du mir nichts erzählt?«, fragte Annegret erstaunt ihren Mann.

»Habe ich vergessen«, meinte dieser nur.

»Margareta war bei dir?« Mit großen Augen sah sie ihren Nachbarn an. »Wieso verschweigst du mir das? Als du abends angerufen hast, damit ich mich um Filou kümmere, hättest du doch sagen können, dass du mit ihr unterwegs warst.«

»Ich dachte, du hättest sie gesehen. Sie hat bei mir in der Garagenauffahrt geparkt.«

»Nein, ich habe nichts bemerkt. Ich kam erst um nach 20 Uhr nach Hause.« Es wollte einfach nicht in Annegrets Kopf. Udo und Margareta? Die war echt eine Nummer zu groß für ihn. Das konnte nicht gut gehen, war sie überzeugt.

»Unwichtig.« Udo wollte nicht darüber reden. Die Enttäuschung über Margaretas Verhalten war zu groß.

»Erzähl doch mal, wo seid ihr gewesen?« Annegret gab nicht auf. Für sie unvorstellbar, wie die beiden überhaupt zusammengefunden hatten.

»In Haltern. Wir haben schön gegessen, ein wenig zu viel Wein getrunken. Da ich nicht mehr fahren konnte, haben wir dort übernachtet.«

»Und, seid ihr jetzt zusammen?« Annegrets Augen weiteten sich bei dem Gedanken, dass die beiden die Nacht zusammen verbracht hatten. Vergessen war der Abriss ihres zweiten Zuhauses.

»Nein, sind wir nicht.« Udo senkte traurig den Blick.

»Ich habe dir gesagt, dass die Sommerfeld eine komische Nudel ist. Jetzt hast du es selbst erlebt.« Rudi fühlte sich in seiner Meinung über Margareta bestätigt. Er mochte sie nicht. Dabei hatte er keinen Schimmer, was sich ereignet hatte.

»Ach, halt' den Mund. Du weißt nichts«, herrschte Udo seinen Freund und Nachbarn an.

»So kenne ich Margareta gar nicht. Was war denn los? Ich treffe mich morgen mit ihr. Soll ich ihr mal auf den Zahn fühlen?«

»Annegret, wenn dir ein Funken an unserer Freundschaft liegt, dann halte dich da raus.«

So energisch hatte Annegret Udo noch nie erlebt.

Erneut krachte ein Mauerstück zu Boden, eine weitere Staubwolke zog über die Straße und hüllte die Freunde ein.

»Du triffst dich schon wieder mit der Sommerfeld?« Rudi sah seine Frau skeptisch an.

»Ja, sie hat mich heute Morgen angerufen. Wieso? Passt es dir nicht?« Annegret war verärgert, dass Rudi es nicht für nötig gehalten hatte, ihr von Margaretas Anwesenheit in Udos Haus zu berichten. Dabei hatte er es einfach vergessen, weil er es für unwichtig gehalten hatte.

Rudi sagte nichts, schaute sie nur an. Sag' jetzt nichts Falsches, mahnte er sich. Er wollte nicht schon wieder für Unfrieden in seiner Ehe sorgen, wo in letzter Zeit alles viel besser lief.

Udo Urbat war mit seinem Latein am Ende. Wieder

hatte er in der Nacht kaum geschlafen. Es war nur eine Frage der Zeit, wann seine Nachbarn und Freunde von seiner Tat erfahren würden. Er spielte bereits mit dem Gedanken, sich Blauländer zu stellen. Vielleicht habe ich so eine zweite Chance bei Margareta, hoffte er. Die Freude an seinem tollen Gefährt hatte er längst verloren.

So, wie das alte Verwaltungsgebäude Stunden später in Schutt und Asche da lag, stürzte auch für ihn alles zusammen. Verzweifelt räumte er als einer der Letzten gegen Abend das Feld und verzog sich in sein Haus.

Margareta war einfach zu empfindlich momentan. Die Schutzschicht, die sie normalerweise umgab, war zurzeit außer Betrieb. Belanglose Bemerkungen von ihrer Mutter oder ihrem Bruder schlugen wie Kanonenkugeln in sie ein und brannten in ihrem Inneren weiter. Sie fühlte sich labil und emotional. Vielleicht waren das die Symptome von F 45.1? War sie doch an F 45.1 erkrankt?

Sie saß Annegret gegenüber. Ihr warmes Lächeln bestätigte Margareta, dass es eine gute Idee war, sich mit ihr zu treffen. Wenn ich bloß nicht so verdammt vorsichtig sein müsste, was ich ihr erzählen kann und was nicht, dachte sie wehmütig. Annegret hatte dieses großmütterliche Etablissement vorgeschlagen. Es roch nach Mittagessen und Franzbranntwein. Um die beiden herum Kuchen essende Rentner, die sich verbal darum prügelten, wer die schlimmsten Krankheiten vorweisen konnte. Margareta hatte nicht verstanden, wieso sie sich nicht in der Markthalle mit ihr treffen wollte. Wahrscheinlich Anordnung von Rudi: Geht lieber in das Café. Sicherlich hatte er befürchtet, dass Annegret in der mondänen Markthalle einen Mann kennenlernen könnte. Schließlich wimmelte es dort von patenten Kerlen mittleren Alters, die sich in ihrer Pause dort mit Kollegen trafen.

Da es regnete, konnten sie leider nicht auf der Terrasse vor dem Café sitzen, was wesentlich angenehmer gewesen wäre, wie Annegret mehrfach betonte. Mit gesundem Appetit vertilgte sie die Grillagetorte nach Art des Hauses und trank dazu Apfelschorle.

Hoffentlich geht das gut, dachte Margareta. Sie selbst konnte dem Schlager des Hauses nichts abgewinnen, die Torte schmeckte so lala.

»Sag mal, sind wir eigentlich schon Freundinnen oder nur gute Bekannte?«, wollte Annegret wissen und schaute Margareta erwartungsvoll an.

»Ich denke, dass wir Freundinnen sind. Wieso fragst du?« Margareta ahnte, was jetzt kommen würde. Und Bingo!

»Wieso hast du mir nicht erzählt, dass du bei Udo warst und sogar die Nacht mit ihm verbracht hast?«

»Wann hätte ich es dir erzählen sollen? Wir sitzen gerade erst eine Viertelstunde hier.«

»Du hättest mich anrufen können.«

Hey, das darf nicht wahr sein, dachte Margareta. Die hört sich ja schon genauso an wie meine Mutter. Eine einzige Anklage. Na, so dicke ist unsere Freundschaft auch wieder nicht, hatte sie auf der Zunge, schwieg aber aus taktischen Gründen lieber dazu.

»Ich hatte viel um die Ohren. Hat Udo sich bei dir ausgeweint?«

»Nein, im Gegenteil, er schweigt. Er ist sehr verstört. Sag' mal, war er für dich etwa nur ein Abenteuer?«

Das geht dich nichts an, wäre die richtige Antwort gewesen. Margareta atmete tief durch und überlegte genau, was sie sagte. »Nein, ganz bestimmt nicht. Ich mag Udo, sehr sogar. Doch gewisse Umstände haben mich dazu veranlasst, den Kontakt mit ihm einzustellen.«

Annegrets Augen wurden groß wie Wagenräder. »Wieso redest du plötzlich so geschwollen? Was denn für Umstände? Was hat er dir getan? Wenn wir Freundinnen sind, kannst du mir doch erzählen, was los ist.«

»Ach Annegret, so einfach ist das nicht. Ich kenne dich erst kurz und du bist seit Langem mit Udo befreundet. Ich will da keine Zwietracht säen. Erzähle mir lieber von der Abrissaktion gestern.« Themawechsel war jetzt die beste Strategie, entschied Margareta. Annegret schien es zu gefallen, denn schon plapperte sie los und berichtete ihr haarklein die Geschehnisse vom Vortag.

Schade, dass ich nicht dabei war, dachte Margareta kurz. Zwangsläufig wäre sie allerdings auf Udo getroffen, hätte sich womöglich überreden lassen, mit ihm zu gehen. Aussprache und so weiter. Wer weiß, wie das geendet wäre.

Die Serviererin kam an den Tisch und brachte Annegret ein zweites Stück von der sie verzückenden Torte. Margareta stieg auf Sachertorte um. Dazu bestellte sie ein Kännchen Tee.

Annegrets Reportage zog irgendwann an Margareta vorbei, als ginge sie das alles gar nichts an. Für sie war es unverständlich, dass man um einen Hausabriss so einen Bohei machte. Wahrscheinlich erzählt sie in einer Stunde noch immer davon, dachte Margareta, während ihre Gedanken begannen, zu Udo abzuschweifen. Vielleicht wäre er der Mann gewesen, den du gesucht hast. Dass er diesem Stadtplaner eins über die Rübe gegeben hat, war natürlich schlimm. Was wäre, wenn er zu Hause Angst bekommen, noch mal zurückgegangen war und ihn umgebracht hatte? Er wäre ein Mörder. Ein kaltblütiger Mörder. Hätte er sich am Dienstag nicht geoutet, wäre ich bestimmt schon mit ihm liiert. Ausgehungert nach Liebe und Zärtlichkeit würde er mir jeden Wunsch von den Augen ablesen. Gerade die nicht so toll aussehenden Kerle sind oft der Meinung, sie müssten diesen Makel durch andere Bemühungen ausgleichen. Während Annegret redete und redete, war Margareta mehr denn je davon überzeugt, dass sie keinen vorbestraften Mann gebrauchen konnte.

»Sag mal, hörst du mir überhaupt zu? Ich habe dich gefragt, wieso du nicht dabei warst, wo du doch krankgeschrieben bist?«

»Entschuldige, ich war mit meinen Gedanken woanders. Mir ging es gestern nicht gut und außerdem wollte ich nicht auf Udo treffen.«

»Aber wieso denn nicht, was hat er denn getan?«

»Wenn er es dir nicht erzählt, wo ihr euch ein halbes Leben lang kennt, werde ich einen Teufel tun, dir davon zu berichten.«

»Also hat es nichts mit dir zu tun, sondern mit den Morden auf dem Zechengelände?«

»Dazu möchte ich wirklich nichts sagen.«

Margareta fühlte sich in die Enge getrieben. Am liebsten hätte sie auf der Stelle das Café verlassen. Sie hatte keine Lust mehr auf Verhöre, wusste bald nicht mehr, wem sie was erzählt hatte und wem nicht, was sie erzählen durfte und was sie besser verschwieg. Heute Morgen zuerst das Kreuzverhör von ihrer Mutter, um anschließend von Blauländer in die Mangel genommen zu werden. Zur Krönung rief dann noch Jürgen Löschke an. Als die Unterhaltung nur noch von Vorwürfen gespickt war und in einer Art Quiz ausartete, bei dem es allerdings nichts zu gewinnen gab, hatte Margareta wütend aufgelegt. Ein einziges Mal Sex – in geistiger Umnachtung – gab diesem verkappten Naturschützer noch lange nicht das Recht, Besitzansprüche zu stellen.

Plötzlich kullerte es feuchtwarm über Margaretas Gesicht. Ihre Nase war verstopft, ihr Blick trübte sich, während Tränen auf ihr T-Shirt tropften.

»Oh, Margareta, habe ich etwas Falsches gesagt? Das tut mir leid.« Annegret war erschrocken.

Ich bin echt nicht ganz gesund, schlussfolgerte Margareta. Wieso muss ich plötzlich heulen? Als lösten die Tränen eine innere Blockade, vertraute sie sich Annegret Thannhäuser an. Erzählte ihr von Wessel, der sie im alten Verwaltungsgebäude bewusstlos geschlagen hatte, von der Rettung durch Fritz Bommer und – last but not least – bezog sie Udo Urbat mit ein, indem sie Annegret von seiner großen Beichte berichtete. Als drängte plötzlich alles aus ihr heraus, wie zäher Teig aus einem Spritzbeutel. Mitteilsam wie sie noch nie gewesen war, redete sie sich ihren ganzen Kummer von der Seele, was sie allerdings bereute, kaum dass sie geendet hatte. Was hatte sie nur damit angerichtet?

Annegret Thannhäuser stand regelrecht unter Schock. Weiß wie die Wand führte sie mit zitternden Händen die Kuchengabel zum Mund, um sich ihr drittes Stück Grillagetorte einzuverleiben, starrte dabei auf die gegenüberliegende Wand und sprach im Flüsterton immerzu die gleichen Worte. »Ich kann es einfach nicht glauben, dass Udo zu so etwas fähig ist. Nicht Udo.«

»Aber er hat Stempel ja nicht totgeschlagen, sagt er jedenfalls, sondern nur eins mit einem Stuhlbein übergebraten, eben wegen des Geldes.« Sie hatte das Gefühl, sie machte alles noch schlimmer, mit jedem Wort, das sie aussprach.

Die Worte schienen an Annegret abzuprallen. Sie schaute durch Margareta hindurch, stand apathisch von dem kleinen Tisch auf und verließ ohne ein weiteres Wort das Café. Nicht nur, dass Margareta auf der Rechnung – in drei Stunden konnten zwei Personen sich ganz schön viel einverleiben – sitzen blieb. Sie blieb auch mit ihrem Kummer allein und fragte sich, wieso Annegret derart überreagierte. Entweder wusste sie mehr, als sie zugegeben hatte, oder sie stand Udo Urbat näher, als Margareta vermutete. So blöd, davon nicht wenigstens eine Ahnung gehabt zu haben, konnte sie nicht sein. Wenn ein verschuldeter Mann plötzlich mit einer teuren Karosse vorfährt, wo gegenüber Geld aus einem Koffer spurlos verschwunden war, da müsste es selbst bei Annegret im Hirn laut klingeln.

Niedergeschlagen trat Margareta den Heimweg an und hoffte, Annegret würde das soeben Gehörte nicht überall herumposaunen.

25.

Er öffnete die knarrende Haustür einen spaltbreit und schleuderte Margareta riesengroße Fragezeichen entgegen. Sein Blick sprach Bände.

Was soll es, Flucht nach vorn, dachte Margareta und sagte: »Guten Morgen, Herr Bommer, ich war gerade in der Nähe, da dachte ich, ich schau mal bei Ihnen vorbei.«

Du Lügnerin, schalte sie sich. Von wegen, du warst in der Nähe. Eigens für den ollen Klotz hast du dich aus dem Bett gezwungen, nachdem du die ganze Nacht nicht geschlafen hast. Entweder waren die Schlafstörungen, gepaart mit Hitzewallungen, eine Vorschau auf die Wechseljahre oder sie kamen von der ganzen Aufregung.

»Ich bin nicht auf Besuch eingestellt. So früh schon gar nicht«, grummelte Bommer und öffnete die Tür ein wenig weiter. Er trug ein grau meliertes T-Shirt und blaue Shorts. Die Füße waren nackt. Margareta starrte auf seine behaarten Beine.

»Eigentlich wollte ich mich noch einmal bei Ihnen bedanken.« Freundlich lächelnd hielt sie ihm einen Anemonenstrauß entgegen.

»Was soll ich mit den Blumen?« Angewidert schaute er auf das Sträußchen, welches Margareta ihm vor die Brust hielt.

»Darf ich kurz hineinkommen?« So schnell gab Margareta nicht auf. »Ich habe auch Brötchen mitgebracht.«

Widerwillig gab Bommer den Weg in sein Haus frei, indem er die Tür ganz öffnete.

Na, geht doch, dachte Margareta. Die erste Hürde war genommen, er hatte sie ins Haus gelassen. Alles Weitere würde sich ergeben, hoffte sie.

In der engen Diele schlug ihr der Geruch von Sauerkraut entgegen. Die Einrichtung war einfach grauenvoll. Die altmodischen Möbel sorgten für eine düstere Atmosphäre. An der nostalgischen Garderobe hingen Klamotten, die einen halben Kleiderschrank gefüllt hätten. Schön verteilt auf mehrere goldene Haken: Ein oller Regenmantel, Marke Sittenstrolch, graue Arbeitskittel, mindestens fünf identische, jede Menge verschiedener Perlonkittel in den perversesten Farben, obwohl seine Mutter seit Jahren tot war.

Fritz Bommer ging ihr voraus in die Küche. Die Morgensonne schien zum Fenster hinein. Erstaunt registrierte Margareta, dass die Scheiben nicht so schmutzig waren, wie sie erwartet hatte.

»Bedanken, bedanken! Haben Sie doch schon das letzte Mal gemacht. Ist okay.« Seufzend füllte er Wasser in die Kaffeemaschine und nahm eine Filtertüte aus dem Schrank. Würde sie ihm jetzt sagen, dass sie lieber Tee trank, würde er einen Herzanfall erleiden. Diese Mehrarbeit. Wahrscheinlich hatte er überhaupt keinen Tee im Hause, falls doch, war dieser bestimmt abgelaufen und kleine Mikroorganismen spielten in den Beuteln Fangen.

Nervös fuhr er sich mit der Hand durch sein dunkles Haar und deutete mit seinem Kinn, dass Margareta sich an den Küchentisch setzen sollte. Auch er setzte sich, schob mit seinem behaarten Arm Flaschen und Gläser – wohl vom gestrigen Abend – an die Seite, um zerkratzten Frühstücksbrettchen Platz zu machen. Schon stand er wieder auf, schlurfte zur Spüle, nahm zwei schmutzige

Tassen aus dem Geschirrberg und wusch sie unter fließendem Wasser ab.

Margareta musterte ihn, wie er ungeschickt den Margarinetopf sowie ein Marmeladenglas aus dem Kühlschrank holte und auf den Tisch stellte. Seufzend räumte er endlich die leeren Bierflaschen und die schmutzigen Gläser vom Tisch.

»Ich habe auch Käse und Wurst mitgebracht, ich dachte ...«

»Sie dachten, dieser Trottel hat nichts im Hause, nicht wahr? Sagen Sie es ruhig!« Unterbrach er sie brüsk.

»Nein, dachte ich nicht. Ich habe es nur gut gemeint.« Sie legte ihre Mitbringsel auf den Tisch, langte in die Brötchentüte und nahm sich demonstrativ ein Brötchen heraus. Sie überwand den Ekel, als sie mit dem Messer in der verklebten Margarinepackung herumstocherte.

Mit lautem Knall stellte Bommer ihr den gefüllten Kaffeepott vor die Nase.

»Da! Oder wollen Sie auch noch Milch? Ich trinke ihn schwarz.«

»Ich auch«, log Margareta. Sie hatte zwar in seinem Kühlschrank Kondensmilch entdeckt, hatte jedoch keine Lust, sich den Magen zu verderben.

Wider Erwarten griff Bommer gierig nach einem Brötchen, riss es durch und klemmte eine Käsescheibe dazwischen, um das Ganze in drei Bissen zu verschlingen. Den gleichen Vorgang wiederholte er mit einer Wurstscheibe.

Margareta überlegte, wieso er sich keine Wurst und keinen Käse kaufte, wenn er beides augenscheinlich gerne aß. Fehlten ihm die finanziellen Mittel, um vernünftig einzukaufen? Oder war es einfach nur Lethargie? Konnte er sich nicht dazu aufraffen, ein strukturiertes Leben zu führen?

Sie schaute sich in der altertümlichen Küche um. Über der alten Couch hingen zwei Gobelinbilder, die eine Schwarzwaldlandschaft sowie einen bärtigen Mann mit Pfeife im Mund zeigten. Ungleich gestickt, nicht einmal professionell gespannt, in alte Eichenrahmen gestopft, hingen sie dort bestimmt schon mehrere Jahrzehnte, getränkt mit Essensdüften und Bratenfett. Immerhin Handarbeit, von Mutti mit viel Liebe gestickt. Und wenn er nicht gestorben ist, hängen die Bilder in 20 Jahren noch hier.

»Sie haben Wessel heute Morgen wieder frei gelassen. Bauländer rief mich an. Aus Mangel an Beweisen. Es läuft eine Anzeige wegen versuchter Brandstiftung und Bestechung, was jedoch nicht rechtfertigt, ihn weiterhin gefangen zu halten.«

Bommer zuckte gleichgültig mit den Schultern und aß weiter gierig Brötchen mit Wurst und Käse.

»Was denken Sie, hat er mit den Morden was zu tun?« Margareta schaute den wild kauenden Bommer an. Gern hätte sie gewusst, was hinter seiner zerfurchten Stirn vor sich ging.

»Was weiß ich«, nuschelte Bommer mit vollem Mund. »Haben Sie ihn denn nicht angezeigt, wegen Freiheitsberaubung oder so?«

»Nein, habe ich nicht«, antwortete Margareta zerknirscht. »Auch wenn ich es getan hätte, würde er jetzt frei herumlaufen. Außerdem wollte ich Sie da nicht mit hineinziehen. Wollten Sie doch so.« Da nehme ich Rücksicht auf diesen Stiesel und dann scheint es ihm gleichgültig zu sein, dachte Margareta kopfschüttelnd.

»Mir egal.« Bommer starrte auf den Blumenstrauß in dem Senfglas, welcher mitten auf dem Tisch stand. »War nicht nötig, mit den Blumen.«

»Sie haben mir das Leben gerettet. Da werde ich Ihnen doch mal ein paar Blumen bringen dürfen.«

»Ich habe ungern Besuch. Bin den Umgang mit anderen Menschen nicht mehr gewohnt. Mir ist im Leben übel mitgespielt worden. Das hat mich hart werden lassen.« Aus traurigen Augen sah Bommer Margareta an. Hinter der harten Schale steckte ein weicher Kern. Wie wahr.

»Vielleicht ist Ihnen etwas aufgefallen an Ihrem Fensterplatz, an besagtem Samstag oder an dem Tag, an dem Stempel umgebracht wurde. Denken Sie noch mal nach.«

»Sind Sie gekommen, um mich zu besuchen, oder soll das ein Verhör werden.« Wütend schaute er Margareta an. Mist, die Frage kam viel zu früh, musste sie zugeben.

Schweigend saßen sie da. Die nächste halbe Stunde zog sich hin wie Blei, das unter Hitze zu einer zähflüssigen Masse schmolz. Bommer hatte dicht gemacht und Margareta war mit ihrem Latein am Ende.

Irgendwann stand er müde auf. Er war enttäuscht. Kurz war die Hoffnung in ihm aufgekeimt, dass Margareta anders war als andere Frauen, dass sie vielleicht Freunde werden könnten, wo er niemanden hatte. Doch auch sie suchte nur ihre Vorteile, musste er feststellen.

»Ich will mich wieder oben ans Fenster setzen. Heute werden neue Heizungsrohre hinter dem Maschinenhaus verlegt. Das will ich beobachten. Ist noch was?«

»Nein«, antwortete Margareta und stand vom Tisch auf. Ein letzter Blick streifte die blumengemusterte Wachstuchtischdecke. »Kann ich sonst noch etwas für Sie tun?«

»Ich wüsste nicht was«, meinte Bommer und ging ihr voraus in die enge Diele.

»Kann ich Sie irgendwann einmal wieder besuchen?«

Denn ich muss hier noch mal hin, schrie alles in ihr. Sie spürte, dass Bommer etwas verbarg. Was auch immer es war. Sie musste unbedingt hinter sein Geheimnis kommen. Flehentlich sah sie ihn an und hoffte, dass sie sich nicht alles bei ihm verscherzt hatte.

»Wenn Sie Brötchen, Käse und Wurst mitbringen.«

Erleichtert, dass scheinbar nicht alles verloren war, schaute sie ihn an und wartete darauf, dass er endlich die Haustür öffnete. Sein breiter Rücken schluckte das wenige Licht, das die Diele durch die Scheibe in der Tür erhellt hatte. Wann gab er den Weg frei, damit sie sein chaotisches Haus verlassen konnte?

Er dachte gar nicht daran. Stattdessen musterte er sie von oben bis unten, als nähme er sie erst jetzt als Frau war. Schlussendlich blieb sein Blick in dem Ausschnitt ihres roten Pullis hängen.

Margareta konnte merken, wie sich seine Atemfrequenz steigerte. Du liebe Güte, der Kerl wird doch nicht plötzlich Gefühle für sie entwickeln? Sie hatte ihn bisher nie als Mann wahrgenommen, hatte ihn eher in die Kategorie Neutrum eingestuft. Falls er jemals Schmetterlinge im Bauch beim Anblick einer Frau gespürt haben sollte, waren diese vor langer Zeit aus seinem Schlafzimmerfenster davongeflattert. Dachte sie zumindest. Sollte sie sich getäuscht haben? Kehrten sie etwa soeben zurück?

Seine grünen Augen bissen sich an ihrem Unterleib fest. Er grunzte wohlig und räusperte sich. »Vielleicht wollen Sie ja noch bleiben«, krächzte er mit belegter Stimme. »Wir könnten zusammen das Zechengelände beobachten.« Seine Augen leuchteten, als er dies sagte.

Ja, das könnte ihm so passen, dachte Margareta erschrocken. Von seinem Beobachtungsposten am Schlafzimmerfenster bis zu seinem Bett war es nicht weit. Was, wenn er sie auf die mottenzerfressene Tagesdecke zerren würde, um sie zu vergewaltigen? Wenn längst vergessene Regungen sich plötzlich Bahn brechen würden und er bei Margareta ausgehungert andocken wollte?

Er machte einen Schritt auf sie zu und grinste sie an. Bewegungslos blieb Margareta stehen, traute sich kaum zu atmen. Er stützte sich mit ausgestreckten Armen an der gegenüberliegenden Wand ab, keilte sie praktisch ein. Sie nahm seinen Körpergeruch war. Der leichte Schweißgeruch war nicht direkt unangenehm. Ihre Beine wurden schwer wie Blei. Sie spielte mit dem Gedanken, ihm mit ihrem rechten Knie in seine kostbaren Teile zu treten, um Schlimmeres zu verhindern. Doch war ihr Knie dazu in der Lage? Sein Mund öffnete sich und eine Wolke ekligen Fäulnisgeruchs zog ihr direkt ins Gesicht. Oh nein! Was hatte er vor? Er atmete immer schwerer, als erlitte er gleich eine Herzattacke.

Margareta straffte die Schultern, nahm allen Mut zusammen und schaute ihm fest in die Augen. »Herr Bommer, ich glaube, es ist besser, wenn ich jetzt gehe.«

Er fing an zu lachen. Laut und polternd lachte er, ließ sein Zwerchfell einen Tanz aufführen. »Fritz, ich heiße Fritz.«

Ganz langsam nahm er die Arme herunter und öffnete die Haustür. Mit wackeligen Knien verließ Margareta grußlos die Bommer'sche Herberge.

Fritz Bommer lachte sogar noch, als Margareta ihr Auto erreicht hatte. »Tschüss, Frau Sommerfeld«, rief er ihr hinterher, bevor er ins Haus zurückging und die Tür verschloss. Grinsend stieg er die Treppe nach oben, in der Hoffnung, sie hatte nun genug und würde aus Angst nie wiederkommen. Er wollte seine Ruhe haben. Auf ihre Dankbarkeit konnte er verzichten. Er hatte schnell kapiert, dass aus ihnen nie Freunde – geschweige denn mehr – werden würden.

Zitternd fuhr Margareta nach Hause. Ob er ihr nur etwas vorgespielt hatte, um sie zu vertreiben, oder besaß er echtes Interesse an ihr?

Mit dem kleinen Notizbuch in der Hand hockte Margareta am Nachmittag auf dem Sofa und ging Punkt für Punkt ihre Verdächtigen- und Todo-Liste durch. Ihr war inzwischen klar geworden, dass der gute Bommer mit ihr gespielt hatte. Sie war ihm lästig, er wollte keine Höflichkeitsbesuche. Doch er kannte Margaretas Hartnäckigkeit nicht.

Ihr auf lautlos gestelltes Handy vibrierte in der Hosentasche. Nur ungern ließ sie sich stören. Die Angst, es könne Blauländer oder gar Wessel sein, ließ sie zögernd auf das Display schauen. Jürgen Löschke. Er hatte ihr gerade noch gefehlt. Was wollte er? Sie hatten erst vor zwei Tagen eine heiße Grundsatzdebatte am Telefon geführt. Zerknirscht hatte er nach einer halben Stunde aufgelegt, nachdem sie auch eine Essenseinladung abgelehnt hatte. Widerwillig nahm sie das Gespräch an und erlebte einen aufgedrehten, total euphorischen Löschke.

»Margareta, stell dir vor, was passiert ist«, sprudelte er sofort los.

»Man hat den Mörder vom Zechengelände gefasst?«, mutmaßte sie bei so viel Freude.

»Nein, wie kommst du darauf?« Löschke fühlte sich veräppelt.

»Was lässt dich sonst so fröhlich sein?«

»Der Biber-Experte Karl Ortbeck ist mit zwei Biberberatern aus der Eifel angereist. Unser Vorsitzender der Pro-Biber-Gruppe rief mich gerade an. Ist das nicht toll?«

Margareta musste einen Moment an seinem Verstand zweifeln. Nur weil drei Biberfreunde aus der Eifel zu Gast waren, rastete der Biolehrer total aus.

»Schön«, antwortete sie genervt.

»Ja, das ist doch klasse. Karl Ortbeck hält heute Abend einen Vortrag über die Vermeidung von Obstbaumschäden durch Biber. Dadurch, dass es in NRW nun wieder 400 Biber gibt, ist das natürlich ein Problem.«

»Mag ja sein. Doch was habe ich damit zu tun?« Sie konnte nicht fassen, dass er sie deshalb anrief.

»Nun bitte ich dich aber! Karl Ortbeck ist eine Koryphäe auf dem Gebiet. So schnell kommt der nicht wieder her.« Jürgen Löschke war über ihre mangelnde Begeisterung enttäuscht.

»Lass mich raten. Du willst mich dazu einladen?«, fragte sie ihn, um das Gespräch abzukürzen.

»Ja, ich wollte dich bitten, daran teilzunehmen, falls du nichts anderes vorhast.« Jürgens Euphorie schwächte weiter ab. Margaretas Reaktion machte ihn traurig.

»Mir fehlt echt die Lust, mir diesen Vortrag anzuhören. Hätte man den Mörder gefasst, hätte mich das mehr gefreut.«

»Das kann ich wiederum nicht verstehen. Was geht dich das eigentlich an? Bist du unmittelbar betroffen oder was?«

»Ach Jürgen, geh' du zu deinem Biber-Experten und mache dir Gedanken über zernagte Obstbäume«, meinte

Margareta und drückte die rote Taste ihres Handys. Sie schüttelte mit dem Kopf, stellte sich vor, wie er anschließend die bestrickte Trine aus seiner Gruppe, mit der sie ihn letztens in der Markthalle gesehen hatte, mit zu sich nach Hause nähme und sie gemeinsam bis zum Morgengrauen das Biberproblem gründlich durchdiskutieren würden.

Sie goss sich eine Tasse Tee auf, widmete sich ihrem Notizbuch und ging die letzte Liste noch einmal durch.

Udo Urbat. Hm, ich kann mir nicht helfen, er bleibt für mich immer noch tatverdächtig, überlegte sie und versah seinen Namen mit einem roten Kreis.

Peter Wessel, ihr zweiter Tatverdächtiger, wurde gestrichen. Ein Bauchgefühl sagte ihr, obwohl es sich zweifelsohne um einen Verbrecher und ein Schwein handelte, dass er es nicht gewesen war. Versuchte Brandstiftung und Bestechung hatte er zugegeben, dafür würde er zur Verantwortung gezogen werden. Annegret Thannhäuser wurde ebenfalls gestrichen, Jürgen Löschke ebenso.

Rudi Thannhäuser blieb stehen und rückte an zweiter Stelle.

Da auch die Todo-Liste fast abgearbeitet war, blieb Punkt 10: Bommer beobachten.

Genervt schmiss sie das Notizbuch auf den Tisch zurück. Blöde Liste, mit nur zwei Verdächtigen und einer Aufgabe, die zu erledigen war. Wie weit haben mich meine Ermittlungen geführt? Nicht wesentlich weiter, musste sie zugeben. Wer war der Mörder und wo befand er sich gerade? Handelte es sich wirklich nur um einen Täter oder waren es zwei? Blöd gelaufen, begib dich lieber in dein Bekleidungsgeschäft und drehe alten Frauen Lodenmäntel an, hörte sie im Geiste die Stimme Helmut Blauländers.

Ich werde nicht aufgeben, bis ich das passende Puzzleteilchen gefunden habe, schwor Margareta sich.

26.

Rudi schielte fragend zu Annegret herüber, die völlig erschöpft am Frühstückstisch saß. »Nun, lass dir doch nicht jedes Wort aus der Nase ziehen? Was hat dich so fertiggemacht? Was hat die Sommerfeld dir erzählt?«

Annegret nahm einen Schluck aus ihrer Teetasse. Wieder liefen ihr Tränen übers Gesicht. Seit sie gestern Nachmittag von ihrem Treffen mit Margareta zurückgekommen war, war sie völlig verstört, erzählte unzusammenhängendes Zeug, fluchte vor sich hin. Die letzte Nacht hatte sie zum Tag gemacht, war ruhelos durchs ganze Haus gelaufen.

»Was hat sie gesagt, verdammt noch mal?« Rudi war mit seinem Latein am Ende. Er hatte schon überlegt, die Sommerfeld anzurufen und sie selbst zu fragen, verwarf den Gedanken jedoch wieder.

Verzweifelt schaute Annegret ihren Mann an. Sie brachte es nicht fertig, ihm davon zu erzählen. Wieso sie zögerte, konnte sie selbst nicht sagen. Sie hatte so eine Ahnung, dass Rudi etwas mit der Sache zu tun haben könnte.

»Annegret, bitte, was hat sie dir erzählt?«

Annegret sah ihn mit verweinten Augen an. Er erfährt es doch irgendwann, sagte sie sich und brach endlich ihr Schweigen. »Udo Urbat hat den Stadtplaner niedergeschlagen und sich das Geld genommen. Er hat es Margareta in Haltern erzählt, weil er angeblich nicht mehr damit fertig wird. Wieso ausgerechnet ihr? Er hätte sich uns anvertrauen können.«

Rudi zuckte nicht einmal mit der Wimper, nahm das, was Annegret erzählte, völlig gelassen hin. So, als wäre es für ihn nichts Neues, als hätte er es bereits geahnt. Oder vielleicht gewusst?

Rudi stand langsam von seinem Stuhl auf und ging zum Fenster, schaute hinüber zum Verwaltungsgebäude. Bloß, dass es nicht mehr da war. Hinter den Bäumen war nichts zu sehen, außer einem Haufen Schutt, dem man seit Tagen Herr zu werden versuchte. Er stellte fest, dass es jetzt in seiner Küche viel heller war als vorher und man sogar den Himmel sehen konnte. Das war jedoch jetzt uninteressant. Er seufzte. Was sollte er seiner Frau bloß sagen?

»Warum sagst du nichts? Findest du das nicht schrecklich? Kann man Margareta glauben?« Annegret konnte nicht verstehen, dass Rudi es so gelassen hinnahm. Wusste er bereits davon? Wieso regte er sich nicht auf, beschuldigte Margareta, dass sie Mist erzählen würde und Udo niemals zu so einer Tat fähig sei?

Langsam drehte er sich um, sah Annegret aus traurigen Augen an.

»Es wird wohl so sein.«

Annegret stand auf, ging auf ihn zu, schlang ihre Arme um seinen Hals. »Du weißt doch was? Was weißt du?« Sie ließ ihren Kopf auf seine Brust fallen, fing an zu weinen. Seine Wärme tat ihr gut. Er presste sein Gesicht in ihr Haar. Er ist mein Mann, mein geliebter Mann, trotz seiner Macken, redete sie sich gut zu. Nie würde er mir etwas Schlimmes verschweigen. Annegret schöpfte aus dieser herzlichen Umarmung Mut. Plötzlich war es für sie vollkommen unmöglich, dass Rudi davon gewusst haben könnte oder selbst in die Sache involviert war. Nicht Rudi, mein Ehemann. Er war doch selbst entsetzt, als Udo mit dem tollen Auto vorfuhr, machte sich Gedanken, woher er das Geld dafür hatte. War er etwa ein guter Schauspieler?

»Nun sag endlich was«, sprach Annegret nach langen Minuten des Schweigens. Sie schaute Rudi an und sah Tränen in seinen Augen. Ein wenig brüsk schob er sie von sich und verließ die Küche.

»Sag was«, schrie Annegret ihm hinterher.

»Ich kann nicht«, antworte Rudi mit belegter Stimme.

Annegret wischte sich die Tränen ab, nahm das Telefon und wählte Kommissar Blauländers Nummer. Es muss sein, sagte sie sich.

27.

Kommissar Helmut Blauländer war nur die Vorhut gewesen. Wenig später kamen zwei uniformierte Kollegen hinzu, eine halbe Stunde später trafen weitere Beamte vom KK 11 ein. Am liebsten hätte Udo die Tür gar nicht erst geöffnet, er wusste jedoch, dass es keinen Zweck hatte.

Blauländer kam gleich zur Sache, fragte ihn direkt, ob er den Stadtplaner Stempel niedergeschlagen hatte. Niedergeschlagen ja, aber nicht getötet, antwortete Udo und brach fast zusammen. Auf die Frage, ob es stimmen würde, dass er sich Geld aus dem Koffer genommen habe, nickte er und fing bitterlich an zu weinen.

»Hat Margareta Sommerfeld Ihnen das erzählt?«, wollte er unter Schluchzen wissen.

»Nein, Frau Sommerfeld hat damit nichts zu tun«, meinte Blauländer.

Die Hausdurchsuchung hatte er seinem alten Freund, Staatsanwalt Lehmkühler, zu verdanken, der ihm noch einen Gefallen schuldig war. Er hatte die Aktenlage ein wenig gepimpt, damit sie letztendlich bewilligt wurde. Blauländer war felsenfest überzeugt, dass hier zumindest Stempels Mörder zu finden war.

Alles ging so furchtbar schnell, dass Udo schwindelig wurde. Dieses Gewusel in seinem Haus, dieses Kommen und Gehen machte ihn fertig. Wenn nicht Margareta, wer hat mich dann verpfiffen?, fragte er sich und hätte alle Beamten am liebsten hinausgeworfen. Doch der Stein rollte und war nicht mehr aufzuhalten. Von seinem riesigen Sessel aus beobachtete er Blauländer, der sich nach einigen Telefonaten und gewichtigen Anweisungen nun voll auf ihn konzentrierte.

»Dass Sie Ihr Fahrzeug trotz Ihrer Schulden bar bezahlt haben, ist uns längst bekannt. Unsere Spuren führten jedoch in eine andere Richtung. Nun diese überraschende Wende. Der Stadtplaner Stempel hat also noch gelebt, als Sie mit dem Geld flüchteten, sagten Sie?«

»Ja, er hat gelebt, hat mich gefragt, wer ich sei und wieso ich das getan hätte.«

»Und wieso haben Sie es getan?«

»Weil ich total verschuldet war. Das habe ich Ihnen doch

schon erzählt. Als ich den Haufen Geld sah, dachte ich, das wäre die Lösung all meiner Probleme.«

»Sie haben ihn also niedergeschlagen und sich anschließend den größten Teil des Geldes angeeignet. Er lebte noch, Sie verließen den Tatort. Kaum zu Hause angekommen, bekamen Sie Gewissensbisse und Angst. Große Angst. Kann es nicht sein, dass Sie noch mal hinüberliefen ins alte Gebäude und ihm einen zweiten Schlag versetzten, damit er für immer schweigen würde?«

»Nein!«, schrie Udo. »Ich bin kein Mörder. Ich habe diesen ersten Schlag schon bitter bereut. Das Geld hat mir kein Glück gebracht.«

»Herr Urbat, ich würde Ihnen gerne glauben, doch ich kann es nicht. Dass zufällig kurz darauf jemand ebenfalls ins Gebäude schleicht, um den Stadtplaner umzubringen, ist mehr als unwahrscheinlich. Das Geld war bis auf einen kleinen Rest weg. Was hätte derjenige für ein Motiv gehabt?«

»Ich weiß es nicht«, schluchzte Udo verzweifelt.

»Ich muss Sie bitten mitzukommen«, ordnete Blauländer an. »Packen Sie ein paar Sachen zusammen. Ihr Aufenthalt bei uns könnte länger dauern.«

Weinend brach Udo Urbat zusammen. In seinem Schlafzimmerschrank fand man in einem kleinen Stoffbeutel knapp 22.000 Euro.

Aller guten Dinge sind drei. Wieder die gleiche Location. Und zwar die sonnige Terrasse des Restaurants im Schloss Berge. Samstagnachmittag, Hochbetrieb. Das wunderbare Wetter hatte die vielen Menschen hierher getrieben. Raus aus den Häusern, die herrliche Natur spüren, Kaffee trinken, leckeren Kuchen essen, plaudern und das tolle Ambiente genießen. Helmut Blauländer und Margareta tranken Kaffee sowie Tee und aßen Kuchen, wie alte Freunde. Voller Harmonie, wie Vater und Tochter. So mussten sie jedenfalls auf Außenstehende wirken.

»Es sind noch viele offene Fragen. Alles ging so schnell in den letzten Tagen. Udo Urbat und Raimund Fischer verhaftet. Und wie Sie sagen, der Fall somit fast abgeschlossen. Ich kann es nicht glauben. Das klingt so unwirklich für mich. Raimund Fischer der Mörder von Kevin. Udo Urbat soll Stempel umgebracht haben.« Margareta starrte gebannt zu der Fontäne inmitten des Teiches schräg gegenüber und versuchte, ihre Gedanken in ihrem aufgewühlten Gehirn zu sortieren.

Blauländer aß begeistert seine Pflaumentarte, bestaunte das gute Stück, als spräche es zu ihm. Jeden Bissen, den er zu Munde führte, genoss er wie einen mittelprächtigen Orgasmus.

»Beide hatten ein Motiv. Raimund Fischer hatte den Auftrag, die Lagerhallen abzufackeln, um die Abwicklung mit der Firmenansiedlung zu beschleunigen. Der Junge kam ihm in die Quere, da hat er ihn erschlagen.« Blauländer verrührte selbstgefällig Zuckerwürfel in seinem Kaffee. Er wirkte entspannt und gut gelaunt. Schon als er Margareta anrief, wunderte sie sich über seine Hochstimmung. Für ihn waren die beiden Fälle bereits erledigt. Er hatte zwei Erfolge für sich verbucht und so fühlte er sich auch.

»Sie hatten Fischer doch schon mal verhört. War er da nicht verdächtig oder was? Wieso jetzt die erneute Verhaftung?« Margareta wollte es nicht in den Kopf, dass dieser etwas trottelig wirkende Fischer plötzlich Kevins Mörder sein sollte.

»Ich habe einen Hinweis bekommen, habe Raimund

Fischer daraufhin vorgeladen. Er war völlig daneben, brach nach einer halben Stunde weinend zusammen.«

»Und, hat er den Mord gestanden?«

»Nicht direkt, aber wir arbeiten daran.« Blauländer winkte den livrierten Kellner heran, um sich noch ein Stück dieser feinen Köstlichkeit zu bestellen. Man gönnte sich ja sonst nichts.

»Und Urbat? Was ist mit Urbat? Er bestreitet, der Mörder zu sein. Er hätte Stempel nur des Geldes wegen niedergeschlagen, hat er mir erzählt. Als er mit der Kohle verschwunden ist, hätte der Stadtplaner noch gelebt.«

»Ja, und zu Hause hat er Gewissensbisse bekommen, ist noch mal zurück zum Tatort und hat ihm einen zweiten Schlag versetzt, der tödlich war.« Blauländer sprach langsam und belehrend, wie ein Lehrer zu seiner Schülerin, die nichts kapierte.

»Das sagen Sie.« Margaretas Zweifel blieben.

»Auch den kochen wir weich, verlassen Sie sich darauf.«

Wohlgefällig schaute Blauländer Margareta an. Ihr blond gesträhntes Haar hatte sie zu einem Pferdeschwanz hochgebunden. Sie trug ein tief dekolletiertes T-Shirt in Rosa sowie eine knallenge Jeans. Zum Anbeißen sah sie aus, fand er. Kein Vergleich zu seiner in die Jahre gekommenen, verhärmten Ehefrau, die sich ihm am liebsten in bunten Haushaltskitteln präsentierte. Dass er selbst, mit seinen 55 Jahren, nicht mehr ein Hingucker war, war ihm gar nicht bewusst. Er hielt sich nach wie vor für unwiderstehlich.

»Was mir allerdings nicht in den Kopf will, ist, wieso Urbat sich gerade Ihnen anvertraut hat? Wieso so plötzlich?«

Margareta musste schmunzeln. »Hat Annegret Thannhäuser etwa aus dem Nähkästchen geplaudert?«

»Sie war völlig verstört, als sie mich gestern Morgen anrief. Ich glaube, ihr Nachbar steht ihr sehr nahe.«

»Die beiden hängen aneinander, kennen sich schon ewig. Auch Urbat schwärmt von Annegret. Sie ist seine heimliche Liebe, glaube ich.«

»Da wäre es doch angebracht gewesen, ihr alles zu erzählen. Wieso hat er gerade Ihnen sein Herz ausgeschüttet? Habe Sie ihm etwa den Kopf verdreht?« Lüstern schaute Blauländer Margareta an.

»Wenn Sie es so nennen wollen. Ich finde ihn ganz sympathisch. Als er mich jedoch in die Sache hineinziehen wollte, in dem er sich mir anvertraute, wollte ich mit ihm nichts mehr zu tun haben. Ich eigne mich nicht als Mitwisserin einer Straftat.« Margaretas Blick blieb an seinem dunkelblonden Brustpelz hängen, der oben aus seinem geöffneten weißen Hemd hervorlugte. Zwei statt drei geöffnete Knöpfe hätten es auch getan, fand Margareta.

»Und dann haben Sie es Annegret Thannhäuser erzählt?«

»Ich hatte es nicht geplant. Wir waren in einem Café verabredet. Ich war völlig fertig und sie bedrängte mich dermaßen, dass ich irgendwann den Mund nicht halten konnte. Ob es eine gute Idee war, weiß ich nicht. Nun wird er gleich des Mordes bezichtigt, obwohl er Stempel vielleicht nur niedergeschlagen hat. Dass Annegret so ausrasten würde, konnte ich nicht ahnen.«

»Sie eignen sich nicht zur Mitwisserin eine Straftat, sagten Sie eben. Aber das waren Sie die ganze Zeit, nach Urbats Geständnis.«

Margareta bereitete seine Frage Unbehagen. Was will er? Mich in die Enge treiben?, fragte sie sich.

»Sie wissen es doch nun und haben alles Erforderliche veranlasst.«

»Warum haben Sie mich nicht gleich angerufen?«

»Vielleicht, weil ich geahnt habe, dass ich damit eine Lawine lostrete. Ich weiß es nicht. Für mich klingt Ihre Theorie zu einfach. Ich glaube, dass der Mörder noch frei herumläuft.«

»Nur ein Mörder? Was sollte er für ein Motiv haben, die beiden so unterschiedlichen Männer an verschiedenen Tagen und Orten umzubringen?«, fragte Blauländer Margareta überheblich grinsend.

»Was weiß ich, was in einem kranken Hirn vorgeht. Es muss auf jeden Fall jemand sein, der sich auf dem Zechengelände auskennt.«

»An wen haben Sie da gedacht?«

»Vielleicht Rudi Thannhäuser?«

Blauländer fing lauthals an zu lachen. »Sie Hobbykommissarin! Wieso gerade dieser Mann? Nee, Mädchen, da liegen Sie völlig falsch. Vertrauen Sie einem alten Kommissar.«

Nun war es Margareta, die ihn frech grinsend ansah. »Wieso hat dieser alte, erfahrene Kommissar nicht eher gemerkt, dass mit Urbat was nicht stimmt? Das dicke Auto und den Buckel voller Schulden. Hat das KK 11 geschlafen? Wurde da nicht recherchiert?«

Blauländers Augen zuckten hinter den Brillengläsern nervös hin und her. »Sie denken also, wir schlafen im KK 11? Vermutlich ist nicht nur bei Wessel und Stempel Geld geflossen. Könnte ja sein, dass es eine weitere Bestechung, nur wenige Meter weiter gegeben hat. Nicht jeder wollte unbedingt, dass die Torhäuser unter Denkmalschutz gestellt werden. So manch einem Anwohner mag es egal sein, dass die Firmeneinfahrt der Peter Wessel & Co. KG gerade an dieser Stelle geplant ist und Hunderte von LKW täglich an seinem Küchenfenster vorbeifahren werden. Oftmals sind sich die besten Freunde nicht grün.«

»Innerhalb der Bürgerinitiative gibt es einen Verräter?« Margareta war hellhörig geworden. Außerdem hatte sie Blauländer unterschätzt. »Woher wissen Sie das alles?«

»Vielleicht hat es mir ein Vögelchen gezwitschert.« Blauländer genoss es, sein Wissen häppchenweise preiszugeben.

»Kann es sein, dass dieses Vögelchen weiblich ist?« Margareta musste an Bettina Malecki denken.

»Möglich«, meinte Blauländer grinsend und orderte ein drittes Stück Pflaumentarte. »Ich darf Ihnen nicht mehr erzählen. Nur so viel: Es gibt Menschen, die, um an die Parteispitze zu gelangen, ihre eigene Mutter verkaufen würden.«

Urbat und Thannhäuser wohnten direkt gegenüber der alten Torhäuser. Wem von beiden konnte es egal sein, wenn der Fuhrpark der Wessel AG künftig an seinem Küchenfenster vorbeibrettern würde? Wer hatte die niedlich anzusehenden Torhäuser längst abgeschrieben? Fragen über Fragen fuhren in Margaretas Gehirn Achterbahn. Was wusste Blauländer noch, wovon er ihr nicht erzählen durfte? Eine weitere Bestechung, der bald ein dritter Mord folgen könnte?

Der Kommissar verleibte sich den Kuchen ein und beobachtete Margareta. Es schien ihm zu gefallen, dass er ihr neue Rätsel aufgegeben hatte, die sie seiner Meinung nach niemals zu lösen in der Lage sein würde. Auch er hatte nicht schlecht gestaunt, als er erfahren hatte, dass ein gewisser Herr dem Abriss der beiden Torhäuser zugestimmt und den Antrag auf Denkmalschutz zurückgezogen hatte. Ob Geld geflossen war, war ihm bisher allerdings nicht bekannt. Es war ihm auch egal. Ihn interessierten an erster Stelle die beiden Morde auf dem Zechengelände und diese waren für ihn so gut wie aufgeklärt. Urbat und Fischer würden für lange Zeit einsitzen. Ihre Geständnisse waren für ihn nur eine Frage der Zeit. Wessel würde wegen versuchter Brandstiftung und Bestechung angeklagt werden. Ob er nun selbst Hand angelegt oder Fischer dazu genötigt oder damit beauftragt hatte, spielte keine Rolle. In den Kahn würde er nicht gehen, stattdessen bald seine neue Firma auf dem Bergmannsglücker Gelände eröffnen. Durch seine Vorstrafe würde sich nichts ändern. Die vielen versprochenen Arbeitsplätze überwogen, gepaart mit dem steigenden Image, dass die neue Firma der Stadt Gelsenkirchen verlieh. Mit der Zeit wuchs ohnehin Gras über die Sache und nach ein paar Jahren krähte kein Hahn mehr danach.

»Es ist noch längst nicht vorbei«, meinte Margareta, als sie Blauländer beim Abschied auf dem Parkplatz die Hand reichte. »Das wäre zu einfach, wenn es das gewesen sein sollte.«

Fast zärtlich strich Blauländer ihr über die rechte Schulter. Eine väterliche Geste, mehr nicht. »Ach Mädchen, machen Sie sich doch keinen Kopf. War es für Sie nicht alles aufregend genug? Schalten Sie mal ab! Fahren Sie in Urlaub. Beißen Sie sich da nicht fest, indem Sie unbedingt einen Mörder aus dem Ärmel zaubern wollen. Der Fall ist so gut wie abgeschlossen. Glauben Sie mir.«

Du kannst mich mal, dachte Margareta, fest entschlossen, weiter nach dem Mörder zu suchen. Sie schwieg, weil sie es für sinnlos hielt, noch etwas dazu zu sagen. So lächelte sie ihn nur an, sagte »Tschüss« und ging zu ihrem Auto.

28.

Vielleicht doch keine so blöde Liste, dachte Margareta, als sie das Telefongespräch beendet hatte. Rudi Thannhäuser blieb für sie ein Tatverdächtiger, bestärkt durch das, was Annegret ihr soeben über ihren Mann berichtete. Zuerst hatte sie sich tausend Mal für ihr Verhalten in dem Café entschuldigt. Sie wäre dermaßen geschockt gewesen, dass Udo den Stadtplaner niedergeschlagen haben sollte. Natürlich hätte sie am nächsten Tag sofort Blauländer angerufen, der alles weitere veranlasst hatte. Nun betete sie für Udo, dass er einigermaßen glimpflich davonkäme, vermutlich mit einer Bewährungsstrafe. Träum weiter, dachte Margareta. Sie wollte Annegret nicht gleich jegliche Hoffnung nehmen, indem sie ihr von Blauländers tiefster Überzeugung berichtete, dass Udo Stempels Mörder sei. Sie wird es noch früh genug erfahren, sagte sie sich. Außerdem glaubte sie selbst nicht an Blauländers Theorie. Jedenfalls winselte Annegret um Versöhnung. Sie schlug vor, gemeinsam Bommer zu besuchen, nachdem Margareta ihr schon im Café von seiner Rettungsaktion erzählt hatte. Sie hätte einen Käsekuchen gebacken, den sie unbedingt Bommer zu Gute kommen lassen wollte. Margareta musste grinsen, stimmte jedoch Annegrets Vorschlag zu, sich um 16 Uhr vor Bommers Haus zu treffen.

Einmal in der Nähe, könnte ich Gisbert besuchen. Sie rief ihren Bruder an, um ihre Stippvisite anzukündigen.

Als Margareta sich in Gisberts Garten umblickte, sah sie, dass ihre Mutter und Norbert Koslowski sich bereits in den Campingstühlen fläzten, kichernd Weinschorle tranken und frischen Pflaumenkuchen aßen. Mir hat sie erzählt, sie will sich einen ruhigen Tag machen, dachte Margareta schmunzelnd. Stattdessen hat sie bestimmt schon die Nacht mit dem wesentlich jüngeren Koslowski verbracht. So wie es schien, war sie schon Ewigkeiten da. Ein strafender Blick traf ihren Bruder, der nur mit den Schultern zuckte.

Margareta ließ sich mucksend auf einen wackligen Plastikstuhl fallen und starrte genervt in die Gegend. Ein Wort von Gisbert vorhin am Telefon und sie hätte die Stippvisite bei ihm geknickt. Nun konnte sie hier zwei Stunden totschlagen, bevor sie zu Bommer aufbrach.

»Na, Neuigkeiten von der Bergmannsglücker Front, Margareta?«, fragte Gisbert in einem derart überheblichen Ton, dass Margareta der Kragen platzte.

»Oh ja, ganz viele sogar. Urbat und Fischer sind des Mordes überführt und sitzen bereits ein. Ich gehe gleich Bommer besuchen. Der hat mir übrigens das Leben gerettet, als Wessel mich umbringen wollte, neulich bei dem nächtlichen Ausflug im Verwaltungsgebäude, wovon ich euch ja schon berichtet habe.« Dieses verrückte Neurosen-Trio hat es nicht besser verdient, als geschockt zu werden, sagte Margareta sich.

Norbert Koslowski ließ sich kreidebleich auf die unterste Treppenstufe sinken. Er trug sein wohlbekanntes Outfit, Doppelripp-Unterhemd und Schlabbershorts. »Dann hat diesa Fischer mein Kevin ermordet? Stimmt datt doch, watt se alle erzählen?« Mit Tränen in den Augen sah er Margareta an und sie beschloss, einen Gang zurückzuschalten. Koslowski konnte schließlich nichts dafür, dass meine Mutter eine Schlange ist, sagte sie sich. »Sagt jedenfalls Blauländer, direkt gestanden hat er noch nicht. Aber es gab einen Hinweis und Fischer ist daraufhin weinend zusammengebrochen.«

»Und Urbat soll Stempel erschlagen haben oder wie? Von seiner Verhaftung habe ich schon gehört, jedoch hieß es, er habe ihn nicht getötet, sondern ihn nur niedergeschlagen, um an das Schmiergeld zu kommen.« Was Gisbert alles wusste. Er musste seine Spitzel überall haben.

»Es soll sogar noch eine Bestechung gegeben haben, in der eine gewisse Dame involviert gewesen sein soll. Es ging um den Abriss der Torhäuser.« Provokativ schmunzelnd schaute Margareta ihren Bruder an.

»Falls du auf Bettina anspielst, muss ich dich enttäuschen. Die hat damit nichts zu tun«, erwiderte er scharf.

»Na ja, aber du hast gleich an sie gedacht. Wieso?«

»Weil du ihr was anhängen willst. Du konntest sie noch nie leiden.«

»Ach Gisbert, das ist ein anderes Thema. Nur weil ich sie ätzend finde, hänge ich ihr nichts an.«

»Sag mal, stimmt das wirklich, Gretchen? Bommer hat dir das Leben gerettet? Wieso erzählst du das erst jetzt?« Waltraud war sichtlich bestürzt und setzte ihren demütigen Mutter-Beimer-Blick auf.

»Ach, ich will das einfach nur noch vergessen.«

»Aber dass dieser olle Bommer dir geholfen hat? Ist das tatsächlich wahr?«, fragte Waltraud theatralisch ihre Tochter.

»Wieso oller Bommer? Du kennst ihn doch gar nicht«, echauffierte Margareta sich.

»Na aber wie der immer rumläuft, Kind. Der ist schon komisch.«

»Weil er nicht der Norm entspricht?« Margareta hätte ihre Mutter wegen ihrer blöden Vorurteile würgen können.

»Mama hat schon recht. Bommer ist ein Exot und keiner traut ihm über den Weg. In dessen Bude würde ich keinen Fuß setzen«, meinte Gisbert.

Er schlägt sich auf Muttis Seite, schöner Bruder, dachte Margareta und war schon im Begriff, dieses Spießeridyll zu verlassen. Doch wo hätte sie die Zeit bis zum Treffen mit Annegret totschlagen sollen? Also ausharren, sagte sie sich und seufzte tief. »Ihr beide müsst es wissen, ihr Oberschlauen.«

Norbert Koslowski verbarg sein Gesicht in seinen Händen. Er ließ die letzten für ihn schlimmen vier Wochen Revue passieren. Sollte der Mörder seines Sohnes tatsächlich gefasst sein?

In die bedrückende Stille des sonnigen Nachmittages plapperte Waltraud, wohl um ihren Freund Koslowski auf andere Gedanken zu bringen, los wie ein Maschinengewehr. Sie erzählte von dem schmerzlichen Verlust ihres Mannes vor einem Jahr, von der Pleite mit Walter, berichtete über ihre mannstolle Nachbarin, die ihrem Ehemann zu Lebtagen ständig an die Hose wollte und dass für Norbert bessere Tage kommen würden … blah, blah … schnatter, schnatter.

»Und, was ist deine Meinung? Denkst du, dass Blauländer recht hat?«, wechselte Gisbert geschickt das Thema, bevor noch mehr peinliche Enthüllungen den Mund seiner Mutter verlassen würden.

»Nein, Blauländer ist auf dem Holzweg. Der Mörder läuft noch frei herum«, antwortete Margareta mit fester Stimme.

»Nur ein Mörder? Einer, der Stempel *und* Kevin umgebracht hat?«

»Ja, es war ein und derselbe.«

Alle drei starrten Margareta an, als hätte sie ihnen soeben verklickert, sie fliege gleich mit einem Ufo zum Mond.

Wieso muss ich mich ständig in alles einmischen, fragte Margareta sich zum wiederholten Male. Wieso kann ich nicht wie jede andere Frau um die 40 ganz normal arbeiten, ab und an auf die Piste gehen, um endlich den Mann fürs Leben zu finden? Bei meinen Mordermittlungen in dieser Gegend hier werde ich den Richtigen nie finden. Zwei Nieten habe ich schon zu verbuchen. Einen One-Night-Stand mit einem spindeldürren Biolehrer, der sich für die artgerechte Haltung von Bibern einsetzt, sowie ein wunderschönes Erlebnis in einem romantischen Hotel mit einem vermeintlichen Totschläger. Auf was wartest du noch? Mach' dich vom Acker und vergiss den ganzen Zechenscheiß, begehrte alles in ihr auf. Was juckt es dich, wer wem die Birne einschlägt? Und wenn du keine Lust hast, auf die Piste zu gehen, weil dort nur Schrott herumläuft, dann schnapp dir ein Buch oder mach sonst was Nützliches, trete einem christlichen Chor bei und singe Motetten oder werde grüne Dame und besuche kranke Menschen in Kliniken. Sex wird sowieso überbewertet.

Margareta und Annegret begrüßten sich herzlich, Küsschen links, Küsschen rechts, Freude auf beiden Gesichtern. Diese hielt jedoch nicht lange an. Spätestens als sie Bommer heranschlurfen hörten und sich die mausgraue Holztür öffnete, war die gute Laune der Frauen dahin. Barfüßig, in kurzer Jeans und mausfarbenem T-Shirt stand er vor ihnen. Er schaute sie regelrecht angeekelt an, als hätten sie ihn bei etwas äußerst Wichtigem gestört. Bei was hatten sie ihn unterbrochen? Bei der Beobachtung des Zechengeländes mit dem Feldstecher?

»Was wollen Sie hier, Sommerfeld? Bringen Sie jetzt schon Verstärkung mit?« Ein abweisender Blick streifte Annegret, die in ihrem roten Sommerkleid äußerst attraktiv aussah.

»Neulich … als wir zusammen gefrühstückt haben, da sagten Sie hinterher … ich könnte wiederkommen.« Margareta war überrascht. Mit so einer Reaktion hatte sie nicht gerechnet. Okay, dass er ein Stiesel war, wusste sie. Für so unberechenbar hatte sie ihn jedoch nicht gehalten.

»Ja, habe ich gesagt, doch nicht so gemeint. War eine Floskel der Höflichkeit, mehr nicht. Also, was gibt es?«

Nun übernahm Annegret das Kommando, als käme sie frisch von dem Seminar ›Wie gehe ich mit Vollidioten um‹.

»Herr Bommer, ich habe einen Kuchen gebacken. Wir wollten einfach nur mit Ihnen im Garten Kaffee trinken. Wenn man allein ist wie Sie, freut man sich doch, wenn mal Besuch kommt, oder nicht?«, fragte sie ihn mit einem umwerfenden Lächeln.

»Näh, eigentlich nicht. Ich bin gerade im Garten. Habe da was zu erledigen«, murmelte er mehr als er sprach.

»Dann setzen wir uns doch alle in den Garten«, meinte Annegret laut und fröhlich, als wollte sie mit Macht gute Laune in eine Depri-Selbsthilfegruppe bringen.

»Hmm«, machte Bommer nur und verschwand resigniert ins Innere seines Hauses. Die Haustür ließ er offen stehen, was wohl so viel heißen sollte, wie ›Treten Sie ein, herzlich willkommen‹.

Als Margareta die Diele betrat, fiel ihr auf, dass es diesmal nicht nach Sauerkraut und Schweiß, sondern nach fiesen menschlichen Absonderungen roch. Als hätte Bommer Schwierigkeiten, seine Flatulenzen in den Griff zu bekommen.

Sie waren geschockt, als sie den Garten, oder das was Bommer Garten nannte, durch die Küche über eine Steintreppe betraten. Das war noch nicht einmal ein Garten für den schmalen Geldbeutel, das war einfach Nichts. Der kleine Hof, der sich der Treppe anschloss, war wohl vor Jahrzehnten asphaltiert worden. Breite Risse, die aussahen wie eine Flusslandschaft, ließen diese Fläche wie kurz nach einem Erdbeben aussehen. Mitten auf diesem terrassenartigen Platz standen ein alter Küchenstuhl und ein Tischchen, das ein Stuhl gewesen sein musste, bevor man ihm die Lehne abgesägt hatte. Rechts blickte man auf einen angebauten Stall, dessen marode Tür offenstand und Einblick in ein heilloses Chaos bot.

Mehrere Pfähle, zwischen denen eine Wäscheleine gespannt war, trennten diese Art Terrasse vom Garten. An dieser Leine hingen etliche Plastiktragetaschen aus den umliegenden Kaufhäusern, deren Inhalt man nur erahnen konnte. Ein zerlöchertes Badehandtuch mit der Aufschrift ›Fußball-WM 1974‹ leistete den Tüten Gesellschaft. Der Garten war einfach nur Brachland. Vor 40 Jahren war diese Fläche wohl mal eine Wiese gewesen, die sich mangels Pflege in eine Ackerlandschaft mit Löchern und Hügeln sowie jeder Menge Unkraut verwandelt hatte. In der einen Ecke lagen alte Bretter und verwitterte Dachrinnen herum, in der anderen zwei Zinkbadewannen und drei altertümliche Aschetonnen. Jeder Schrottplatz war aufgeräumter als Bommers sogenannter Garten. Der einzige Lichtblick inmitten dieses Elends war ein Pflaumenbaum, der sogar ordentlich Früchte trug. Das Laub der letzten Jahre, teils verrottet, lag allerdings unter ihm, sowie jede Menge verfaulter und vermoderter Früchte. Er ließ dieses prachtvolle Obst einfach verkommen. Margareta konnte es nicht fassen.

Hilflos stand Annegret mit ihrem Kuchen auf diesem grauen Hof und sah Margareta fragend an. Seufzend betrat Bommer seinen Stall und kramte aus einem Müllberg zwei verstaubte, uralte Campingsessel hervor. Sie waren dermaßen eingerostet, dass sie sich kaum auseinanderklappen ließen. Die Frauen schauten auf ihre Kleidung, dann auf die verdreckten Stühle. Margareta trug wohlweißlich eine Jeans und ein schwarzes T-Shirt. Mit großem Unbehagen setzten sie sich irgendwann hin. Den Kuchen platzierte Annegret auf diesen winzigen Stuhl-Tisch. Bommer war inzwischen in der Küche verschwunden, um Kaffee zu kochen.

»Keine gute Idee, ihn mit Kuchen überraschen zu wollen, was?«, fragte Annegret Margareta flüsternd, während ihre Augen noch immer das Bommer'sche Gartenparadies taxierten.

»Das glaube ich auch. Besser wir verkrümeln uns so schnell wie möglich wieder«, antwortete Margareta ebenso leise.

Wenig später kam Bommer mit der versifften Kaffeekanne zurück. Tassen und Teller stellte er auf die unterste Stufe der Treppe, setzte sich anschließend auf seinen alten Holzstuhl, um mit dem weiter zu machen, was er vorhin als wichtige Arbeit angekündigt hatte. Unter seinem Stuhl holte er einen Margarinetopf hervor, den Margareta als denselben wiedererkannte, aus dem sie vor wenigen Tagen Margarine entnommen hatte, um sich ein Brötchen zu bestreichen. Bommer tauchte einen schmutzigen Lappen in den Topf, legte sein rechtes Bein über das linke und begann, mit der Margarine Pflasterreste von seinem Fuß zu entfernen.

Margareta traute ihren Augen nicht. Was war das denn für ein Schwein? Annegret war ebenfalls blass geworden. Der Appetit auf Käsekuchen war ihnen vergangen. Auf Kaffee verzichteten die beiden ebenfalls.

Bommer grinste in sich hinein. Er freute sich offenbar, die Frauen geschockt zu haben. Unbekümmert fuhr er schweigend mit seiner Fußsäuberung fort. Fußnägel lang wie kleine Blockflöten stachen Margareta regelrecht in den Augen. Von den Hornhauthacken ganz zu schweigen. Locker hätte man ihm völlig schmerzfrei Hufeisen darunter schlagen können.

Bommer hingegen war entsetzt über Margaretas Verhalten. Dass sie noch einmal zum Frühstück vorbeikommen durfte, beinhaltete nicht, die Thannhäuser mitzubringen. Er fühlte sich vorgeführt. Das ganze Haus hatte er Margareta gezeigt, auch seinen Platz am Schlafzimmerfenster, von dem aus er das Zechengelände beobachtete. Niemand zuvor hatte ihn je zu sehen bekommen. Hatte die Sommerfeld der Thannhäuser etwa davon erzählt? fragte er sich. Womöglich lachten alle in der Bürgerinitiative sich bereits über ihn kaputt. Olle Verräterin, diese Schöntuerin Margareta!

Kaum hatten die beiden Frauen sich unter einem Vorwand verabschiedet, stellte er sich die Kuchenplatte mit dem herrlich nach Zitrone duftenden Käsekuchen auf seinen Schoß und begann, ohne ihn zuvor in Stücke zu schneiden, davon zu essen.

Währenddessen schoben Annegret und Margareta entrüstet ab, Richtung Bergmannsglückstraße. Annegret hatte den Vorschlag gemacht, bei ihr zu Hause einen anständigen Kaffee sowie einen Schnaps auf den Schock zu trinken, woraufhin Margareta freudig zustimmte. Kaum hinter der nächsten Ecke verschwunden, bogen sich die beiden Frauen jedoch vor Lachen.

»Mensch, ist der krank«, meinte Annegret. »macht sich in unserem Beisein seine ekeligen Mauken sauber. Das muss man sich mal vorstellen.« Angewidert schüttelte sie mit dem Kopf.

Margareta erzählte ihr nicht, dass sie den Topf bereits kannte. Sie verdrängte den Gedanken an das Frühstück mit Bommer und wechselte das Thema. »Trotzdem tut er mir leid. Er ist einsam.«

»Ein unfreundlicher alter Kauz ist das. Ich gehe da jedenfalls nicht mehr hin. Der schöne Kuchen. So eine Schnapsidee von mir!«

»Den wird er schon essen, verlass' dich drauf«, meinte Margareta. »Hast du jemals so einen Garten gesehen?«

Annegret kugelte sich erneut vor Lachen. »Nein, echt nicht. Ich hatte ja Schlimmes erwartet. Aber die Wirklichkeit übertrifft alles. Kaum zu toppen. Wie sieht es denn in der oberen Etage aus?«

»Ach, eigentlich ganz normal«, sagte Margareta. Irgendetwas hielt sie davon ab, Annegret Details zu berichten.

Und ich werde ihn noch einmal besuchen, nahm Margareta sich vor, bevor sie Annegrets Haus betrat. Da war etwas, was Margareta keine Ruhe ließ.

29.

Als Margareta am Nachmittag zu Bommer fuhr, verspürte sie ein eigenartiges Gefühl in der Magengegend. Außerdem war sie innerlich erregt und fuhr schneller als erlaubt Richtung Hassel. Sie redete sich ein, es sei ihre Menschenpflicht, sich um den armen Mann zu kümmern. Schließlich hatte er ihr das Leben gerettet. Manchmal fragte sie sich, wieso er das eigentlich getan hatte, so blöd wie er sich ihr gegenüber beim letzten Besuch vor zwei Tagen verhalten hatte. Wollte er wirklich allein sein oder war er lediglich ungeübt im Umgang mit Menschen? Sie konnte diese Frage, die sie sich oft gestellt hatte, nicht beantworten. Doch da war noch etwas anderes, was Margareta wie ein Sog zu Bommer zog. Sie spürte, dass er was verbarg.

Bei ihm angekommen, vor der Zwergentür seines grauen Häuschens stehend, fragte sie sich, wie sie ihren Besuch begründen sollte. Würde er sich über den Erbseneintopf, den sie im Gepäck hatte, tatsächlich freuen? Mit viel Liebe gekocht, einschließlich zweier Mettwürstchen und einem schönen Stück Geräuchertem vom Metzger.

Er öffnete die Haustür und schaute sie an. Erst nach endlosen Sekunden gab er den Weg in sein Haus frei. Als sie den Topf auf den Küchentisch stellte, hörte sie sein Aufstöhnen. Er war genervt, weil sie sich wie zu Hause fühlte.

»Sie schon wieder«, stellte er monoton und unnötigerweise fest.

Sie nahm den Topf, stellte ihn auf den verdreckten Herd und schaltete die entsprechende Herdplatte an. »Ich habe Erbsensuppe gekocht. Mit richtig was Schönem darin.

Haben Sie Hunger?« Sie schaute ihn an und sagte sich: Lass dich nicht einschüchtern.

Er nickte nur, setzte sich an den Küchentisch, stützte sein Kinn mit den Händen ab und fing lautlos an zu weinen. Dicke Tränen tropften auf die marode Wachstuchtischdecke. Margareta fragte sich, ob er aus Verzweiflung weinte oder vor Rührung, dass jemand ihm Gutes tun wollte.

Fritz Bommer war nicht gerührt. Er war voller Groll und Wut. Auch wenn er sie jetzt beschimpfen würde, ließe sie sich nicht abschrecken, das wusste er. Die Sommerfeld war zäh. Zäh und lästig. Was mache ich bloß mit ihr?, fragte er sich und starrte auf ihr knallenges, schwarzes T-Shirt. Zweifelsohne eine schöne Frau. Leider wird sie mir nie gehören. Sie besucht mich aus Mitleid, als Mann sieht sie mich nicht. Also kann sie ebenso gut wegbleiben. Doch sie wird mir den Gefallen nicht tun. Diese blöde Kuh wird ewig hier aufkreuzen, allein oder wie letztens, mit der Thannhäuser, und in meinem Leben herumschnüffeln, mir Ratschläge erteilen, alles besser wissen wollen. Dieses dämliche, besorgte Lächeln auf ihren Lippen. Ich brauche kein Mitleid. Wenn ich sie als Frau nicht haben kann, will ich sie gar nicht.

Was bleibt mir also anderes übrig, als sie zu beseitigen?

Muss wieder Blut fließen?

Irgendwie eine herrliche Aussicht.

Unruhig stand er auf und ging zur Toilette. Regungen, die er lange nicht mehr verspürt hatte, begannen sich in seinem Unterleib breit zu machen. Er hörte, wie sie die schwergängige Küchenschublade öffnete und mit dem Besteck klapperte. Es ärgerte ihn. Was wühlte sie in seinen Sachen? Sie nahm Teller aus dem Küchenschrank und stellte sie geräuschvoll auf den Tisch. Ich brauche ihr verdammtes Mitleid nicht, schrie alles in ihm. Bringt mir Erbsensuppe, als wenn ich mir nicht selbst was kochen könnte, wenn ich es wollte.

Missmutig setzte er sich mit ungewaschenen Händen an den Tisch und schaute auf den gefüllten Teller. Margareta saß ihm gegenüber. Aus Sympathie hatte sie sich eine Portion in einen tiefen Teller gefüllt, obwohl sie schon zu Hause gegessen hatte. Lustlos rührte er in der Suppe herum, stach anschließend mit der langzinkigen Gabel in die Mettwurst, aus der das Fett sprudelte. Er musste zugeben, dass er lange nicht mehr solch eine appetitliche Erbsensuppe serviert bekommen hatte. Und doch tat er sich schwer, sie zu essen. Ständig schaute er zu Margareta herüber. Die Wut auf sie wurde stärker. Eine Stimme in seinem Inneren rief ihm zu: »Du musst sie loswerden, je eher, desto besser!«

So stand er wie von einer fremden Macht geleitet vom Tisch auf, schlurfte lässig zu dem Küchenschrank hinter Margareta und zog eine Schublade auf.

»Fehlt etwas an der Suppe?«, fragte Margareta ihn freundlich.

»Nein, alles okay«, brummte er.

Er wühlte in der Schublade herum und fand schnell, was er suchte. Völlig arglos aß Margareta weiter.

Bommer lächelte bösartig und schlug sich sachte mit dem Hammer, den er der Schublade entnommen hatte, ein paar Mal vorsichtig in die linke Hand, als wolle er prüfen, wie hart er zuschlagen müsse. Dann legte er ihn mit zitternden Händen zurück und setzte sich wieder an seinen Platz, verärgert, dass er es nicht fertiggebracht hatte, sie niederzuschlagen.

Margareta schaute ihn mitfühlend an. »Stimmt etwas nicht? Geht es Ihnen nicht gut?«

Ihr Samariterblick machte ihn noch wütender.

»Nein, mir geht es nicht gut. Warum können Sie mich nicht einfach in Ruhe lassen? Was wollen Sie hier?«

Das Lächeln verschwand aus Margaretas Gesicht. »Ihnen etwas Gutes tun. Aus Nächstenliebe. Aus Dankbarkeit, weil Sie mir das Leben gerettet haben. Ganz genau kann ich Ihnen noch nicht mal sagen, wieso ich hier bin.«

»Papperlapapp! Sie sind viel zu neugierig und wollen nur rumschnüffeln, oder? Sie glauben, dass mit mir etwas nicht stimmt, können aber nicht genau sagen, was es ist, nicht wahr?« Mit zitternden Händen stach er mit der Gabel in die Mettwurst, wieder und wieder.

Margareta lief es eiskalt den Rücken herunter. Hier war ihr fehlendes Puzzleteilchen, wurde ihr schlagartig klar.

»Haben Sie Kevin und den Stadtplaner umgebracht?«, kam es fast flüsternd über ihre blassen Lippen.

»Schlaues Mädchen.« Bommer starrte auf den Tisch und grinste.

»Warum? Warum haben Sie das getan?«, fragte sie ihn mit leiser Stimme.

»Ich musste es tun, um die Gerechtigkeit wieder herzustellen. Ich weiß, Sie halten mich für verrückt. Doch wissen Sie eigentlich, was man mir auf der Zeche für ein Leid zugefügt hat?« Wie ein Irrer sprang er von seinem Stuhl auf und lief in der Küche zornig auf und ab. »Kaputt gemacht haben sie mich, belacht, gedemütigt, mein ganzes Arbeitsleben lang. Norbert Koslowski war der Schlimmste. Seine Sprüche sollten witzig sein. Alle lachten, nur ich nicht. Die lustig klingenden Worte brannten in meiner Seele und machten mich mit der Zeit kaputt. Es hörte einfach nicht auf. Ich schaffte es nicht, mich zu wehren. Irgendwann konnte ich nicht mehr arbeiten, wurde krank davon. Die kleine Rente reicht hinten und vorne nicht. Ohne meine Mutter hätte ich das alles nicht ausgehalten. Und was machte Koslowski?« Völlig erregt ging er auf Margareta zu und stemmte die zu Fäusten geballten Hände vor ihr auf den Küchentisch.

Als sie ihn aus geweiteten Augen anstarrte, fuhr er fort: »Feierte weiter mit den Kollegen auf seinen Gartenpartys und lachte über mich. So lange habe ich auf eine passende Gelegenheit gewartet. Und dann endlich war es soweit. Samstag, der 2. Juli. Schon den ganzen Nachmittag saß ich am Fenster und habe das Zechengelände und Koslowskis Garten beobachtet. Sie waren auch da. Gut haben Sie ausgesehen. Später kam die Horde Blagen vom Fußballspiel zurück und belagerte das Zechengelände.«

Er ging zum Kühlschrank, entnahm ihm eine Mineralwasserflasche und setzte sich wieder an den Küchentisch. »Die Jugendlichen grölten herum, tranken, lachten und hatten Spaß. Dann tauchte dieser dicke Fischer mit einem Kanister in der Hand auf. Wo der plötzlich herkam, ist mir bis heute ein Rätsel. Fischer, dieser Kumpan von diesem Lackaffen, der Ihnen ans Leder wollte. Keine zehn Meter von den Jungs entfernt wollte er eine der Hallen anzünden. Der Koslowski-Sohn kam ihm in die Quere, musste wohl pinkeln und traf hinter der Halle auf ihn. Sie prügelten sich, der kleine Koslowski blieb am Boden liegen, der Kerl verschwand so schnell, wie er gekommen war. Wenig später waren die anderen Jungs weg. Sie hatten, besoffen wie sie waren, gar nicht bemerkt, dass ihr Freund fehlte. Schnell zog ich mich an und eilte zum Zechengelände. Der Junge lebte noch, stöhnte erbärmlich, hatte wohl Schmerzen. Er öffnete die Augen, als ich auf ihn zuging, und stammelte, ich möge Hilfe holen. Die Hilfe ist schon da, rief ich ihm zu, nahm den Hammer, den ich vorsichtshalber mitgenommen hatte, aus der Hosentasche und gab ihm noch eins auf die Rübe. Soll Norbert mal sehen, wie es ist, wenn man leidet, sagte ich mir und ging heim. Ich dachte, dass jetzt endlich Ruhe wäre. Mord auf dem Gelände, ein Grund, diese neue Firma nicht auf das Zechenareal zu lassen. Es sollte weiterhin brach liegen. So wie bei mir alles brach lag.«

Der Schweiß rann Bommer von der Stirn. Mit weit aufgerissenen Augen starrte er Margareta an und hielt mit seinem Geständnis inne. Er nahm einen großen Schluck aus der Flasche und ließ wenig später einen lauten Rülpser los.

»Aber Wut auf Koslowski ist doch kein Grund, seinen Jungen zu töten!« Tränen liefen über Margaretas Wangen. Sie versuchte zu begreifen, was Bommer ihr soeben gebeichtet hatte. »Wieso nahmen Sie überhaupt einen Hammer mit, wenn der Junge schon leblos am Boden lag? Sie hätten ihn retten können!«

»Sie haben ja keine Ahnung«, sagte er, den Blick ins Leere gerichtet. Ihre Frage ließ er unbeantwortet.

Margareta war fassungslos. »Ja, ich habe keine Ahnung. Aber Stempel? Wieso dann auch noch Stempel? War Ihnen ein Mord nicht genug?«

Wieder erhielt Margareta keine direkte Antwort. Unbeirrt fuhr Bommer mit seinem Geständnis fort.

»Schon wenige Tage später, am Donnerstag, sehe ich am späten Nachmittag diesen Trottel Fischer erneut über das Gelände huschen. Wie aus dem Nichts kam er daher. Schnurstracks marschierte er mit einem Lederkoffer in der Hand von hinten auf die alten Gebäude zu, Richtung Hauptverwaltung. Was hat er da zu suchen, fragte ich mich. Ich zog mich in Windeseile an und ging ihm nach. Ich schlich mich an den alten Gebäuden entlang, an den Maschinenhallen vorbei und an den Lagerhallen. Ein Gefühl sagte mir, dass er eine Abkürzung genommen haben musste, über diesen kleinen, mit Unkraut zugewucherten Hof gekommen war, der von hinten zum Verwaltungsgebäude führt. Und tatsächlich, die Hintertür des Anbaus stand offen. Ich duckte mich hinter einer Mauer und sah, wie der Kerl wenig später das Gebäude verließ – ohne Koffer. Ich bin durch diese Tür hinein, ging den kleinen Flur entlang. Die Tür zur Lohnbuchhaltung stand offen, ich hörte Geräusche. Es war so dunkel. Aus dem langen Flur des Verwaltungsgebäudes erklang das Geräusch von Schritten und ich sah eine Gestalt. Ich blieb hinter der geöffneten Tür stehen und hörte jemanden näherkommen und die Lohnbuchhaltung betreten. Einer der beiden Männer schrie plötzlich auf und fiel zu Boden, der andere rannte mit einer Plastiktüte davon. Ich konnte ihn nicht erkennen. Leise betrat ich das Büro und sah diesen Stadtplaner Stempel jammernd am Boden liegen. Neben ihm der offene Geldkoffer mit ein paar Geldscheinen darin. Den wahrscheinlich größten Teil des Geldes aus dem Koffer hatte der andere Kerl sich geschnappt. Und was verlangte Stempel von mir? Ich möge Hilfe holen, stammelte er. Wieso sollte ich Hilfe holen? Hatte mir jemand geholfen, als man mich quälte? Niemand, kein Vorgesetzter, kein Betriebsrat hatte dem ein Ende bereitet. Überall wurde ich belächelt. Gut, dass ich den Hammer dabei hatte. Ein kräftiger Schlag auch auf die Rübe des Stadtplaners. Ich habe noch nicht einmal das restliche Geld mitgenommen. So, nun habe ich genug geredet. Jetzt wissen Sie alles.« Zufrieden, sich die Taten von der Seele geredet zu haben, lehnte er sich zurück.

»Sie sind der Mörder! Aber Stempel hat Ihnen doch nichts getan. Das ist doch krank«, sprach Margareta entsetzt aus. Wie unter Schockstarre sah sie Bommer an. Ihre Vermutungen waren zur Gewissheit geworden. Rechtfertigten die damaligen Vorkommnisse sein grausiges Vorgehen? Nein, der Mann war durchgeknallt. »Ich muss Blauländer anrufen«, sprach sie mehr zu sich selbst und wollte sich erheben. Ihre Beine versagten jedoch. Sie sank leise weinend auf den Stuhl zurück, unfähig zu handeln.

»Niemanden werden Sie anrufen. Ich kann Sie nun nicht mehr gehen lassen. Das müssen Sie verstehen.« Bommers Gesicht entspannte sich. Er stand auf und ging erneut zum Küchenschrank und öffnete die Schublade. Zielsicher nahm er den Hammer heraus, begutachtete ihn kurz und drehte sich langsam um. Auch Margareta wandte sich um. Sie starrte zuerst auf den Hammer, dann Bommer direkt in die Augen.

»Und, wie war das, ihnen beim Sterben zuzusehen?«

»Es war ein Genuss. Die haben den Tod verdient. Und nun bist du dran.«

Mit aller Kraft gelang es Margareta, Bommer den Hammer aus der Hand zu schlagen. Polternd fiel er zu Boden. Als Bommer sich nach ihm bückte, versuchte Margareta aufzustehen und zu flüchten. Ihre Beine waren immer noch schwer wie Blei. Ehe sie die Küchentür erreicht hatte, spürte sie einen Schlag auf ihren Hinterkopf. Danach wurde alles dunkel um sie.

Bommer freute sich, dass es ihm doch noch gelungen war, ihr einen Hieb zu versetzen. Ein toller Hammer. Er stammte noch vom Pütt. Sein Vater hatte ihn damals mitgebracht, so wie er öfters etwas hatte mitgehen lassen, was er zu Hause gebrauchen konnte. Das hatten schließlich alle getan.

Bommer schnappte sich die bewusstlose Frau und warf sie lässig über seine Schulter, bevor er mit ihr die schmale Treppe ins Obergeschoss hinaufstieg. In seinem Schlafzimmer angekommen, legte er sie auf die altrosa Tagedecke des Ehebettes und hielt einen Augenblick schnaufend inne. Welch' schöner Anblick, dachte er. Aber nun musste er handeln, bevor sie zu sich kommen würde.

Aus der alten Frisierkommode hinter ihm holte er jede Menge Tücher und Schals hervor, um Margareta damit zu fesseln. Mit einem froschgrünen Seidenschal band er ihr die Hände vorne zusammen, mit einem Wollschal aus harter Naturwolle fesselte er ihre Füße. Einen weiteren altertümlichen Schal in schwarz band er um ihre Wunde am Kopf. Margareta sah zum Fürchten aus. Er zog ihr die Schuhe aus, drehte sie anschließend auf die Seite, um die Tagesdecke unter ihrem Körper zu entfernen. Auch das Oberbett nahm er beiseite, um sie damit zudecken zu können. Knebeln, ich muss sie knebeln, sagte er sich, sonst schreit sie mir die ganze Nachbarschaft zusammen, wenn sie aufwacht. Wie besessen – er hatte es plötzlich eilig – wühlte er in einer anderen Schublade der monströsen Eichenkommode, in der sich die Seidenstrümpfe seiner toten Mutter befanden, um ihr ein Strumpfknäuel zu entnehmen. Dieses stopfte er Margareta in den halb geöffneten Mund. Fixiert wurde das Knäuel mit einem Stoffgürtel. Als er mit seiner Arbeit fertig war, setzte er sich zu ihr auf die Bettkante und bestaunte sein Werk. Ist nicht mehr viel von ihrer Schönheit übrig, dachte er und überlegte, was er mit ihr machen sollte. Bisher hatte sie sich nicht groß gewehrt. Problemlos hatte er sie niederschlagen können. Doch bald würde sie erwachen. Was dann? Vielleicht sollte ich die Badewanne volllaufen lassen, sie einfach hineinlegen und ihr die Pulsadern aufschneiden, solange sie bewusstlos war?, überlegte er, verwarf den Gedanken jedoch wieder. Umbringen kann ich sie immer noch. Ich sollte erst ein wenig Spaß mit ihr haben. Sie wird jedoch keinen Spaß mit mir haben wollen, wenn sie zu sich kommt. Ich muss sie umbringen, es geht nicht anders.

Er hob sie hoch, warf sie sich wieder lässig über die Schulter, als handele es sich um ein Fliegengewicht, und trottete mit ihr zum Badezimmer. Dort ließ er sie auf den Boden plumpsen. Trotz der warmen Witterung war es in dem winzigen Raum kalt. Die Feuchtigkeit erzeugte einen moderigen Geruch, den Bommer allerdings nicht mehr wahrnahm. Drei Quadratmeter Badezimmer, bonbonrosa und halbhoch gefliest, oberhalb Blümchentapete, die schon von den Wänden abblätterte. Vor gut 30 Jahren hatte sein Vater das Bad – der ganze Stolz der Familie – in Eigenleistung eingebaut.

Bommer drückte den verklebten Stopfen in den Abfluss der versifften Badewanne und ließ heißes Wasser einlaufen. Margareta stöhnte auf. Für Bommer das Zeichen sich zu beeilen. Würde sie zu sich kommen, würde sie sich unter Umständen wehren. Er wollte nicht noch einmal den Hammer benutzen müssen. Zwei Menschen mit dem Ding das Licht auszuknipsen musste genügen.

Mühelos gelang es Bommer, den schlaffen Körper, dem jegliche Muskelspannung fehlte, in die Wanne zu bugsieren. Zärtlich streichelte er ihr Gesicht.

»Kannst du mich hören, Margareta?«, fragte er sie mit

leiser Stimme und starrte sie an. Ihr Körper lag jetzt bereits zur Hälfte im Wasser, das stetig höher stieg. Nun zog er sein Taschenmesser aus seiner Hosentasche, klappte es auf und setzte die Spitze des Messers an ihr rechtes Handgelenk. Das Messer war scharf und trotzdem hatte er einige Mühe, in die Haut zu stechen, die ihm zäh wie Leder vorkam.

»Komisch, Margareta, ich habe dich nachts, wenn ich nicht schlafen konnte, schon öfters blutig in meiner Wanne liegen sehen, dachte aber nicht, dass ich jemals dazu in der Lage sein würde, es tatsächlich zu tun.«

Margareta zuckte nicht einmal, als er den Schnitt ausführte. Augenblicklich sprudelte das Blut hervor und färbte das Wasser rosa. Es floss aus ihrem schönen Körper und bildete Wolken im Wasser.

Bommer strich über ihr blondes Haar, über ihre Brüste und ihren flachen Bauch. Schade um diese Frau, dachte er. Wie friedlich sie aussah. Grinsend beobachtete er das Schauspiel, stellte irgendwann das Wasser ab.

»Du bist selbst schuld, Margareta. Wieso konntest du mich nicht einfach in Ruhe lassen? Nur, weil ich dir aus einer Notsituation geholfen habe, meintest du, mir ewige Dankbarkeit zu schulden? Ich hätte dir nicht helfen sollen. Nun ist es gleich vorbei. Es ist besser so.«

Bommer stand auf, ging hinüber ins Schlafzimmer, packte ein paar Kleidungstücke in eine alte Reisetasche und warf anschließend einen letzten Blick auf Margareta. Bewegungslos lag sie da und blutete langsam aus. Das Wasser in der Wanne hatte bereits eine rote Farbe angenommen. Rosa war vorbei.

Er küsste sie auf die Stirn. »Auf Wiedersehen, Margareta. Ich muss verschwinden. Es könnte dauern, bis man dich findet. Niemand vermutet dich hier. Oder hast du deinem Bruder von dem Besuch bei mir erzählt? Und wenn schon. Mich wird man vielleicht erst in ein paar Tagen vermissen. Bis dahin bin ich längst über alle Berge.«

Annegret Thannhäuser, die sich am Abend des 2. August an der Trinkhalle »Zum Glöckchen«, die sich gleich neben den stillgelegten Bahngleisen befand, die neueste Ausgabe der Zeitschrift ›Brigitte Woman‹ gekauft hatte, stieß an der Tür mit Fritz Bommer zusammen. Kopflos und ohne Gruß rannte er an ihr vorbei, hinein in das Büdchen. Annegret machte Bommers Verhalten stutzig. Vor der Trinkhalle stand Bommers alter Daimler, auf dessen Beifahrersitz sich eine prallgefüllte Reisetasche befand. Kaum zwei Minuten später verließ Fritz Bommer mit einer Stange Ernte 23 die Bude, stieg mit irrem Blick in sein Auto und fuhr davon, unten am Ende der Straße rechts durch den Kreisverkehr, anschließend die Pawiker Straße hinauf. Ihr war aufgefallen, dass er Blut an den Händen hatte. Sie rannte nach Hause und verständigte Kommissar Blauländer.

30.

Margareta hatte das Gefühl, sie würde schwerelos dahinschweben. Sie konnte eine Matratze unter sich fühlen und eine leichte Bettdecke über sich.

Sie nahm Geräusche wahr. Kurze Pieptöne, rhythmisch

saugende Geräusche. Schmerzen beim Atmen konnte sie spüren und Schmerzen in Armen und Beinen. Immer wieder hörte sie Schritte. Sie nahm den Geruch von Desinfektionsmitteln und frischer Wäsche wahr. Wo befinde ich mich? Langsam öffnete sie die Augen. Ganz langsam drehte sie den Kopf zur Seite, zum Fenster. Das satte Grün riesiger Bäume konnte sie schemenhaft erkennen. Sie fragte sich, wieso sie sich an nichts erinnern konnte.

Tief atmete sie ein. Ihre Lungen füllten sich mit Sauerstoff. Das Atmen fiel ihr schwer. Sie hatte das Gefühl, ein Felsbrocken läge auf ihrer Brust. Sie konnte sich an Wasser erinnern, viel Wasser.

Ihr rechter Arm schmerzte. Er war festgebunden.

»Guten Morgen, Frau Sommerfeld. Da sind Sie ja wieder«, hörte sie eine freundliche Frauenstimme. »Vorsichtig mit Ihrem Arm. Sie hängen an einem Tropf. Sie haben viel Blut verloren.«

Endlich nahm sie eine bekannte Stimme wahr.

»Gretchen, so sag' doch was!«

Sie spürte, wie eine warme Hand über ihr Haar strich. Als sie den Kopf in die Richtung drehte, von wo die Stimme kam, erkannte sie ihre Mutter. Tränen rannen Waltraud über ihr rundliches Gesicht. »Oh, Kind, wir haben uns alle solche Sorgen gemacht!« Nun streichelte die Hand ihrer Mutter ihre Wange.

»Ich habe Schmerzen«, sagte Margareta mit leiser, kaum wahrnehmbarer Stimme. Die freundliche Frau in ihrem weißen Anzug sagte: »Sie bekommen ein Schmerzmittel.«

Ein Arzt in gestärktem Kittel betrat den Raum mit schnellen Schritten. »Na, endlich ist sie zu sich gekommen. Wurde auch Zeit«, sprach er mehr zu sich selbst, dann an die Schwester gewandt: »Wie sind die Vitalfunktionen?«

»Alles in Ordnung«, antwortete sie unterwürfig. »Kann ich Kommissar Blauländer Bescheid geben?«

»Nein, das ist zu früh. Sie braucht Ruhe«, entgegnete der Arzt, ein geradezu atemberaubender dunkelhaariger Schönling.

Margareta kniff ihre Augen zusammen, um klarer sehen zu können. Wesentlich deutlicher konnte sie nun ihre Mutter sowie die freundliche Krankenschwester erkennen.

»Oh, Margareta, wie schön, dass es dir besser geht. Schon seit zwei Tagen haben wir gewartet, dass du aufwachst. Es ist ja so schrecklich, was dir passiert ist …«

Nun wurde die freundliche Krankenschwester energischer. »So, Ihre Tochter muss nun schlafen.« Zu Waltraud gewandt, schüttelte sie kaum sichtbar verneinend den Kopf. Das konnte man ihr alles später erzählen.

Als Margareta am nächsten Morgen erwachte, ging es ihr schon viel besser. Die Schmerzen hielten sich in Grenzen, das Atmen fiel ihr leichter, ihr Blick war klarer. Der schöne Arzt leuchtete ihr mit einer kleinen Taschenlampe in die Augen.

»Da haben Sie noch einmal richtig Glück gehabt, Frau Sommerfeld. Das war quasi Rettung in letzter Minute.« Er fühlte ihren Puls, während die Krankenschwester an dem Tropf herumhantierte.

»Der Kommissar möchte Sie sprechen. Ich habe ihm fünf Minuten gegeben. Meinen Sie, Sie schaffen das?«, fragte der Arzt mit dem Blendamed-Gebiss sie in einem schnöden Ton.

»Ich denke schon«, antworte Margareta.

Ganz langsam kehrte ihre Erinnerung zurück. Bommer. Fritz Bommer. Ich saß an seinem Tisch, wir aßen Erbsensuppe. Irgendwann schlug mir jemand mit einem Gegenstand auf den Kopf. Hatte Bommer mich niedergeschlagen?, fragte sie sich und schaute Helmut Blauländer, der gerade das Krankenzimmer betreten hatte, in sein liebes Gesicht. Mit Tränen in den Augen ergriff er Margaretas Hand und drückte sie heftig.

»Ja, Sie haben mir vielleicht einen Schrecken eingejagt, Mädchen. Wie geht es Ihnen?«

»Das weiß ich selbst nicht so genau. Besser jedenfalls als gestern«, antwortete sie mit rauer Stimme.

»Ich will es kurz machen. Meinen Sie, Sie können mir ein paar Fragen beantworten?«

Margareta nickte nur.

»Können Sie sich an irgendetwas erinnern?« Gespannt schaute Blauländer Margareta an, die weiß wie die Wand in ihrem Krankenbett versank. Nichts war mehr von der toughen Sommerfeld zu sehen. Vor ihm lag eine schmale Gestalt, die eher an ein junges Mädchen erinnerte als an eine erwachsene Frau.

»Ich war bei Bommer, habe ihm Erbsensuppe gebracht. Plötzlich hat er mir aus heiterem Himmel etwas auf den Kopf geschlagen, nachdem er mir die Morde gebeichtet hatte. Von da ab kann ich mich an nichts mehr erinnern.«

»Er hat Sie mit einem Hammer bewusstlos geschlagen und Ihnen anschließend in der gefüllten Badewanne die Pulsader am rechten Handgelenk aufgeschnitten. Zum Glück sehr stümperhaft. Annegret Thannhäuser haben Sie es zu verdanken, dass Sie noch leben.«

»Annegret hat mir das Leben gerettet?«, fragte Margareta mit leiser Stimme. Tränen rollten über ihr schmales Gesicht. »Bommer hat Kevin und Stempel ermordet.«

»Sie wussten es, nicht wahr?«

»Ich habe es gespürt. Er hat von seinem Schlafzimmerfenster aus das Zechengelände Tag und Nacht beobachtet. Aber wieso hat er mir das Leben gerettet?«

»Ihre Mutter hat mir von der Aktion erzählt. Sie hätten mich einweihen müssen. Das war viel zu gefährlich, allein ermitteln zu wollen.«

»Warum hat er das bloß getan?«, sprach sie eher zu sich selbst.

»Ruhen Sie sich erst einmal aus. Wir sprechen später.«

Vor Erschöpfung fielen Margareta die Augen zu. Der Arzt hatte inzwischen das Krankenzimmer betreten und gab Blauländer ein Zeichen, die Befragung zu beenden.

»Bommer hat bereits gestanden und sitzt im Gefängnis. Sie brauchen keine Angst mehr zu haben«, waren Blauländers abschließenden Worte, bevor er sich mit leiser Stimme von Margareta verabschiedete, die kurz darauf einschlummerte.

Waltraud, Gisbert, Annegret, Koslowski sowie Jürgen Löschke saßen um Margaretas Bett verteilt. Sie war inzwischen in ein normales Krankenzimmer des Knappschaftskrankenhauses Bergmannsheil in Buer verlegt worden. Der Tisch brach vor Geschenken fast zusammen. Bunte Blumensträuße in den schönsten Farben, einige Topfblumen mit weißen Manschetten, Pralinenschachteln und Kisten mit Keksen hatte man ihr gebracht. Zum zigsten Male wollten sie Margaretas Version der Geschehnisse hören.

Sie wurde mit zahllosen Fragen bombardiert und war es bald müde, diese zu beantworten.

Auch Blauländer war inzwischen mehrmals an ihrem Krankenbett gewesen. Ob nun jedes Mal tatsächlich ein dienstlicher Grund vorlag, der den Krankenbesuch dringend erforderlich machte, oder ob er auch deshalb kam, weil er sich ganz einfach Sorgen um Margareta machte, vermochte sie nicht zu beantworten. Sie hatten inzwischen haarklein Bommers Tatmotive durchdiskutiert. Bei seiner Festnahme auf der A 52 bei Haltern hätte er geheult wie ein kleines Kind.

Annegrets Schilderung von Margaretas spektakulärer Rettungsaktion war nicht minder spannend. Sie schmückte die Geschichte richtig schön aus, erzählte jede Einzelheit mindestens drei Mal, vom Kauf der Zeitschrift, über das Auftauchen von Bommer mit blutverschmierten Händen in der Bude bis hin zu ihrem Supersprint heim zum Telefon, um Blauländer anzurufen, der sofort die Polizei und den Notarzt verständigt und zu Bommers Haus geschickt hatte. Praktisch in allerletzter Minute hatte man – dank Annegret – Margareta retten können. Von Rudi hatte Annegret sich inzwischen getrennt, da er seit Wochen zweigleisig gefahren sei. Um Ortsvorsitzender in der Partei zu werden, der er heimlich beigetreten war, hatte er den Antrag auf Denkmalschutz für die historischen Gebäude auf dem Zechengelände zurückgezogen und versprochen, dafür Sorge zu tragen, dass der Abriss der Torhäuser reibungslos vonstattenginge. Von wegen Vorsitzender der Bürgerinitiative, der für seine Leute und deren Belange kämpfte. Belogen und betrogen hatte er seine Freunde, die an ihn geglaubt und ihm vertraut hatten.

Die Bürgerinitiative hatte sich in Nichts aufgelöst, da der zweite Vorsitzende, Udo Urbat, genug eigene Sorgen hatte. Nach Bommers Geständnis wartete er nun auf seine Gerichtsverhandlung. Annegret besuchte ihn regelmäßig, bebackte und bemutterte ihn. Ob sich da was anbahnte?

Auch Gisbert hatte Probleme. Bettina Malecki hatte sich in die Einwohnermeldestelle versetzen lassen, nachdem sie zu ihrem untreuen, schlagenden Ehemann zurückgekehrt war und nun nicht mehr mit Gisbert in einem Büro sitzen wollte.

Jürgen Löschke machte sich weiterhin Hoffnung, bei Margareta landen zu können. Damit war er nicht allein. Norbert Koslowski hatte ebenfalls ein Auge auf Margareta geworden, worüber ihre Mutter Waltraud erzürnt war.

Margareta machte allen unmissverständlich klar, dass sie sich in nächster Zeit nicht mehr in Bergmannsglück sehen lassen würde. Sie brauchte ganz einfach Abstand. Ein ereignisreicher Monat lag hinter ihr. Eine spannende Zeit in diesem Kleinod mit seinen anmutigen Siedlungshäuschen, den einfachen, gradlinigen Menschen und das auf sie mystisch wirkende Zechengelände, das vor langer Zeit das Leben ausgehaucht hatte. Vorbei, aus und vorbei. Die Morde waren aufgeklärt. Auch Fischer, Wessel und Urbat würden ihre gerechte Strafe erhalten.

Als sie ihren Freunden und Verwandten, die im Knappschaftskrankenhaus Bergmannsheil an ihrem Bett weilten, verkündete, dass sie genug von Bergmannsglück hatte und sich vorläufig nicht mehr dort blicken lassen würde, schaute sie dabei dem dunkelhaarigen Arzt, der gerade das Krankenzimmer betreten hatte, tief in seine fast schwarzen Augen. Er lachte verschmitzt und zwinkerte ihr zu. Mir ihren Gedanken war sie bereits ganz woanders. Wieso soll ich mich mit halben Sachen zufrieden geben, wenn ich vielleicht eine super Sahneschnitte haben kann?, fragte sie sich. Sie legte sich in ihrem Bett zurück und schloss die Augen.

Scheiß was auf guten Charakter!

ENDE

DANKSAGUNG

Ich danke all jenen, die mich bei der Entstehung dieses Kriminalromans mit Geduld und Zuwendung unterstützt haben. Nun alle namentlich zu nennen, die hier eigentlich stehen müssten, würde den Rahmen sprengen.
Deshalb: Danke, meine Lieben!

Übrigens: Dieser Roman spielt zwar in einem realen Ortsteil von Gelsenkirchen, nämlich Bergmannsglück, und basiert teilweise auf tatsächlichen Ereignissen rund um das Zechengelände. Es ist aber dennoch nichts weiter als ein Roman. Die Personen sind erfunden, der Plot ist fiktiv.

Margit Kruse

*Weitere Titel finden Sie auf den
folgenden Seiten und im Internet:*

WWW.GMEINER-SPANNUNG.DE

Margareta Sommerfeld ermittelt:

1. Fall: Eisaugen
ISBN 978-3-8392-2818-0

2. Fall: Zechenbrand
ISBN 978-3-8392-1382-7

3. Fall: Hochzeitsglocken
ISBN 978-3-8392-1601-9

4. Fall: Rosensalz
ISBN 978-3-8392-1924-9

5. Fall: Opferstock
ISBN 978-3-8392-2136-5

6. Fall: Schneeflöckchen, Blutröckchen
ISBN 978-3-8392-2137-2

7. Fall: Bergmannserbe
ISBN 978-3-8392-2564-6

8. Fall: Fröhliches Morden überall
ISBN 978-3-8392-0028-5

weitere:
Wer mordet schon im Hochsauerland?
ISBN 978-3-8392-1780-1

Advent, Advent, die Zeche brennt
ISBN 978-3-8392-2499-1

GMEINER SPANNUNG

WWW.GMEINER-VERLAG.DE
Wir machen's spannend

Günter Neuwirth
Caffè in Triest
Roman
440 Seiten
13,5 x 21 cm,
Premium-Klappenbroschur
ISBN 978-3-8392-0111-4
€ 16,00 [D] / € 16,50 [A]

In der Stadt an der Adria gelingt Jure Kuzmin der Aufstieg vom einfachen Seemann zum Kaffeeimporteur. Als er sich in die Tochter eines Triester Großhändlers verliebt, macht er sich den Dandy Dario Mosetti zum Feind. Um seinen Nebenbuhler loszuwerden, ersinnt Dario einen perfiden Plan. Doch sein Vorhaben entfesselt einen Bandenkrieg und Inspector Bruno Zabini muss einschreiten. Dabei gestaltet sich sein Privatleben dieser Tage äußerst turbulent.

GMEINER SPANNUNG

WWW.GMEINER-VERLAG.DE
Wir machen's spannend

Martina Parker
Hamdraht
Roman
502 Seiten
13,5 x 21 cm,
Premium-Klappenbroschur
ISBN 978-3-8392-0137-4
€ 17,50 [D] / € 18,00 [A]

Sanfter Tourismus im Südburgenland? Von wegen. Der »zuagroaste« Arno will den »Hiesigen« zeigen, wie Wellness geht, setzt sich dabei aber ordentlich in die Nesseln. Die kräuterkundige Köchin Mathilde kocht lieber ihren Chef ein als die Gäste. Die beißen ohnehin bald ins Gras. Lokaljournalistin Vera recherchiert und gräbt dabei zu tief. Und auch die Mitglieder des Gartenklubs haben ihre grünen Daumen im Spiel.

GMEINER SPANNUNG

WWW.GMEINER-VERLAG.DE
Wir machen's spannend

Carla Mori
Heavy – Tödliche Erden
Kriminalroman
345 Seiten, 13,5 x 21 cm,
Premium-Klappenbroschur
ISBN 978-3-8392-0138-1
€ 16,00 [D] / € 16,50 [A]

Kampf um »Seltene Erden«: In Köln stirbt ein Forscher, der einer geologischen Sensation auf der Spur war. Kommissarin Hannah Franckh übernimmt die Ermittlungen. Dabei deckt sie nach und nach Hintergründe von geopolitischer Bedeutung auf und erkennt, dass im weltweiten Kampf um Ressourcensicherung und Mobilität jedes Mittel recht ist – bis hin zum Mord. Sie gerät zwischen die Fronten skrupelloser internationaler Interessenvertreter aus Politik und Wirtschaft und muss um ihr eigenes Leben kämpfen. Am Ende ist klar: Ein wesentliches Fundament der Energiewende ist brüchig. Und gefährlich.

GMEINER SPANNUNG

WWW.GMEINER-VERLAG.DE
Wir machen's spannend

Claudia Rossbacher
Steirerwahn
Kriminalroman
288 Seiten
13,5 x 21 cm,
Premium-Klappenbroschur
ISBN 978-3-8392-0198-5
€ 17,50 [D] / € 18,00 [A]

An der Steirischen Apfelstraße wird ein Mann mit einer Holzkugel in der Mundhöhle aufgefunden, erdrosselt mit dem Strick seiner Kutte. Die LKA-Ermittler Sandra Mohr und Sascha Bergmann erfahren, dass der Tote den Apfelmännern angehörte, die sich an diesem Morgen in Brennklausur begaben, um in einem geheimen Ritual den angeblich weltbesten Apfelschnaps herzustellen. Warum aber wurde der Obstbauer ermordet? Und wer steckt dahinter? Bald schon soll der nächste Apfelmann sterben.

GMEINER SPANNUNG

WWW.GMEINER-VERLAG.DE
Wir machen's spannend

H. K. Anger
Ein Bistro in der Bretagne
Kriminalroman
346 Seiten
13,5 x 21 cm,
Premium-Klappenbroschur
ISBN 978-3-8392-0127-5
€ 16,00 [D] / € 16,50 [A]

Mann weg, Haus weg, Geld weg – Sophie Vidals Leben ist gehörig in Schieflage geraten. Und dann stirbt auch noch ihre beste Freundin in der Nordbretagne. Kurzentschlossen reist Sophie nach Frankreich. Beim Trauermahl im Bistro bricht ein Gast nach dem Genuss einer Jakobsmuschel tot zusammen. Muschelvergiftung oder Mord? Genau das will Sophie herausbekommen. Sie nimmt einen Job als Köchin an und steckt ihre neugierige Nase nicht nur in Rezeptbücher. Daran finden einige Leute überhaupt keinen Gefallen. In der bretonischen Idylle tun sich Abgründe auf …

GMEINER SPANNUNG

WWW.GMEINER-VERLAG.DE
Wir machen's spannend

Manfred Bomm
Eine Minute nach zwölf
Roman
538 Seiten
13,5 x 21 cm,
Hardcover
ISBN 978-3-8392-0118-3
€ 22,00 [D] / € 22,70 [A]

»Alle reden davon, es sei fünf vor zwölf. Dabei sind wir weit darüber.« Ein junger Mann will auf friedliche Weise die Welt verändern. Er verurteilt die drohende Zerstörung der Schöpfung: den Klimawandel, den respektlosen Umgang mit Tieren, die Umweltverschmutzung, das maßlose Streben nach wirtschaftlichem Wachstum. Er fordert soziale Gerechtigkeit und den Schutz des Planeten. Obwohl er großen Zuspruch erfährt, wird er von den Medien, der Wirtschaft und den Religionen als Spinner hingestellt. Unbeirrt mahnt er uns alle, gemeinsam für die Zukunft unseres Planeten einzutreten. Wir müssen die »Resettaste« drücken, bevor es zu spät ist.

GMEINER SPANNUNG

WWW.GMEINER-VERLAG.DE
Wir machen's spannend

DIE NEUEN Lieblingsplätze

ISBN 978-3-8392-0154-1
AM INN

ISBN 978-3-8392-2730-5
AUGSBURG UND BAYERISCH-SCHWABEN

ISBN 978-3-8392-0155-8
FÜNFSEENLAND

ISBN 978-3-8392-0158-9
HARZ

ISBN 978-3-8392-0160-2
mit Hund NORDSEEKÜSTE NIEDERSACHSEN

ISBN 978-3-8392-0159-6
LÜNEBURGER HEIDE

ISBN 978-3-8392-0161-9
NIEDERRHEIN

ISBN 978-3-8392-0163-3
OSTSEE MECKLENBURG-VORPOMMERN

ISBN 978-3-8392-0164-0
OSTSEE SCHLESWIG-HOLSTEIN

ISBN 978-3-8392-2626-1
SACHSEN

ISBN 978-3-8392-0156-5
Für Senioren BODENSEE

ISBN 978-3-8392-0157-2
Für Senioren NORDSEE SCHLESWIG-HOLSTEIN

ISBN 978-3-8392-0166-4
SÜDLICHE WEINSTRASSE UND PFÄLZERWALD

ISBN 978-3-8392-0166-4
SÜDTIROL

ISBN 978-3-8392-2838-8
USEDOM

ISBN 978-3-8392-0168-8
WIESBADEN RHEIN-TAUNUS RHEINGAU

GMEINER KULTUR

WWW.GMEINER-VERLAG.DE
Mensch, Kultur, Region